Journal of Mark Twain Studies

マーク・トウェイン

研究と批評

第10号 May 2011

日本マーク・トウェイン協会 編集

南雲堂

マーク・トウェイン
研究と批評

目次

第10号

イラスト 永原誠 井川健

マーク・トウェイン没後一〇〇周年記念エッセイ

偉大な「一人」のマーク・トウェインを思う

亀井俊介
KAMEI Shunsuke

偉大な個性

マーク・トウェインが歿して百年になる。一九一〇年四月二一日、トウェインは七四年と五ヵ月二一日の生涯を閉じたのだった。それはアメリカの西部開拓、南北戦争、戦後の急速な産業化と「金めっき」文化、それに米西戦争といっためまぐるしい国家的変貌を生き抜いた偉大な個性の生涯だった。その個性は強烈で、さまざまなレベルで語ることができる。ジャーナリスト、ユーモリスト、講演家、小説家等々、いろんな分野で彼は絶大な人気の的だった。たとえば晩年の「白いスーツ」姿なんぞでも、広く世間の注目を集め、知識人たちの議論の材料になった。それほどに、マーク・トウェインは社会的に生きた個性だった。

ところで、しかし、この「個性」の中身は本当のところ何なのか。それがなかなかつかみにくいし、表現もしにくい。生前のマーク・トウェインを語って最も信頼できそうな人に、ウィリアム・ディーン・ハウェルズがいる。彼はトウェインの死後すぐに、「私のマーク・トウェイン回想」を書いて、『ハーパーズ・マンスリー』(一九一〇年七-九月)に発表した。そのしめくくりの文章はいろんな場所でくり返し引用されてきている。

「エマソン、ロングフェロー、ローエル、ホームズ——私はこれらの人を全部知っているし、その他、当代の賢人、詩人、予言者、批評家、ユーモリストもすべて知っている。彼らは互いに似通っており、他の文学者たちとも似通っている。しかしクレメンズは独り立ち、比較を絶している。わが文学のリンカーンだ。」

これはたいそう文学的だが、いささか俗悪に近づいた表現だ。しかしハウェルズのトウェイン論で最もよくまとまった内容といえそうな「マーク・トウェイン　一つの探求」（『ノース・アメリカン・レヴュー』一九〇一年二月）では、人としてのトウェインについて、「何と徹底して彼はアメリカ人であることか」、また「何と純粋に彼は西部人であることか」と述べている。

この「アメリカ人」と「西部人」を一つにすると、「リンカーン」になる。

さてこの「アメリカ人」「西部人」という表現には、自然で、土着的で、ユーモラスで、のびやかで、人道的で、といったような形容詞がいくらでも盛り込まれるだろう。マーク・トウェインの生前、新聞雑誌は彼にふれる時、「ミスター・クレメンズ」と呼ぶのが普通だった。それが死後、「マーク・トウェイン」になった。現実のクレメンズ氏はどこかに置き去りにされ、彼が作り出した「マーク・トウェイン」が社会的にも「独り立ち」し、「比較を絶して」生きることになったのだ。ハウェルズのいう「アメリカ人」「西部人」は、集約するとこの「マーク・トウェイン」という個性になったともいえる。

非「アメリカ的」トウェイン

ところで、ウィリアムズ・ディーン・ハウェルズはマーク・トウェインを同時代で最もよく理解する親友といえただろうが、トウェインのすべてに同調していたわけではない。彼はトウェインに、表現のラディカルな局面は緩和するように注意し、思想のラディカルな局面は率直に批判した。なにしろ彼自身はアメリカにおけるリアリズム文学の先導者だったとはいえ、「より多くアメリカ的であるところの、人生のよりほほ笑ましい面」を表現すべきだと考えていたのである（『ハーパーズ・マンスリー』一八八六年九月）。それに対してトウェインは、年とともにアメリカのほほ笑ましくない面に批判の目を向けるようになっていた。その意味では、トウェインはじつは「アメリカ的」でない面を育ててもいたといえる。

そういう非「アメリカ的」な面は、トウェイン自身も周辺の人たちも初めのうち世間から隠す配慮をしていた。だが彼の死後、しだいに表面化してきて、少なくともトウェイン研究者の間ではトウェイン像を大きく変えることになるのだ。いや、このことは没後百年のマーク・トウェインなる存在の最大の変化というべきかもしれない。

一九世紀の末から二〇世紀初頭にかけて、アメリカは帝国主義の仲間入りをし、さまざまな美名のもとに領土拡張や後進国の民衆抑圧に手を貸したり、直接手を下したりした。トウェインは「文明」とか「進歩」と呼ばれるものの裏のそういう実態を見通し、鋭く批判した。それは同調者を喜ばせたけれども、世間一般に歓迎されたわけではない。「暗きに坐する民に」（一九〇一）は『ノース・アメリカン・レヴュー』に掲載されたが、「レオポルド王の独白」（一九〇五）は掲載を拒否される、といったふうだった。アメリカの人種問題を扱った「リンチ合衆国」は一九〇一年に、愛国心なるものの欺瞞をあばいた「戦争の祈り」は一九〇五年に執筆されたけれども、トウェイン自身の手で篋底に秘められ、もっと宗教がらみで人間批判を展開する『人間とは何か』（一九〇六）は少部数を匿名で出版されたが、「地球からの手紙」（一九〇九年執筆）は最初から公刊を前提としないで書かれた。

ところがトウェインの死後、そういう著作の出版に少しずつ大胆さが加わってくるのである。トウェイン晩年の一種の公的秘書として彼の世間的イメージの擁護に全力をあげ、トウェイン没後はその文学遺産管理人（初代）となったアルバート・ビゲロー・ペインでも、一九一七年に『人間とは何か、およびその他のエッセイ』を公刊した。一九二三年には同様に『ヨーロッパとその他の世界』を編集して出したが、そこには「暗きに坐する民に」「リンチ合衆国」「戦争の祈り」などが収められている。

しかし、隠されていたマーク・トウェインの全貌が、一挙に明らかになったわけではない。たとえばペインは一九一六年に、トウェインの遺作として『不思議なよその人　あるロマンス』を出版した。ところがこれは、トウェインの残した複数の未完原稿をつぎはぎ細工して、キリスト教会や文明なるものへの批判などを大幅に緩和する形にまとめたものだった。後年、「編集上のペテン」とこきおろされることにもなる。

またペインのあとをついで文学遺産管理人（二代）になったバーナード・デヴォートは、一九三九年に「地球からの手紙」を含むトウェインの辛辣な人間弾劾のエッセイ集を企画したが、好人物トウェインのイメージを守ろうとする娘クララの反対で出版を阻止された。

こういうふうではあったが、非「アメリカ的」トウェインの文章が少しずつ日の目を見、また注目されるようになったといえる。これにはもちろん、トウェイン研究の進展が大きく関係しているだろう。だが同時に、時勢の進展も関係する。とくに第一次世界大戦は、アメリカのナショナリズムをたかめもしたが、ナショナリズムや帝国主義の行きづまりを世界に知らしめ、またたとえば「ロースト・ジェネレイション」の登場と合わせてよく説かれるように、「進歩」とか「文明」とかというものへの信頼を、大幅に打ち砕いた。この時、トウェインの非「アメリカ的」姿勢はようやく積極的に理解され始めたといえる。そこで、アメリカの現代文学はマーク・トウェインから始まるという見方まで出来てくるわけだ。

反体制のチャンピオン

この勢いがさらに大きな飛躍を見せた時期を、トウェイン歿後五〇年の一九六〇年頃に設定してみるのも、不当ではあるまい。この頃からヘンリー・ナッシュ・スミスのリーダーシップのもと、「マーク・トウェイン・ペイパーズ」がぞくぞくと刊行されることになる。書簡集やノート・日記類などの出版は、トウェインの著作活動の幅を大きくひろげて見せることになった。とくに目を見張るのは、トウェインが未完で書き残した原稿の整理・出版である。『不思議なよその人』の完全版も日の目を見ることになった。

こういう出版活動に加えて、一九六〇年代から七〇年代にかけてのアメリカ社会・文化の激動が、トウェイン像の新しい進展に大きく関係していた。ベトナム反戦、黒人の市民権運動、少数派人種の文化的尊厳の要求等々は、どれも半世紀以上前にトウェインが主張していたこととつながる——しかもトウェインはいま読み返してもまことに痛烈、痛切な言葉でそれをなしていたのだ。デヴォートの編集した『地球からの手紙』も、一九六二年にはとうとう出版され、センセーションを巻き起こした。そしてすぐにペーパーバックになる。同様にしてフレデリック・アンダーソン編『地獄で熱せられたペン　告発するマーク・トウェイン』(一九七二)も、たいそう評判になり、すぐにペーパーバックにされた。私が非「アメリカ的」と呼んだ反体制的なマーク・トウェインが、いまやまるで公認の「アメリカ的」な存在になったのである。

いや、こういう面のトウェインをさらに尖鋭化して受け止め、共鳴する傾きも生じてきている。その有様の一端はほかならぬわが協会の英文機関誌 *Mark Twain Studies* 第二巻（二〇〇六）の“New Perspectives on ‘The War-

Prayer’”特集にも見られるだろう。その中でロン・パワーズは、アメリカが「トウェイン以後の反体制的雄弁」に事欠かないとして、ドス・パソス、マーティン・ルーサー・キングなど多数の名をあげながら、「底深い独特の憤怒、不正義への激しく比類ない憎悪、および素朴で、迫力ある、地獄で熱せられたアメリカ英語を完全に駆使する能力」と結びついたマーク・トウェインの世界的名声に匹敵する者は誰もいないと述べるのである。

大衆のトウェイン

ところで、マーク・トウェインのこういう局面への注目共鳴に立派な根拠があることは十分に認めながら、その共鳴に酔う向きも生じてきているのではないか、という不安を私は感じることがある。しかも皮肉なことに、「マーク・トウェイン・ペイパーズ」などによるトウェインの遺稿出版が、この傾きを助けているのではないか。新しく日の目を見た作品を読んだ読者、研究者は、新しい（本物の）トウェインを発見したような気持ちになり、ややもすればその面のトウェインばかりの探究に突き進みがちに見えるのだ。

トウェインの遺稿は、多くが未完で残されていたが、それが完成できなかった原因には、もちろん体力、気力の衰えもあったろうけれども、発想、構想、叙述力に無理がともなうようになっていたこともあるのではないか。三度も稿を新たにしてついに完成できなかった『不思議なよその人』もその例にもれない（この最終稿「四十四号」について、「事実上完成していた」という主張もあるようだが、中心テーマもストーリーも、とても首尾一貫しているようには見えない）。「細菌の三千年」となると、「奇想」の細部に面白味はあっても、細菌のメタファーで人間の姿を語るという発想自体が無理で、物語は進みようがなくなり、早々に打ち切られてしまった。こういう遺稿について、当然その文学性が問題になるべきだが、その種の検討はあまりなされず、そこに見られる思想（らしきもの）ばかりが議論される。これは文学者マーク・トウェインへの冒涜ではないか。

ここで展望をふり出しに戻してみたい。歿後百年の間にマーク・トウェインは非「アメリカ的」な側面を大いにひろげ、二十一世紀初頭のアメリカや世界の難しい状況を一種預言者的に洞察・批判する巨人の相貌をおびた。ただし、そう見るのはまずはいわゆる研究者ばかりである。そしてこの研究者の多くは、あのリンカーンにも比せられる、ユーモラスで楽しい文学者、天才的なストーリー・テラーのマーク・トウェインには、あまり理解や評価の目を向けようとしない。そんなトウェインはもう古いとでもいいたげだ。

ではそういう「アメリカ的」な国民作家マーク・トウェインは、この百年間に忘れ去られてしまったのだろうか。決してそんなことはない。『トム・ソーヤ』も『ハックルベリー・フィン』も、『王子と乞食』も『コネティカット・ヤンキー』も、大衆向けの版が無限に出され続けてきた。児童向けの版についても同様である。さらに映画化、テレビ化、ミュージカル化なども引きも切らない。そして疑いもなく、その大衆性そのものの中に新しい時代や新しい人間たちの趣向を反映させてきているだろう。はっと正気に返れば、私たちのいわゆる「研究」は、マーク・トウェインをそういう偉大な大衆性から切り離してしまい、どこかで矮小化もしているのではないだろうか。

「一人」のトウェイン

ここでふと思い出すのは、セオドア・ドライサーが一九三五年——『ハック・フィン』出版後ちょうど五十年で、ヘミングウェイのあの歴史的評価がなされた年——に書いた"Mark the Double Twain"（もちろんMark Twainという名前をもじって「二重のトウェインをマークせよ」としゃれた題）というエッセイである。

ドライサーもまた『人間とは何か』や『不思議なよその人』に注目する。ここには「力強く独創的で厭世的な思索家」トウェインがおり、それは世間がイメージする幸せで楽天的なトウェインとは違う。しかし「極め付きのリアリスト」だったトウェインと同様にリアリストのドライサーは、人間を冷静にトータルに受け止めようとする。そしてこういうのだ——「トウェインは二人ではなく、一人の人間である——才能はあるけれどもあちこち抑制された天才で、時機を待って少しずつ本来の自己に変貌する人だったのだ」と。

時代が困難をかかえればかかえるほど、その困難に挑戦した人として評価されることは、偉大な文学者の存在証明であろう。だが同時に、時代を越えて草の根的な大衆に作品が愛され続ける作家もまた偉大である。そういう両方のトウェインをひっくるめて「一人」として受け止め、理解し、味わう努力をする時、マーク・トウェインの真の偉大さが浮き出てくるのではなかろうか。

（二〇一〇年九月提出・岐阜女子大学）

シリーズエッセイ■マーク・トウェイン研究余話7

耳の作家マーク・トウェイン

市川博彬
ICHIKAWA Hiroyoshi

マーク・トウェインは「耳の作家」である――スタンダール他多くのリアリズムの作家が「目の作家」であるのに対して。そう指摘したのは Charles Neider だった。どんな意味か。

要点をまとめて言うと、トウェインが音声としてのことばを特別に重用して、しばしば作品のなかに取り込むのに成功した（ときには音声ことばを文字にして紙の上に書きうつすさい、文字ことばの側に備わっている文法や正字法といったルールをねじふせてまで、音声にこだわった）。これに対し、一般に作家は、詩人、劇作家を除いて、そこまでの音声表現にはこだわらない。むしろ逆に、耳から得た情報や知識には「噂話、耳学問」といわれるようなどこか胡散臭いところがあり、擬音・擬態語は言語の明断さを損なうものである、として避ける傾向にある。「百聞は一見に如かず」、“Seeing is believing.” という世間に通用している諺は、目を耳に優先させており、リアリズム小説家にとっても同じことが言える。すなわち彼/彼女がことばを介して外部の世界と向き合って、それを解釈し、再構成するとき、まず使うのが目であって、耳ではない。外部世界の情報は、静止した一瞬の画像で、まず目に飛び込んでくる。形状、色彩、構造など、いくつもの要素に分けて視覚的にとらえられ、作家はその詳細を正確な文字ことばによって書きとめる。描写とはそういうことである。

「小説は、街道筋に沿って運ばれる鏡である」。よく知られたこの言葉は、スタンダールが『赤と黒』のなかで言ったことだが、コンテキストをはなれて、近代リアリズム小説を定義したことばとして通用している。小説家は、鏡に映った外界の世界をことばによって表現し、また、その鏡を一定の道筋に沿って動かすことで空間的な広がりを与えることができる。比喩的に言う鏡に、音やにおいをとらえる機能が想定されていないことはいうまでもない。

トウェインが『赤と黒』（一八三〇）を読んでいたかどうかは、今問わない。たとえ読んでいたとしても、スタンダールに共鳴して、「街道筋」の記録、たとえば『苦難を忍びて』（一八七二）を書いたのではけっしてない。『苦難を忍びて』がセントジョゼフからサンフランシスコまで、さらにサンドウィッチ諸島を含めた極西部の世界を活写したものであるのには間違いないけれど、そこには通常の方法、目でとらえた人と自然のほか、耳で集められた情報があって、異彩を放っている。旅行記を伝統的なカテゴリーで「見聞録」と言いなおすと、この『苦難を忍びて』には、極西部に流布する小話、伝説、噂など「聞」に属するものが効果的に取り入れられている。仮に「見」（視覚情報）と「聞」（聴覚情報）に分けて単純にページ数で比較すれば視覚情報の方が多いだろう。「街道筋に沿って運ばれる鏡」であるのはその通りなのだが、この鏡にはいわば敏感な耳がついている。さらに言えば、この装置には優れた再生機能がついていて、聴いた話を聴いた通りに再生して、文字に書きとめることまでしてある。

トウェインの書いた旅行記は『苦難を忍びて』のほかにもあって、右で述べたことは *The Innocents Abroad*（1866）, *Following the Equator*（1898）でも言えるだろう。さらに、トウェインを一冊の本で代表させて『ハックルベリーフィンの冒険』（一八八五）を取り上げて、このハンニバル・ミズーリからアーカンソーまで、ミシシッピ川の流れに沿って運ばれる物語のなかに、耳の作家の本領が示される箇所はいくつも指摘できる。中でも、ハックがワトソン夫人あてのジム告発状を破棄する場面、“All right, then, I'll *go* to hell”— and tore it up.（ch.31）は、情念を表すとき、文字によるどんな説明より声に出して言ったセリフの方がはるかに強いインパクトをもって伝えることができる、いい例だろう。「地獄に落ちてやる」と言って手紙を破り捨てるハックの行為に、音声の文字ことばに対する根源的優位が暗示されていると言っていい。

作家がことばを使って作品を創る、それは画家が絵の具を使って絵を描くのと同じで、つまり作家にとってことばは表現のための手段だが、このことばに音声としてのことばと文字のことばの二つあることを確認しておく。

い遠方にいる人に伝えるため、といった必要から。

ことばの根源が音声であることには、だれも異論のないところだろう。文字は発せられた音（ことば）をある必要から固定し、定着させるための工夫だったと言えばいいか。あとで目で読み返して検証するため、また声の届かな

「はじめにことばありき」と言うとき、そこにまず音声があったのであって、文字があったわけではない。そして

以下、『苦難を忍びて』を取り上げて、トウェインの耳の作家たる本質がいかに表れているかを検証してみよう。

トウェインにとって『苦難を忍びて』は特別の意味を持っている。作家になろうと腹をくくったのは二八歳のとき、ヴァージニアシティを逃れてサンフランシスコでフリーランスのジャーナリストをやっているときだった。（このときの事情については、「サムからマークへ　作家マークトウェインの誕生」のなかですでに書いた。）兄オリオンあてに書いた手紙（一八六四年九月二八日付）の冒頭と末尾で二度繰り返される「私の本」（**my book**）とは、作家としての自分を証明する、いわば作家の身分証明書のようなもののことで、八年後に出版できた『苦難を忍びて』を指している。六四年のその時までにすでに『エンタープライズ』紙その他に書いた記事はある。それらを合わせて、自分の身元を証明する一冊の本。実際には、主として金銭的な事情から ***Innocents*** の方が先に本になったが、執筆の順序からいっても、また内容の一部をすでに講演で語っていたという点からも、『苦難を忍びて』がトウェインの処女作であると言っていい。そして処女作のなかにその作家の特質が露呈されていることは、しばしばあることで、トウェインの場合それが極西部を描く文章のなかに、繰り返し耳にした小話や、噂話、評判などの形で示されている。主な例を出てくる順番に並べると、**1.** ビーミスの語るバッファロー狩り（七章）**2.** 無法者スレード（一〇章、一一章）**3.** グリーリーと御者ハンク・モンク（二〇章）**4.** ジム・ブレーンの語る雄羊の話（五三章）**5.** ディック・ベーカーの猫トム・クオーツ（六一章）である。仔細はつぎの機会にしたい。

（島根大学名誉教授）

特集
マーク・トウェイン
没後100周年記念大会
（2010年）

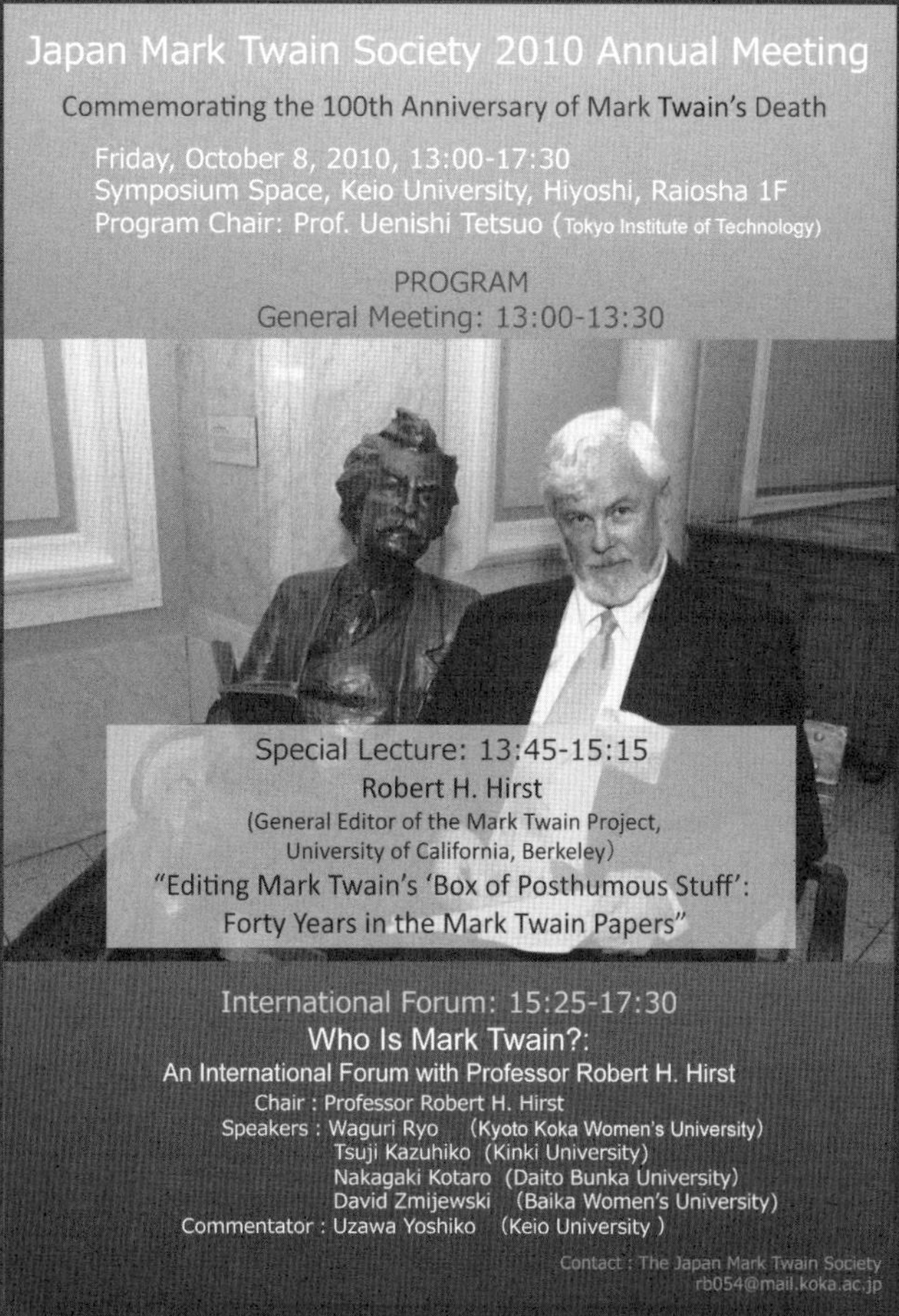

Japan Mark Twain Society 2010 Annual Meeting

Commemorating the 100th Anniversary of Mark Twain's Death

Friday, October 8, 2010, 13:00-17:30
Symposium Space, Keio University, Hiyoshi, Raiosha 1F
Program Chair: Prof. Uenishi Tetsuo (Tokyo Institute of Technology)

PROGRAM
General Meeting: 13:00-13:30

Special Lecture: 13:45-15:15
Robert H. Hirst
(General Editor of the Mark Twain Project, University of California, Berkeley)
"Editing Mark Twain's 'Box of Posthumous Stuff': Forty Years in the Mark Twain Papers"

International Forum: 15:25-17:30
Who Is Mark Twain?:
An International Forum with Professor Robert H. Hirst
Chair : Professor Robert H. Hirst
Speakers : Waguri Ryo (Kyoto Koka Women's University)
Tsuji Kazuhiko (Kinki University)
Nakagaki Kotaro (Daito Bunka University)
David Zmijewski (Baika Women's University)
Commentator : Uzawa Yoshiko (Keio University)

Contact : The Japan Mark Twain Society
rb054@mail.koka.ac.jp

特別記念講演
Robert H. Hirst
国際フォーラム
Who Is Mark Twain?

特集■マーク・トウェイン没後一〇〇周年記念大会［国際フォーラム］

［講演］マーク・トウェインの「文学遺産の箱」を編集して■「マーク・トウェイン・ペーパーズ」での四〇年

ロバート・ハースト Robert Hirst
（カリフォルニア大学）
久保拓也 KUBO Takuya（抄訳）

六十六歳の誕生日も近づいてきた一九〇八年九月八日、ニューヨーク州アンパーサンドから、マーク・トウェインは長年にわたる友人、ジョー・トゥイッチェルに宛てて、手紙を書いています。トウェイン一家は、当地のサラナック湖ほとりのキャビンで夏を過ごしていました。それは全く気楽な手紙で、二五代アメリカ合衆国大統領、ウィリアム・マッキンリーがその二日前に銃撃されたという知らせも、命には別状ないだろうとの期待があり、大事とは思われていませんでした。トウェインはマッキンリーが大嫌いでした。アメリカがフィリピンで行った、犯罪的といえる軍事行動の主たる責任が彼にあると考えていましたし、銃撃にまつわる騒動も、政治的なショーに過ぎないと退けました。トウェインはマッキンリー特有の優柔不断さに思いを巡らし、「迷うような知性がないのに、決断に迷ってばかりなのはおかしなことだ」とまで書いています。ですが、「もしマッキンリーが死んだ場合は、この意見は撤回したい」と付け加えることを忘れませんでした。ご承知の通り、マッキンリーはこの六日後に逝去しました。恐ろしいほどに見当違いで馬鹿げた最新治療法の犠牲者となったのです。

トウェインはまた、「二万五千語の力作（数ヶ月後に出版された「二連発探偵小説」か）を六日間で書き終えた。二週分以上の仕事を一週で終わらせたよ」とも書き送っています。そして彼はこの手紙に、次の段落から最後に至るまで、「この夏、当地で実によく書いたのだが、それらはすぐには出版するつもりがない――もしすることになったとしても。実際にすぐにも印刷していいような満足なものも二つ書いたけれど、一つは燃やしてしまったし、もう一つは大きな『文学遺産の箱』に入れてしまった。中にはそうやって『遺稿』を積み上げているんだ」と記しています[1]。

私の知る限り、トウェインが「遺稿」というものに言及したのは、まさにこの文が最初です。この「遺稿」が、現在バークレーにある、我々が「マーク・トウェイン・ペーパーズ（以下、MTP）」と呼ぶものの核になったことはご存じの通りです。

ジョー・トゥイッチェルはこれを含む多くの手紙を最終的にイェール大学に譲渡しましたが、それに先だって、アルバート・ビゲロー・ペインにタイプ打ちのコピーを作ることを許可しました。ですから、我々はペインがこの手紙について知っていたことと、また実際にその完全なコピーを所持していたことを知っています。ですが、ペインがこの手紙から引用することも、内容に言及することもありませんでした。なぜでしょうか。

私がＭＴＰで仕事を始めてから四十年以上になります。そのうち三十年はプロジェクト長として、その後は編集主幹として勤めてきました。三十年というのは、ペインが遺著管理者として勤めた二八年よりも、また前任のどのプロジェクト長よりも長いことになります。例えば、バーナード・デヴォートがこの任についていたのは九年、ディクソン・ウェクターは四年、ヘンリー・ナッシュ・スミスは十二年です。そして、私の直前の前任者で、大学院生の私を「照合・校正係」として一九六七年に雇ったフレデリック・アンダーソンが十五年です。これまで三十年という数字を気にすることはありませんでしたが、気づいてみて少し驚きました。なんだか、私がとうに締め切りの過ぎたレポートを出し忘れているような、また例えば、私たち皆が見たことがある、勉強をしていない、あるいは出席さえしていないクラスの期末試験を受ける悪夢の中にいるような、気持ちになったのです。

本日の講演はＭＴＰに焦点を置きましょう。我々にとっても今年は一〇〇周年――つまりトウェインがその個人的な書庫に作品をまったく出し入れしなくなってしまってから一〇〇年がたったということですから。トウェインの死に際し、ペインはその「文学遺産」の管理権を、娘であるクララ・クレメンズ・ガブリロウィッチとの共同責任で、我が物としました。そして彼はその権利を、クララや、トウェインの遺産管財人から邪魔されることなく、一九三七年の自身の死まで事実上、所持し続けたのです。

クララが亡くなった年であり、またその死のほんの数ヶ月前に、トウェインの遺産の後任管財人がカリフォルニア大学と契約を結び、ＭＴＰに独占的な出版権を与えることとなった一九六二年から、遺著管理者とその後任たち――ペインに始まり、デヴォート、ウェクターと続く人々――以外の人が、実際にいつでもＭＴＰに出入りすることができるようになりました。大学は一九四九年から実際の文書を預かってはいましたが、出版権を取得したのはクララの死に際してのことでした。彼女の資産には、その著作権と所有権が含まれていましたので、契約が必要でした。その契約は今も有効です。

一九六二年以降、ＭＴＰが所持する文書を見ることは、徐々に容易になっていきました。ＭＴＰにある文書からの引用や、トウェインの個々の原稿を出版したりすることについても同様です。出版に反対する家族もいなくなりましたし、契約により、文書の管理権が、資産を管理する弁護士の手から、プロジェクト長へ移ったからです。スミスもアンダーソンも文書の利用をできる限り簡便にしようと専心しましたし、私がプロジェクト長となった一九八〇年からは、確実に誰でもＭＴＰの文書を見ることができるようになりました。また、二〇〇二年からは、ＭＴＰの文書から引用する場合にも、全く許可を必要としなくなりました。我々はさらに、ウェブ（http://www.marktwainproject.org）上での資料利用もすべて可能にしつつあり、それには料金もかかりません。数日前（訳者注、当講演が行われたのは二〇一〇年一〇月八日）には、新刊の『マーク・トウェイン自伝（以下『自伝』）第一巻』をウェブに公開したところです。

一九一〇年から六二年に至る最初の五十年間と現在の環境が全く違うものですから、私はここで、以前の世代の研究者たちが我慢しなければならなかったものと、そしてその時代が現在に残した様々なものについて、簡単に振り返っておきたいと思います。お集まりの皆さんの多くには既に知られている事実を詳説することになって申し訳ありませんが、一〇〇周年ということが少しばかり歴史的に遡って考えることの正当な理由になるのではないかと思うのです。

ペインのMTPに対する姿勢は、一九三七年に彼が亡くなるまで、どうにも傲慢で、無責任で、時に不誠実なものでした。例えば、一九三三年の七月、MTPからの出版が完全に途絶えてしまってから約一〇年後、『ニューヨーク・ヘラルド・トリビューン』紙のインタビューに答えて、彼はこのように語っています。

若い世代は、トウェインの未刊行作品に注目すべきものがあるという考えに飛びついて、そのことをいくつかの本、あるいは様々な論文で述べています。彼の遺産の管理者や娘のクララ・クレメンズ、そして私がトウェインの遺著管理者にあたるわけですが、私たちは、彼の遺作を公にしないという理由で、ずいぶん批判されています。一人の若者（これは一九三二年のバーナード・デヴォートのことです）が自身の素晴らしい著作（*Mark Twain's America*）の中で、「トウェインについての本はこれ以上必要ない」と私が彼に書き送ったと記しています。当然のことですが、私はそんなことは全く言っておりません。トウェインについての本がより多く書かれれば書かれるほど、私はさらに満足するのです[2]。

これは不誠実な言葉としか言いようがありません。実際のところ、ペインは、本を出すまでに一〇年は待つように、とデヴォートに迫っていたわけですから。そしてペインは、MTPを自分以外の誰にも見せないようにしたのです。彼は出版するべきではないと思ったものを破棄してしまっても何とも思いませんでしたし、ついには何がどこにあるのか、自分を含め、誰にもわからないようにして収容することを選択するに至ったのです。

一九三八年、猛烈な抵抗に遭いながらも、ペインの後任者となるよう要請された時、デヴォートが見たMTPの有様はこのようなものでした。彼の最初の任務はMTPにある文書を通読することでした。彼は「事実上監視されたまま、数年前には私を訴えようとしていた弁護士の事務所で、私は三ヶ月という期間を過ごした。ひそひそとうわさ話をすることさえ禁じられた文書を読みながらね。ちょうど三ヶ月で読むことが出来たよ。急いで読んだからね」[3]と書き送っています。

次のステップは、よく売れると踏んだ三巻の本の出版を働きかけ、クララに利益を与えることでした。三つ目のステップは、デヴォートにワイドナー記念図書館の研究室を与えたハーバード大学にMTPを運ぶことでした。これは、MTPをハーバードに寄贈することへ、クララの関心を呼ぼうとはっきり意図した行為でした。一九三八年のこの時点から四九年までは、ハーバードではなくイェール大学に寄贈するというのがクララの意志だったのです。

デヴォートがハーバードでMTPを一年間整理した後にわかるのですが、残念なことにペインは、一〇〇ほどの手稿を収めたトランクをクララに送り、そしてクララはその在処を忘れていました。この遺失についてクララは、家の掃除をしていた執事の責任としました。後日トランクは発見され、あらためてデヴォートに送られたのですが、ペインがMTPを全く整理されていない、ひどい混乱状態のままにしていたのは間違いありませんし、文書のうちのいくらかを自分のものにすらしていました。もちろん、彼が出版したものの多くはトウェインの文章を勝手に改ざんしたものでした。また、トウェインの兄、オリオンの『自伝』を紛失したのが彼の責任であることは、ほぼ疑いがありません。ペインがグランド・セントラル駅で列車の切符を買っている間に、入れていたカバンを盗まれたのですから。

なぜペインはMTPからこれほどまでに他人を遠ざけたのでしょう。もちろん、彼が自分で出版するものほとんどすべてについて、クララの同意を得なければならなかったということもあるでしょう。ですが、二人がトウェインを「解剖する目的で、うち捨てられた資料を使われること」[4]から、そしてトウェイン自身からも、守るという責任を共有していたのですから、それは問題ではなかったのです。二人の動機は、トウェインが言ったことになってはいけないと判断した言葉を変更したり、隠したりすることにありました。また、ペインは自分の収入と、MTPの排他的な使用権を守ってもいました。一九二六年八月、ペインは自らが選び、それまで様々な形で出版してきたトウェイン関連書の最終巻（二巻本の『自伝』）を出してすでに二年経ったころ、『ハーパーズ』誌の同僚であったウィリアム・ハーロウ・ブリッグズに宛てて

トウェインについて書くことを他の誰かに許すことは、原則として、間違っていると思う。我々がそれを阻止できる限り、の話だが。そんなことになってしまうと（つまり、彼について書かれるようになると、という意味だが）すぐに、我々が「大切にしてきた」あのトウェイン像が、我々の知る、これまでのトウェイン像が色あせ、変化し始める。そしてその過程とともに、『ハーパーズ』誌を彩ってきたトウェインという財産も価値が低下することになるだろう

と書き送っています。ですが、これには単なるビジネス上の警告を上回る意味合いがありました。ペインは同じくブリッグズ宛ての手紙で、

> 私はもうトウェインを紹介する本を書こうとは思わない。だが、他の誰かがそのようなものを書いたり、彼についての研究を発表することなど、さらに望まない。会ったこともないのに、最近のおかしな考えを持ち出して、彼はこんな人間だったんじゃないか、なんて言う若い奴がいる――ヴァン・ウィック・ブルックスとかいう馬鹿野郎だ。そういう奴は自分勝手な思い込みをひけらかしたいだけだ。

と述べています。言い換えれば、ペインが五年後に、「彼についての本が増えれば増えるほど、私は満足するのです」と言ったのは単なる嘘だった、ということです。

事実、ペインがMTPから人を排除したそのやり方は、いわれているように「やりすぎ」でした。彼にはビジネス上の理由がありました。公的にはそれを否定していましたが、私的には他人がトウェインについて書くことを、できるだけ長くじゃまするか、少なくとも遅らせたかったことを白状しています。彼は、事実はどうあれ、遺産管財人や娘のクララを引き合いに出し、彼女らがそのような文書の閲覧には反対しているのだ、と言うことができました。ついには、トウェイン自身を引き合いに出し、「これまでも彼の指示で禁じてきた」[6]とも言えたのです。MTPのどこを探してもそのような「指示」は見つからないと言いましても、誰も驚かないはずです。私は、トウェインが自身の遺稿から人を遠ざけようなどとは考えていなかったと思います。すべての文書を「文学遺産の箱」に保存したのは何といっても、彼自身なのです。彼の公式の伝記作者が用無しとしてしまったからといって、めちゃめちゃに荒らされたり、どこかにしまい込まれたりするのを私は見たくないと思います。

ペイン自身は、MTPの文書を破棄しても、我がものとしてしまっても、さらには書き換えてしまっても、どうやら良心の呵責などは覚えなかったようです。私はこれらの事例がすべて重大な罪であると言うのではありません。ですが、今はいろいろな方法で、失われた部分が復元できるようになっているのですから、これらを改ざんの例として提示するほかないのです。

当然のことですが、失われてしまい、もはや見つけることもできない、ましてやもう復元等できないものもあります。

ペインの子孫の方が最近になり、トーマス・ナスト（訳者注、一八四〇―一九〇二、米国の風刺画家。「米国政治風刺画の父」とされる）が書いた小冊子をくれました。間違いなく元々MTPにあったものなのですが、ペインが持ち去ったままだったのです。ペイン自身、トウェインに関わる前にはナストに関心を抱いていました。MTPには、小冊子を彼に贈呈したいというナストからの手紙が保存されていました。ナストはトウェインの小品を何編か、小冊子に転載したいと彼に頼んでいたのです。小冊子の見返しを見ると、献詞として、小さな自画像と「成功しなかった、しがない画家より」の言葉が添えてあり、ナストがどれだけ口が上手だったかわかります。トウェイン研究者、そしてナスト研究者も誰一人として、クレメンズ家のポストに届いた一八七一年以降、この手紙を目にしていませんでした。

申しましたように、ペインは自身が管理する元原稿について、大変横暴な態度をとる場合がありました。『自伝』原稿には何十頁も欠けている部分があります。ペイン版『自伝』の活字組版に使われ、その後紛失したか、あるいは、印刷工に捨てさせたかしたのでしょう。また、例えば、一九〇六年二月一三日の口述筆記の『自伝』タイプ打ち原稿を見ると、これには、ペイン、編集者、校正者のうちの誰かが思うままに書き込みを行った痕跡が認められるものがあります。原稿には組版後、書類刺しに突き刺した穴が見えるのですが、これなど私には、ペインの横暴さの顕著な証拠に思えます。また、ペインは、後日トウェインや家族に不都合をもたらすと考えた場合、テクストを書き換えました。彼は信仰治療師のニュートン博士による妻オリビアの治療が、実際よりもキリスト教的な処置に見えるよう、書き換えました。治療師がオリビアを両手でさする、あまりにも異教の儀式のような描写を消し、「短い祈りを捧げた」という語句を書き加えました。これはデヴォートも、ニーダーも見抜けなかった、特にニーダーには復元することなど不可能な書き換えでした。何しろ、ニーダーにはトウェインとペインの筆跡の区別がつかなかったのですから。新刊の『自伝』はトウェインが口述筆記させたままの描写を初めて再現するテクストとなります。

次の例は、一八八四年一二月初旬、トウェインがニューヨーク州オルバニーの知事室で初めてグラヴァー・クリーヴランドと対面した時の記述です。これはクリーヴランドが第一期の大統領職に就く直前のことでした。トウェインは、会見の間中テーブルの角で身体を支えていたと述べています。すると突然、雑用係の事務官が十六人表れ、立ったままで知事の指示を待っていたというのです。知事は「諸君、下がってよい。用があって呼んだのではない。クレメンズ氏がベルの上に腰掛けているのだよ」と言ったのですが、ペインはトウェインが書いた最初の二行を書き換え、また次の、この記述が終わる頁を削除してしまいました。しかしながら、我々の手元には「自伝口述筆記」の様々なタイプ打ち原稿が存在しますので、ペインが何を変え、何を捨てたか、事実がわかります。トウェインは、「テーブルの角に、呼び鈴のボタンが十六個、固めてあった。私の尻がちょうどその呼び鈴の巣をすっぽりと包み、暖めてしまったおかげで、十六人の雑用係の卵が孵ってしまった、というわけさ」と書いていたのです。この文章をペインは、「テーブルの角に、十六個の呼び鈴のボタンが固めてあった。私はその上に身体を預けていたのだった」と書き換えています。ペインの書き換えこそ、明らかに潔癖すぎる性的な連想から生まれたとわかるでしょう。

ペインによる検閲の例は、一九〇一年九月一〇日付のジョー・トゥイッチェル宛の手紙にも見られます。ペインは一九一七年、*Mark Twain's Letters* にこの手紙を収録し、出版しました。手紙はペインが見て以来、失われたままです。最近になりペインの子孫の方が、彼が伝記執筆のために集めていた、およそ二千通に渡る手紙のタイプ原稿を渡してくれたため、手紙の本文がわかるようになりました。その中にはこれのタイプ原稿があり、少なくとも二通の複写が取られたことが明らかにわかります。そのうちの一通で、ペインはトウェインが使った言葉をすっかり書き換えたり、何の省略符号も使わずに削除したりしているのです。

マッキンリー大統領を「破廉恥な盗人で裏切り者」と言及することなど、トウェインに許されてはいけないのです。また、マッキンリーが「フィリピンの屋外便所に首まではまって身動きもとれない」などと言及してもいけないのです。ペインは最初この「屋外便所（"privy"）」を「下水（"sewage"）」に代え、印刷時にはつまらない「混乱（"mess"）」という単語に置き換えました。トウェインは「あんな〝ろくでなしども〟を集めたら、どんなひどいことになるか」などといぶかることも許されないのです。ペインは「ろくでなしども（"sons of bitches"）」を「偽善者たち（"hypocrites"）」に変更しました。もう一度言いますが、私たちが今、トウェインの実際の文言を知ることができるのは、幸運によるものです。彼の言葉は、ペインが出版したものより、はるかに辛らつで、率直で、生き生きとしたものでした。ペインが本にした手紙の中には、もうこのような復元ができないものが絶対に含まれているのです。

それでも、私はペインをむち打ちたいとは思いません。トウェインの遺著に対する、我々の現代的で、より優れた研究姿勢を勝ち誇るつもりもありません。ただ、デヴォートが一九三八年に管理を始めた時点のこと、そして私が責任を負うようになった一九八〇年の時点のことを思い出してください。その時点では、すでに相当量の元原稿は失われ、改ざんされ、あるいは破棄されていました。そして、MTPに現存する文書がおびただしい量であるために、失われたものなど何も無いのではないか、という幻想に陥りがちだということを心に留めておくことが大切です。

デヴォートほど、MTPの状態とペインの管理に対し激怒したものはいませんでした。もちろんデヴォートはMTPを整理する任務を与えられてとても興奮していました。一九三八年六月一五日、彼はその興奮を当時の友人に以下のように書き送っています。

三月一日あたりから午後になると私は毎日、人生で最も魅力的な冒険をして過ごしている。君が一ヶ月考えて思いつくどんなものよりも好奇心をそそるものだよ。『ハーパーズ』誌の連中が私を訪ねてきて、「トウェインの未発表原稿を読んで、その使い道について推薦してくれるつもりはないか」、と言ったんだ。私が「やってもいい」と言ったら、彼らは遺産管理者たちに私を推薦しにいったよ。一、三週間、大騒ぎをした後（ペインの墓まで調査していないと思うがね）、彼らは降参して、「やりたければどうぞ」と言った。そういうわけで、十分な報酬をもらい、事実上監視されたまま、数年前に私を訴えようと画策していた弁護士の事務所で、私は三ヶ月という期間を過ごした。ひそひそとうわさ話をすることさえ禁じられた文書を読みながらね。ちょうど三ヶ月で読むことが出来たよ。急いで読んだからね。【中略】私は、MTPの整理が必要だと提案した。ペインが残していった状態のひどさといったら信じられないくらいだ（いずれ見せられれば、と思うが、ペインの編集水準や伝記の水準も同様にひどいものだ）。私は、その仕事のために私を雇うべきだと提案した。そして全文書――およそ二万頁ある――が木箱に入れられて一年間、ハーヴァードの図書館に預けられることになり、私がその責任を持つことになった。私が肩からまとっているのは「エリヤのマント（訳者注、『旧約聖書』列王紀・下、第二章第八節に、エリヤが身につけていたマントを『巻いて、水を打つと水が左右に分かれ、エリヤとエリシャの二人は乾いた土の上を渡ることができた』という記述がある）」だよ。【中略】私が弁護士のチャールズ・ラークとイェールクラブで昼食を取りながら、MTPに入りたいという無礼な輩をののしっているのを見たら君は涙を流すんじゃないかな。ジャーヴィス・ラングドンがクォーリー・ファームに長期滞在をしないか、と私を招待してきたと言ったらひどく悲しがるだろう。クララが私に言ったことを聞いたら、君は生きてはいられないだろう。【中略】だが、たくさんあるごちゃごちゃの、全く重要ではないものを読み進めていて突然、トウェインが『ハック・フィン』を書いたときの、二二〇頁ある創作ノートに出会ったりするのだからすごいことだよ[7]。

私たちはみな、この手紙に書かれている興奮が理解できることと思います。デヴォートにはわかっていたのです。『ハック・フィン』の創作ノートを自分が発見するなど、彼の賢明さと、幸運を示す、まさに電撃的な出来事であることを。彼はそれをまず出版しました。そして、自分の任期が終わりに近づくころ、担当弁護士、トマス・G・チェンバレンに手紙を送ります。当時はチャールズ・レッツがMTP最初の、独自の目録を完成しようとしていたころでした。

レッツ氏によるレポートの二三頁、最初の項目、『ハック・フィン』をご覧ください。氏が私の著書 *Mark Twain at Work* を読んでいたら、これが既に出版により公表済であるとわかったことでしょうし、彼の方法だと、彼がつけた評価額（七五ドル）が下がってしまうことになるでしょう。コレクションの中には、私にとってなによりも価値があるものが一つあるのです、と申しましたのをご記憶かも知れません。それこそが、私が何より欲しいものなのです。白状いたしますと、私はそれを盗み出してしまいかねないのです。どうか氏の評価額でそれを買わせてくださいませんか。共有資料の保存についての私の原則に反しますし、前例を作るような提案をしてはいけないとわかっています。ですが、一つには、「創作ノート」は拙著とリミテッド・エディションズ・クラブ版の『ハック・フィン』においてすでに二度にわたり掲載されており、学生にも簡単に参照できるものとなっています。そして、私が思いますに、私にはそれを手に入れる権利があるのではないでしょうか。ペインにはその価値が全くわかりませんでしたし、価値があるとも思っていませんでした。もし私という人間がいなければ、「創作ノート」は沈黙のまま永遠に眠り続けたことでしょう。もし、買い上げることを許してくれましたら、私が受けた傷の多くも癒えることでしょう[8]。

デヴォートは、「トウェインの作品、あるいはアメリカ文学に関わる編集者や伝記作者、批評家、そして研究者にとって、MTPが一つのコレクションとして、ほとんど筆舌に尽くしがたいほどに貴重で、価値が高い」[9]とわかっていながら、このほんの二、三週間後、遺著管理弁護士に対し、全く別の態度をとるのです。

DVリスト項目の一二六、一二七、一二九、一三〇、そして一三一を見ていただきたい。これらの資料はほとんどすべてまったくのがらくたで、研究に使えるものでもなければ、遺産にとって何の価値もないものだ。このような無価値なものは、誰の興味対象にもならず、価値もないと最終的に判断したら、私の裁量で廃棄させていただきたい。鑑定人には一品目につき、一ドルと値付けすることを強く勧める[10]。

聞くと安心していただけると思いますが、デヴォートが「創作ノート」を買うことは許可されませんでしたし、MTPの文書を破棄する権利についても同様でした。ですが、我々は、彼が価値のない切れ端と考えたトウェインの手稿を、夕食の招待客に進呈してしまう習慣があったことを知っています。みやげとしての価値より他には「誰の興味対象にもならず、価値もない」と彼が判断したからなのでしょう。つまりペインだけが委託された文書を我がものとした、あるいは失ってしまった、唯一の人間ではないのです。

さて、ここで視点を変え、できましたら、なぜそのような喪失が大きな問題なのか、少なくともそうなり得るのか、述べてみましょう。例にあげるのは、『ハック・フィン』初版、一六〇頁の念校、つまり、鉛板が作られる直前、校正作業における最終段階の原稿です。これはMTPに長くあったものなのですが、その重要性は、スミスが編集者兼管理者となって五年後、一九五八年のリバーサイド版の序文において初めて指摘されました。

序文においてスミスは、その現物から少なくとも一部を引いて、それが「一九章のはじめから執筆を再開したとき、トウェインは一六章で書いていた『ハックとジムのカヌーが失われ、オハイオ川を遡るためには、代わりのカヌーが必要となった』、という展開を忘れてしまっていた」[11]と言う彼の主張を裏付けるものだと述べています。校正者は、カヌーがこの三〇頁以上も前に失われているのだから、ハックが「自分のカヌーに乗った（"took the canoe"）」とするのは間違いだと、はっきり指摘しています。トウェインは「カヌーに乗った」を「一隻のカヌーを見つけた（"found a canoe"）という表現に修正しています。

これらの修正は、ある時点でジムが「奴隷州にまた逆戻りで、自由の見込みは二度と無くなる」と口にするように、ハックが、そしてとりわけジムが、筏に乗って南部の奥へ奥へと下り続けるための妥当な動機を見つけなければならないという、作家が直面した問題に関係しています。

この「間違い」は、「王様と公爵」が初めて登場し、ハックが彼らを怒れる民衆から救って筏に乗せる時点で起こるもので、一九九〇年に発見された、第一九章の元原稿から分かるところでは、トウェインが一八八〇年の始めに原稿に書き加えたものと見られます。その時期は、一八七六年から八三年の間で、三期に渡った執筆期間の第二期目にあたります。忘れられたカヌーの捜索についてのスミスの説は、以来広く受け入れられています。ですが、この執筆期の直前か直後に書かれた「創作ノート」について彼は言及しておらず、おそらくは証拠の一部とも考えていなかったようです。「創作ノート」が示すのは、ジムが筏の上に身を隠している間、ハックには陸上で様々な出来事を見たり、それらに関わったりさせようと、トウェインが考えていたことです。また「創作ノート」には「王様と公爵」の創案について、「この二人の印刷工は、禁酒を講義し、ダンス、雄弁術を教え、骨相を見、小冊子を配り、説教をし、詐欺を行い、いかさま医者ともなる」と記述されています。この時点で、この詐欺師たちは二人とも印刷工と設定されていました。というのも、印刷工とは方々の町を旅するものであり、印刷所さえあれば、どの町でも食べていけたからで、トウェインはもともと、ジムが、彼を引き渡そうとする人に見つからないように川上の筏に隠れている間、ハックを彼らの仲間に加えるつもりだったのです。

デヴォートが指摘したように、彼はこれ以前に「創作ノート」を発見し、また、出版もしていました。実際に、彼の著書（*Mark Twain at Work*）に収録された部分もあります。さて、デヴォートが、この「創作ノート」を実際に買いあげるか、あるいは盗んでいたら、どうなっていたのでしょう？現在元原稿にあるような、トウェインが最初に二人の浮浪者の設定をしたあと、ある時点で「ノート」の記述に立ち戻り、そして、最初の記述と同じ紫のインクで「二人を連れて行け」と「差し挟んだ」ことを見ることができたでしょうか？デヴォートの転写には、このフレーズは差し挟んだそのままの形では表れません。おそらくそのような細かなものは不必要と考えたのでしょう。ですが、振り返って考えてみますと、この取るに足らない細かなものが、スミスの推量の正しさを確定するものであり、また実際、ハックとジムが南部の奥へ奥へと向かい続けることを説明する妥当な理由をトウェインが見つけたと自覚した瞬間を記録しているのです。「王様と公爵」がハックとジムの二人をさらなる南部へ向かわせることとなります。しかもそれは二人が自由を追い求めてではなく、ジムが逃亡奴隷として引き渡されることを恐れるためでした。これはまさにこの二人の悪党が後の章で、四〇ドルという汚い金と引き替えに行うことでした。

私の意見はこのように率直なものとなります。念校や「創作ノート」の存在を知っていたとしても、また、それらが出版され、徹底的な考察がなされ、研究が公になっているとわかっていても、さらなる考察の可能性はいつも、気づかれないままに、そこに潜んでいるのです。すでに出版済だからといって、このような文書を失ってしまうのは、さらなる考察の可能性を、抹殺するとまではいえないにしても、危機にさらすものなのです。

編集者たちと私、そして、MTPを訪れていた幸運な人々が気づく、とても関連性のある現象があります。それは、我々は常に、所持しているとは思っていなかった様々な文書を発見したり、あるいは、あるとはわかっていながらも、その意味や重要さをほんの少ししか、あるいは全く理解していなかった文書を発見したりしているということです。

ですから、MTPの今後の進展から何が期待できるか、と聞かれるとき、私の頭には二つ、思い浮かぶものがあるのです。まず一つめですが、『ハック・フィン』前半部の原稿が今後見つかるだろうか、と一九九〇年の始めに聞かれていたら、私はかなりの確信を持って、否定していただろうということです。同様に、『自伝』の原稿はトウェインが最終稿にすることがなかった、一連の草稿に過ぎないのか」とほんの三年前に聞かれていても、私はやっぱり否定していたことと思います。第二に、MTPには未だに出版されていない短い原稿が相当量ありますが、それらを出版しても、『自伝』が完成していたばかりでなく、トウェインはそこに何を収め、何を収めないかをすでにきっちりと決めていた」と突き止めた成果に現れているような、目もくらむような、すばらしい発見につながるとは期待していないということです。ですが、私の予想力はこのようなものですから、MTPから今後何が出るか、私がする予測についてなど、誰も知らなくていいのではないかと思います。ですが、編集者というのは抑えが効かないものですし、たいていはちょっとナイーブでもありますし、そういう質問を受けるのも好きなものです。

トウェインが、箱に収めた「文学遺産の山」に言及したとき、彼が恐らく心に抱いていたのは、三種類存在した「不思議な少年（"The Mysterious Stranger"）」や、「細菌とともに三〇〇〇年（"Thirty Thousand Years among the Microbes"）」のような、「暗い」あるいは「さほど暗くない」作品群だったと思われます。そのほとんどは *Which Was the Dream?*（一九六七）、Satires & Burlesques（一九六七）、*Hannibal, Huck & Tom*（一九六九）、*The Mysterious Stranger Manuscripts*（一九六九）、そして *Fables of Man*（一九七五）に収められています。一九〇一年に『自伝』のことなどトウェインの頭にあったはずはありません。ひょっとすると、彼がやってみて、やがてあきらめたものの、後のために残しておいたいくつかの試みについては考えていたかも知れません。ですが、それらもまた、もうすぐすべて出版されるのです。

MTPにはおそらく今後も登録されない、膨大な数の「非」

文学的文書が存在します。例えば、請求書、小切手、契約書、銀行の取引明細、新聞記事などの切り抜き、写真などです。言うまでもなく、トウェイン宛の数千通の手紙がありますが、これらは登録されており、やがてマイクロフィルム化し、コンピュータで利用ができるようにされます。トウェインや、兄のオリオンが残した切り抜きを収めたスクラップ・ブック、トウェインの書き込みが見られる数百冊の蔵書など、複写でもしなければ出版が困難なものも多数あります。そのような理由で、ほとんどのものは出版されないままなのです。

　私にとって本当に興味深い発見は少しずつ明らかになっていく種類のもので、その多くは、トウェインの人柄や、彼に関わる事実を少しずつ明らかにしてくれるものです。そして、その発見がいつ訪れるのか、何についてなのか、誰にも予測することはできないのです。トウェインは、自分の「文学遺産」が、後世の研究者たちの関心事となることを、知っていたか、少なくともそれを漠然と感じ取っていました。彼は自身の考えを、熟慮の末に、未完のままにした文学作品という形で残すこととなったのです。そしてそれが、確かにペインやデヴォートのような編集者たちの主たる関心事であったのです。MTPにはトウェインの人柄や彼の家族、友人たち、そして一言で言うと、マーク・トウェインとは何者であったのかに光を当てる文書が満ちています。私は、個人的にも、トウェイン研究者の皆さんすべてを歓迎します。是非MTPを、そして私の元を訪れていただきたいと思っています。

原注

1 トウェイン書簡、一九〇一年九月八日、ジョゼフ・H・トゥイッチェル宛。
2 *New York Herald Tribune*、一九三三年七月八日。
3 デヴォート書簡、一九三八年六月一五日、ギャレット・マッティングリー宛。
4 ペイン、"Notes for the Twelfth Edition," *Mark Twain: A Biography*, 2 vols., Centenary Edition (Harper and Brothers: New York, 1935), pp xx-xxi.
5 ペイン書簡、一九二六年八月一日、ウィリアム・ハーロー・ブリッグズ宛。
6 ペイン編、*Biography*, pp. xix-xxi.
7 デヴォート書簡、一九三八年六月一五日、マッティングリー宛。
8 デヴォート書簡、一九四四年七月一日、トーマス・G・チェンバレン宛。
9 デヴォート書簡、一九四四年一月一二日、チェンバレン宛。
10 デヴォート書簡、一九四四年二月二九日、チェンバレン宛。
11 スミス編、*Adventures of Huckleberry Finn* (Boston: Houghton Mifflin Company, 1958), p. 263.

　これは、二〇一〇年一〇月八日、慶應義塾大学日吉キャンパス来往舎・シンポジウム・スペースで開催された、日本マーク・トウェイン協会・トウェイン没後一〇〇周年記念大会における、ロバート・ハースト教授(カリフォルニア大学バークレー校)記念講演の抄訳である。ハースト教授はこの講演で、MTPに収められている貴重な資料についても、実物のスライドを様々に駆使してお話しくださった。だが、紙面の都合により視覚的な資料に関連する部分を収められないことは大変に残念である。邦訳上の間違いについては、言うまでもなくすべて訳者の責任である。

(金沢大学)

特集■マーク・トウェイン没後一〇〇周年記念大会［国際フォーラム］

母に届かなかった手紙■マーク・トウェインとジェイン・ラムプトン・クレメンズ

和栗　了　WAGURI Ryo

マーク・トウェインの書いた手紙で現存する最初のものは、母親ジェイン・ラムプトン・クレメンズ（一八〇三年～九〇年）に宛てた手紙で、一八五三年八月二四日の日付になっている。だがこれより以前にトウェインは母親に手紙か伝言を書いたはずだ。そこでトウェインは母親に別れの言葉を書いたか、あるいは母親が気に入らないことを書いた。それゆえにその伝言は永遠に姿を消したのである。

まず事実を確認する。トウェインは一八五三年六月後半にミズーリ州ハンニバルの家を秘かに出た。家出である。兄オーリオン・クレメンズ（一八二五年～九七年）が編集発行する『ウェスタン・ユニオン』紙で印刷工として働いていたトウェインは、兄と意見が合わず、出奔することになったと考えられている。セントルイスの義兄モフェットの家に寄寓し、ここで一月ほど過ごした後、トウェインは単身ニューヨークに向かった。働くためである。八月二四日付の手紙では職が決まっていなかったが、同月三一日付の手紙では定職が見つかった事を報告している。

問題としたいのは、二四日付の手紙の内容である。この手紙はトウェインの側から和解を求めた、あるいは恭順を示した手紙である。拙訳で引用する。

親愛なる母さんへ。この手紙を受け取って私が家からかなり遠くに居ると知ったら、母さんはきっと少し驚くでしょうし、いくらか怒るでしょうね。でも母さんは少しは私のことを辛抱して下さい。母さんの子供の中で私はいつも一番いい子だったし、「オーリオンやヘンリー・クレメンズのようなことをしないで、サムをお手本にしなさい」と町の人々が言っていたのを母さんも思い出すでしょう。（『書簡集第一巻』、三ページ）

母親が驚き、怒っているだろうとトウェインが推測している点からすると、トウェインと母親との間には何らかの諍いか不和があったと考えられる。それを修復すべく、トウェインはこの手紙の冒頭から恭順を示し和解を求めている。模範少年だったことに言及するところが憎らしい。

この冒頭部分はまた、トウェインの家出を母親ジェインが知っていたことをも明らかにしている。母親が驚いていると推測される事柄は、トウェインが家出したことではなく、ニユーヨーク市という遠いところに行ってしまったことだ。どうやら母親はトウェインの家出を事前に知っていたのである。母親はトウェインの行き先も察知し、トウェインの姉パメラ・モフェット（一八二七年～一九〇四年）が住むセントルイスで働くものと考えていた。ところがトウェインは「セントルイスには仕事がありません」（『書簡集第一巻』、三ページ）と書いて、さっさとセントルイスを後にした。家出の前に母親とトウェインの間に、あるいは母親と仲の良かったパメラとトウェインとの間に何かあったようだ。

この最初の手紙は私信というより新聞記事であって、トウェインの感情など微塵も表現されていない。十七歳のトウェインが家出を決意した時、あるいは家出に追い込まれた時、そして家出を実行しようとした時、トウェインが葛藤を感じたことは容易に想像できる。彼の中では、本当に家を出るのかどうか、どうやって家出するのかなど、強烈な感情が渦巻いていたはずである。ところが、この手紙には彼の感情は露呈されていない。セントルイスからニューヨーク市までの長い旅程は書かれていても、一人旅の心細さは無い。オランウータンのようなニューヨーク市の見せ物は書かれていても、自分自身が大都会の見せ物のように孤独だとは告白されていない。クリスタルパレスに目を奪われる自身の姿を描写しても、職もない自分を嘆いてはいない。最初の手紙は冷静な記者の目で書かれている。

ここで注意せねばならないことは、この最初の手紙は五三年九月五日の新聞ハンニバル『ジャーナル』紙に掲載される前に編集されている点だ。八月二四日にニューヨークで書かれた手紙が十二日後にミズーリ州ハンニバルの新聞に掲載されているのだから、編集の時間はあまりなかっただろう。それでも、この最初の手紙が持っていたかも知れないトウェインの感情の吐露を削除し、旅行記に仕立てることはできただろう。あるいは、トウェインは家出前後に複数の手紙を書いたが、それらが編集、合体され、九月五日付で掲載されたのかも知れない。

ハンニバル『ジャーナル』紙の編集者は兄オーリオンだが、母親ジェインが編集に関与したことは十分考えられる。特にトウェインから母親宛の手紙を掲載する際には母親の意向が強く働いたはずだ。この手紙に母親による編集の痕跡をたどることは不可能だ。だが、出版された手紙に母親への恨みも愛憎も、何も表現されていないことこそ、母親の編集を示す状況証拠だ、と言える。別のところで詳述するが、母親はしばしばトウェインの手紙を部分的に破り捨てていた。母親はトウェインの手紙の中で好ましくないと判断した部分を破り取り、捨て、残った部分をオーリオンに渡したのである。

トウェインは母親に対して、怒りや困惑や躊躇、そして何より愛情が入り混じった複雑な感情を抱いていた。その複雑な感情をトウェインは作品中に母親的人物と子供との確執として描いている。典型的な例は、ポリーおばさんとトム・ソーヤの関係であり、ワトソン嬢とハックとの関係であり、『王子と乞食』のトム・キャンティと祖母の関係だろう。何れの場合も子供は母親的人物に対して敵意に近い感情を持つ瞬間がある。

一八四七年に父親ジョン・マーシャル・クレメンズが死去すると兄オーリオンが家長になるべくセントルイスから戻って来た。トウェインはハンニバルでは模範的少年であったがオーリオンはそうではなかった。不出来なオーリオンを一家の指導者に任じたのは母親ジェインであった。兄に小さな新聞印刷所を経営する能力は無く、一八五三年に一家はアイオワ州マスカティンに移る。ここでもオーリオンはまた事業に失敗。一家は五五年に同州キーオカックに移住する。オーリオンは模範少年でなかっただけでなく、家長としても失格だったのである。トウェインの中でオーリオンに対する反発だけでなく、彼を信頼する母親に対しても恨みや嫉妬が醸成されたとしても当然だ。その強い気持ちを、トウェインは一八五三年六月にハンニバルを去る際に母親に宛てて書き残した。母親ジェインは何のためらいもなくそれを投げ捨てた。

トウェインは作品中で、届かなかった、受け取られなかった、読まれなかった手紙をいくつも書いた。『トム・ソーヤの冒険』では、トムが「スズカケの白く薄い木の皮」に書いたメッセージはポリーおばさんの目にとまらなかった。トムは「ハックとトム、インディアンの中で」(一八八四年執筆、死後出版)でもう一度ポリーおばさんに置き手紙をする。「さようなら、ゆっくりして、心配しないで」と書いた。『ハックルベリー・フィンの冒険』で、ハックはワトソン嬢にジムの居所を伝える手紙を書きながらも、「地獄へ行ってやる」と言い、手紙を破り捨てる。彼がメアリ・ジェインに宛てた手紙は読まれなかった。トウェインの作品では、母親的人物に宛てられた手紙はその真意を伝えていないのだ。

ジェイン・クレメンズはトウェインにとってきわめて重要な読者であった。特に結婚前は重要だった。他方で、母親は年下の息子に冷淡な時もあった。トウェインは作品中の母に届かなかった手紙を通して、母親ジェイン・クレメンズに二つのことを伝えたかったのである。一つは、一八五三年六月に間違いなく置き手紙を書いたこと。そしてもう一つは、母親への反発であった。

トウェインの家出の原因は兄オーリオンだと考えられてきた。『マーク・トウェイン書簡集』の編集者もオーリオンが「サムに対して暴君的で公平でなかった」と記している。だがトウェインの作品を読むと母親的人物との不和が家出の原因だったと考えざるを得ない。そして母親に宛てて不平を書いたに違いない。それを母親が破り捨て、母親の怒りを知ったトウェインが和解の手紙を書いた、それが一八五三年八月二四日付の手紙なのである。

Bibliography

Mark Twain. *Adventures of Huckleberry Finn.* Victor Fischer & Lin Salamo eds. Berkeley: U of California P, 2003.

——. *The Adventures of Tom Sawyer.* Berkeley: U of California P, 1980.

——. *Huck Finn and Tom Sawyer Among the Indians and Other Unfinished Stories.* Berkeley: U of California P, 1938.

——. *Mark Twain's Letters, Volume 1: 1853-1866.* Edgar Marquess Branch, Michael B. Frank, Kenneth M. Sanderson, eds. Berkeley: U of California P, 1988.

（京都光華女子大学）

特集◘マーク・トウェイン没後一〇〇周年記念大会［国際フォーラム］

ホワイト・ライト／ホワイト・スノウ

辻　和彦 TSUJI Kazuhiko

1 ■ マーク・トウェインとは誰／何か？

一九一〇年にマーク・トウェインがこの世を去ってから、絶えることなく湧き上がる問いかけが今日も続いている。「マーク・トウェインとは誰なのか？」、「トウェインとは何なのか？」。

フォレスト・G・ロビンソン編集の『ケンブリッジ版マーク・トウェイン・コンパニオン』やロバート・セトルメイヤー編集の『ハックルベリー・フィンの百年』などの多くの批評書は、こうした問いかけを支える一環なのであろうし、カルフォルニア大学「マーク・トウェイン・プロジェクト」編集主幹であるロバート・ハースト編集の新刊『マーク・トウェインとは誰なのか？』は、まさにこのような流れを汲み取って表題としているように思われる。

「マーク・トウェインとは誰／何か？」という問いを行い、そして受け止めなくてはいけない一人として、今回注目したいのはトウェインと「白」の関わりである。そもそも晩年のトウェインが白い服と白い髭で出歩くことにより、「白いトウェイン」という強烈なヴィジュアル・イメージを残し、彼の「空白」性を一種神聖ささえ帯びた次元に高めたことが、反ってこの問題に混乱を来たす要素となっているのは間違いない。マイケル・シェルダンの『マーク・トウェイン―白衣の男』は、おそらくここ数年に出版されたトウェイン関連の評伝の中でも、最も洞察力に溢れた著作の一つであるが、特に晩年のトウェインの「白」の謎に迫っている点で非常に評価できる。この本を頼りに「白いトウェイン」を追い、「誰／何か？」という議論を深めるのも興味深いのだが、今回は別の二つの「白」に絞って、本主題を再検討したいと思う。

2 ■ トウェインと「白」

マーク・トウェインがまだ全身に「白」を纏わず、さらに厳密には「マーク・トウェイン」ですらなかった一八五七年、彼は二十二歳の多感かつ行動的な青年サミュエル・ラングホーン・クレメンズであった。彼はアメリカ合衆国を飛び出て、アマゾン河流域へ渡ることを決意するのだが、後年その時の気持ちをエッセイ「私の人生の転換期」（一九一〇年）の中で振り返って、次のように描いている。

・・・コカについて驚くような話を読んだ。不思議な力を持った植物の生成物だ。それはあまりに滋養に富み、力を与えてくれるので、マディラ山地の土着民は一摘みの粉末状コカ以外何も取らずに、一日中山地を歩き回っているというのである。

私はアマゾンを遡りたいという切望にとり憑かれた。また世界中を回ってコカを商いたいという切望にもである。

（Twain, *Collected* 2: 932-33）

トウェインはこの話が気に入っていたようで、『自伝』にも多少異なったヴァージョンで取り入れているのであるがロバート・セトルメイヤーが「蒸気船、コカイン、紙幣――マーク・トウェインの自己再表象」にて指摘するように（Trombley 95-97）、これは事実と異なるトウェインの「創作」エピソードである。そもそも一八五七年には、白色粉末状の精製されたコカインは存在せず、トウェインの心に火をつけたソースにも、コカインの危険さに警鐘を鳴らす記述こそあれども、当然ながら精製コカインの描写など見当たらない。彼は自らの過去を修正し、ユーモアという衣を着せ直して「再表象」していたわけであり、結果的には、トウェインの「アマゾン行き」の本当のモチーフは「白く」塗りつぶされ、読者からは不可視のテキストとして消去されるのである。

3■「黒」と「白」のレトリック

後に小説家になってから、彼は別の「白色粉末」を自らの作品に好んで登場させている。一八七六年に執筆されながら、一般向けには二〇〇一年まで出版されなかった『殺人、ミステリー、結婚』では、不思議な余所者が農夫によって「雪野原」で発見される。また『トム・ソーヤーの冒険』、『ハックルベリー・フィンの冒険』の続編群の一つでもあり、『不思議な余所者』原稿の一つでもある「学校の丘」では、トム、ハックを含む少年少女が遊んでいるところに見知らぬ少年が現れ、その後「雪嵐」がやって来る。トウェインはここで、一八八〇年頃になってやっと一般に馴染まれるようになる、「ブリザード」という言葉を使用するなどして、「降雪」の激しさを強調しようと試みている。

またロバート・ハースト編集の『マーク・トウェインとは誰なのか？』に所収されている「除雪作業員達」では、上に挙げた二作品と同様、雪景色が巧妙に物語に取り込まれている（Hirst 147）。平和な日曜の朝八時、或るニューイングランドの街で、二人のアフリカ系アメリカ人の除雪作業員達が、仕事の腕を休めて、噂話に花を咲かせる。話題は「アナーキスト」と「社会主義者」に移り、おしゃべりに夢中になりすぎた彼らを、雇用主の声が叱りつける、という筋である。ヘイ・マーケット事件の影響で、トウェインが生前中に発表することをためらったこの短篇は、「雪」をトウェインが舞台装置としてどのように使用したか、という問題を解き明かすためには、触れずにはいられない作品である。雪の「白」さと「黒」い作業員達。「白」いエレガントな街並みと「赤」いテロリスト達。色彩を見事に対比させつつ、「黒人」を叱りつける「白人」の声で物語が終わる、という構成は、彼の長編の組み立てにも通じる、極めて巧みなストーリーテーリングと言えるのではないだろうか。

4■トウェインは「白」なのか？

このように「雪」を描いたトウェインの巧妙な創作技術の高さを顧みると、存在しない「白い粉」を成功への糸口と描く、もう一つの表象にも、彼なりの戦略が存在することが理解できる。精製コカインの危険が一般に理解され始め、『ニューヨーク・タイムズ』などにも警鐘を打ち鳴らす記事が掲載される頃に（Trombley 96）、既に文豪となっている男があえて、青年時代にそれで「商いをして大成功しようと思った」というエピソードは、それ自体危険なスキャンダルであり、そうであるが故に、エッセイを最も魅力的に輝かせる効果的な「舞台装置」であるのである。

よく言われるように「マーク・トウェイン」というペンネーム自体に、蒸気船パイロット時代に体験した、浅い航路を「ぎりぎり進む」というメッセージが含まれている。しかしながら、「ぎりぎり」に進路を取るためには、その危険度を正確に把握しなければいけないはずであり、コカインや雪の「白さ」の「危うさ」を扱う作業には、それ相応のリスクが絶えず付きまとうことも理解せねばならない。

彼のこうした創作指向は、一九六八年にベルベット・アンダーグラウンドが放った名曲「ホワイト・ライト／ホワイト・ヒート」にも共通する要素が含まれる。六十年代のドラッグ・カルチャー影響下のこの曲の歌詞には、明示こそされないものの、コカイン等の薬物への陶酔の賛美が見え隠れする。だが何度歌詞を読み直そうが、その肝心の「ホワイト・ライト」とは何かという質問には、結局のところは誰も明快に答えることはできないのである。

「マーク・トウェイン」を追う作業もまったく同様であり、例えばコカインという糸口から突き詰めていけば、果てには、十九世紀アメリカ文学を代表する一人であるこの作家が、ストリートで「白色粉末」を売るディーラーとなっていた「暗黒未来」の可能性も完全には否定できない。だがここにこそ、この作家の創造性があるのではないか。「マーク・トウェインとは誰／何か？」という質問への一つのヒントとなりうるのは、この不確かな二十一世紀初頭の時代において、彼の作品や、執筆姿勢における「不確かさ」が、逆説的に大きな魅力／脅威となって、読者の前に屹立しているというジレンマではないだろうか。

引用・参考文献

Hirst, Robert H., ed. *Who Is Mark Twain?* New York: HarperStudio, 2009.
Trombley, Laura E. Skandera, and Midhael J. Kiskis, eds. *Constructing Mark Twain: New directions in Scholarship*. Columbia: U of Missouri P, 2001.
Twain, Mark. *Mark Twain: Collected Tales, Sketches, Speeches, and Essays*. 2 vols. New York: Library of America, 1992.

（近畿大学）

特集◼マーク・トウェイン没後一〇〇周年記念大会［国際フォーラム］

マーク・トウェインの自己形成とナショナル・アイデンティティ

中垣恒太郎　NAKAGAKI Kotaro

1◼「マーク・トウェイン」の誕生とナショナル・アイデンティティの形成戦略

「跳び蛙」（一八六五）、『イノセンツ・アブロード』（一八六九）から『苦難をしのびて』（一八七二）に至るマーク・トウェインの初期作品を通して、マーク・トウェインのペルソナがアメリカの西部フロンティアおよびアメリカ民主主義のイメージを用いることにより、いかに巧妙に形成されていったのか。また、トウェインはきわめて初期の段階から自伝制作に携わり、その関心は生涯にわたって続くが、一八七一年に書かれた「バーレスク風自叙伝」においては、トウェインの先祖ジョン・モーガン・トウェインが、一四九二年にコロンブスと共にアメリカにわたり、先住インディアンを教化することに最初に関心を抱いた白人であり、刑務所と絞首台を作った人物として紹介されている。「アメリカ」誕生の瞬間と、自身の家系の擬似的なルーツとを重ね合わせる仕掛けによるものであり、アメリカの民主主義を体現する「国民作家」マーク・トウェインを作り上げていこうとする強固な意思が顕著に示されている。

まず『イノセンツ・アブロード』から見出せる、「近代国家のイデオロギー」と「異文化を見る眼差し」を探ることにより、「国民作家」マーク・トウェインが近代国家形成期の中から誕生していく過程を確認してみたい。『イノセンツ・アブロード』最終章にあたる第六十一章において、「聖地巡礼団の帰国――漫遊の物語」と題された一文が挿入されている。「お世辞を込めて書いた」と但し書きがあるように、もともとは『ニューヨーク・ヘラルド』紙のために書かれたものである。『イノセンツ・アブロード』の単行本化の際には、『アルタ・カリフォルニア』、『サクラメント・ユニオン』に発表した記事から大幅に加筆し、読み物としての面白さを加えられていることからも、また、冷静で皮肉めいた筆致が特徴的な単行本版と比しても、大旅行を終えたばかりの興奮をそのまま伝えるサービス精神に満ちた文章と言える。

我々はいつも、自分はアメリカ人だから――アメリカ人ということをわかってもらおうと心がけた。かなり多くの外国人が、アメリカなんて聞いたことがないという事実を知ったときには、また、さらに多くの外国人が、アメリカはどこかの野蛮国で、つい先ごろまでどこかの国と戦争

　をしていたぐらいの知識しかないのを知ったときには、旧世界の人々の道を憐れんだが、自分たちの重要性を割り引いて考えることはしなかった。

（『イノセンツ・アブロード』第六十一章）

　イノセントな「アメリカ人」を代表するという体裁で、旧世界ヨーロッパの歴史や文化を相対化する視点とトールテールを交えた語り口による『イノセンツ・アブロード』は、まさに「アメリカ」を体現する存在として当時、予約出版の形で刊行された最初の一年目だけで七万部以上の売り上げを記録し、アメリカのみならず世界的な名声を得るに至った。アメリカの「国民作家」としてのマーク・トウェインのイメージは、次作になる『苦難をしのびて』にて、『イノセンツ・アブロード』に遡る青年期の西部放浪時代を自伝的に物語ることにより、作家「マーク・トウェイン」のブランド・イメージが確固としたものとなる。晩年のトウェインは植民地主義やアメリカ膨張主義などに対して否定的な政治見解を発表するに至り、「アメリカ」が宿命的に抱える国家の成り立ちの問題、すなわちアメリカ合衆国もまた、広義の植民地主義の産物として形成されている事実に直面し、自ら任じてしまった「アメリカ」民主主義を体現する存在である自己の存在証明に対して葛藤を抱くようになると思しいが、晩年の思想と作品をも参照しつつ、『イノセンツ・アブロード』を再検討することにより、国家形成期の諸問題が浮き彫りになってくる。

クェーカー・シティ号による遊覧旅行における最大のイベントのひとつは、一八六七年に開催されたパリ万博の訪問であり、万国の様々な文化が展覧されているのを見るために、世界中から人々が集まってきている。十九世紀半ばから二〇世紀はじめにかけては、まさに万国博覧会が異文化の祭典として開花した時代でもある。万博で出くわす対照的な二人の人物――現代文明の最先端を行き、進歩と洗練の代表者であるナポレオン三世と、オスマン帝国の独裁者――の姿に「現代文明」と「前近代」との対照を見出し、「堂々たる凱旋門の下で、ここ燦然たるパリで、一世紀と十九世紀が交歓していた！」という比喩を用いて、その両極端の在り様を示している。一世紀と十九世紀という極端な対照として、後に発表する小説『アーサー王宮廷のコネティカット・ヤンキー』（一八八九）をも髣髴とさせる、異なる時代を繋げる発想がすでになされている。このように様々な人種の姿に触れた後で、では「アメリカ人」をどのように規定することができるのであろうか。

　読者の方々は簡単に理解できると思うが、合衆国の十五～十六の州から寄り集まったわれわれのような種族は、現在の、次々に移り変わる風習のパノラマの中で、眼を見張って注目すべきものを多く見出した（どういうわけか、われわれを見ていると、種族という感じがしてくる。なぜなら、われわれはインディアンのように、外国のいろいろな土地をぶらぶらと、うろつきながら進んでいるのだから）。

（『イノセンツ・アブロード』第七章）

ここでの「われわれ」とは観光旅行団の一行が移動する様を指して、さながらインディアンの部族のように移動をくりかえしている様子を表しているのだが、アメリカ合衆国という国家が様々な出自を背景とする移民の子孫から成立し、様々な州の出身者から成る一行が、「種族」として共通の特徴、資質を共有しているかのように映るのではないか、とみなしている点は興味深いものと言える。多民族国家としての「アメリカ人とは何か」という問題意識は二〇世紀以降に受け継がれていくことになるが、この問題意識の現われが『イノセンツ・アブロード』には確固として現れている。異文化を旅行するということは、『イノセンツ・アブロード』がまさに示しているように、訪問先の文化と自国の文化とを比較対照させ、相対化することである。そして観光客（／ストレンジャー）とは何か、アメリカ人とは何か、という考察をトウェインは生涯にわたって深めていくことになる。

2■「西部作家マーク・トウェイン」イメージの自己形成

一方、アメリカ国内に目を転じ、青年期の西部放浪時代の体験に基づく『苦難をしのびて』は「西部フロンティア」作家「マーク・トウェイン」のイメージが形成される上で、重要な役割を果たしている。『苦難をしのびて』は、フロンティアを目指す、一青年の冒険心から書き起こされ、紆余曲折を経た後に、ジャーナリスト、講演家、作家の道を志していくに至る半自伝的な側面を持つ。ペン・ネームである「マーク・トウェイン」としての自己像を、この『苦難をしのびて』という半自伝的旅行記においてどのように形成していったのか。

一八七〇年代の読者にとって、未だアメリカ西部の体験記は、いわば異国情緒に富んだ、もの珍しさこそが最大の魅力であった。そして何よりも「アメリカ」作家としてのトウェインが、アメリカにまつわる本を刊行することにより、アメリカの読者の興味関心をひきつけ、読者がよりよく理解してくれることを期待していた!。

トウェインはその期待にこたえるべく、読者の興味をひきつける素材を『苦難をしのびて』の中でふんだんに用意している。冒頭のこれからまさに西部旅行に出発しようとする主人公の、西部での冒険への期待は、読者が求める西部へのロマンスをそのままなぞったものと言えるだろう。「インディアン、砂漠、鉱山での採掘」、こうした大自然西部が持つ要素に魅了されて旅立つ語り手と共に、読者も冒険ロマンスの中に誘われる。

発展の途上にあった西部という異文化のワンダーを十二分に作品の中に描き込むことにより、当時の読者の好奇心を大いに喚起した。西部フロンティアの大自然の光景、無法者や、モルモン教徒やネイティブ・アメリカンなどのマイノリティたちの姿、ゴールド・ラッシュ以後にフロンティアに集った人々の生活、彼らが交わした法螺話の数々が再現・再録されている点にこの作品の醍醐味がある。トウェインがいわゆる

「国民作家」として、ヨーロッパ文学に比肩しうるだけの、アメリカ文化の豊かな可能性を自身の文学に昇華し、文学史上において評価されるに至った背景には、様々な文化が混交しあうアメリカ西部の土壌の中で修行時代を過ごした経験が大きい。

しかしながら、執筆時点から十年ほど過去に遡るこの西部体験記の執筆はなかなか進まず、難渋したことで知られる。「若々しさ」に満ちた語り手と実際のトウェインの過去との間の距離感も重要な意味を帯びている。トウェイン自身が西部にわたった年齢はすでに二十歳代半ばであったが、この語り手はさらに十歳ほど若いような印象を受ける。伝記的事実との相違点を逐一指摘し、それを根拠にマーク・トウェイン像の生成過程をたどる研究も多く現れてきた。さらに付け加えるならば、トウェインが西部のイメージに、ここで「若さ」を強調した事実に彼の西部観を見て取ることができるのではないだろうか。トウェインの出世作『イノセンツ・アブロード』はヨーロッパと対照させることで、アメリカの若さを強調する旅行記・文明論であったが、初めて本格的に「アメリカ」と向き合った『苦難をしのびて』において、自身の「若さ」とアメリカ西部の「若さ」とが重ねあわされている事実は重要であろう。マーク・トウェインにとって、アメリカという素材が常に自身の回想録と結びつく点とも関わってくる問題である。

3■「国民作家マーク・トウェイン」の誕生と西部からの離反

西部での異文化体験を基に、サミュエル・クレメンズは西部ならではの土壌を活かして、「国民作家マーク・トウェイン」という作家像をより強固に構築していく。しかしながら、トウェイン文学の根幹にこの西部での体験が強烈な影響を及ぼしていることは確実であるが、トウェインの文学的関心はやがて西部から離れていってしまう[2]。従来の伝記研究においては、東部出身の女性であるオリヴィアとの結婚、東部文壇での成功などがその根拠としてみなされることが多かったが、実際にトウェイン自らも西部との距離を意識的に遠ざけたにちがいない。その原因となったのは、第一には彼自身が抱いていた大自然西部への憧れが現実の前に崩れてしまうことであった。ロマンティシズムとリアリズムとをめぐる問題がここで浮上する。砂漠という大自然に憧れを抱いた彼であったが、実際の砂漠を前にしてその憧れは完全に現実の前に屈服してしまうのである。大自然の憧れは、タホー湖の描写に見られるように、ロマンティックな感慨とともに美しく結実する一方で、大自然が持つ現実の厳しさに打ちのめされる彼の姿がある。

サミュエル・クレメンズが文筆家としての天命を見出し、「アメリカの国民作家マーク・トウェイン」というペルソナを身につけるに至った重要な転換点がこの西部体験であり、さらにそのペルソナをある種の宣言として確立しえたのが『苦難をしのびて』である。そしてこの『苦難をしのびて』の末尾は、「楽しい旅」を回想することで終えている。ジャンルとしての旅行記を意識して、「楽しい旅」を締めくくっているが、冒頭の序文を思い起こすならば、作者は、単なる旅行記や自伝、ましてや論文などとも異なる、独自の語りのスタイルをトウェインはこの『苦難をしのびて』で編み出している。つまり、この『苦難をしのびて』こそがマーク・トウェインのブランド・イメージおよび、彼の語りのスタイルを決定づけたものであり、「西部」という異文化こそがマーク・トウェインを生み出す土壌となったのである。大自然西部で見出した「法螺話」の手法は、トウェインが迂回して自身のルーツへと向き合うことになる、トム・ソーヤーとハックルベリー・フィンに代表される南部の物語において応用され、アメリカ独自の語りとして受け継がれていくことになる。

マーク・トウェインは後年、魔女狩り、インディアン強制移住、奴隷制度を含むアメリカの過去の歴史に対する懐疑の念を示し、拡張主義的な外交政策に対しても批判の声をあげていくに至る。こうしたジレンマは『人間とは何か?』（一九〇六）など匿名での出版による著作や未完の作品において顕著に示されることになるのだが、アメリカの民主主義を体現する存在であったトウェインの晩年の活動は、ポスト植民地主義時代以降の「国民作家」の宿命をも先取りしていたと言えるのではないか。後年のトウェインの著作および思想をも参照するならば、『イノセンツ・アブロード』、『苦難をしのびて』という初期の単行本二冊において用いられたトウェインの自己形成の戦略からは、トウェインの生涯にわたる主要モチーフともなる、ナショナリズム、異国情緒、植民地主義の諸問題を読み込むことができる。「国民作家」マーク・トウェインはまさしく近代国家アメリカの形成期の中でもたらされたのだ。

註

1　編集者イライシャ・ブリスへの手紙（一八七二年三月二〇日付、『書簡集』第五巻六九頁）にて、新作となる『苦難をしのびて』が『イノセンツ・アブロード』以上にアメリカ読者の興味をかきたてるであろう、と記している。

2　西部フロンティアを舞台にした数少ない作品として、「西部作家」ブレット・ハートとの共作による戯曲「アー・シン――異教のシナ人」（一八七七）を挙げることができる。差別され、周縁の立場に位置づけられている中国人アー・シンを主要人物に据えた異色作であり、後年、アジア系アメリカ人表象の文脈から再評価が進んでいる。

引用参考文献

Budd, Louis. *Our Mark Twain: The Making of His Public Personality*. U of Pennsylvania P, 1983.

Hirst, Robert H. "'Stacks of Literary Remains': A Note on the Text." *Who Is Mark Twain?* New York: Harper, 2010. vii-xxvi.

―. *The Making of* The Innocents Abroad: *1867-1872*. Ph.D. diss., Berkeley: U of California P, 1975.

Twain, Mark. "Burlesque Autobiography." *The $30,000 Bequest and Other Stories*. New York: OUP, 1996.

―. Mark Twain's *Letters, Vol.5: 1872-73*. Eds. Lin Salamo and Harriet Elinor Smith. Berkeley: U of California P, 1997.

―. *Roughing It*. 1872. Berkeley: U of California P, 1996.

―. *The Innocents Abroad*. 1867. New York: OUP, 1996.『イノセント・アブロード―聖地初巡礼の旅（上・下）』勝浦吉雄・勝浦寿美訳（文化書房博文社、二〇〇四年）。

（大東文化大学）

特集◉マーク・トウェイン没後一〇〇周年記念大会［国際フォーラム］

生まれ変わるマーク・トウェイン

デイヴィッド・シミエスキ David Zmijewski
浜本隆三 HAMAMOTO Ryuzo 訳

マーク・トウェイン・プロジェクトの編集長、ロバート・ハースト氏によれば、マーク・トウェインは優に五〇万枚を超える原稿を後世に残したという。これまで多くの遺稿がカリフォルニア大学出版局より世に出され、また、同プロジェクトのウェブ・サイト上でも閲覧が可能となっている。このプロジェクトは、なぜトウェインがある未完作品を破棄しつつ、他方では保存していたのか、我々に考えさせてきた。最新の遺稿集 *Who Is Mark Twain?*（2009）に収載されている諸稿の日付をみると、トウェインは作家生活を始めたばかりの頃から様々な文書を保存していたことがわかる。没後一〇〇年を経てわれわれが今日ここに集っている理由も、彼が書いたものを捨てずに取っておいたからであるし、また、ハースト氏をはじめ彼の遺産を甦らせるために尽力されてきた研究者のおかげでもある。

トウェインは何者であったのかという問いは、べつに目新しくない。彼は公私にわたり様々な社会的役割をこなしてきたわけだから、トウェイン自身も自分は何者であるか考えていたのだろう。実際、彼が名乗ったサム・クレメンス、サミユエル・ラングホーン・クレメンス、それにマーク・トウェインという名前は、それぞれ違った人物像をわれわれに喚起するし、当人も同じように感じていたに違いない。この点を踏まえたうえで、『ハックルベリー・フィンの冒険』や『ジャンヌ・ダルク』それに『赤外套外遊記』など生前に世に出された作品と、出版されることがなかった『地球からの手紙』や『やつは死んだのか？』および口述自伝記などの遺稿が、同じ作家の言葉なのか否かを考える必要がある。仮に同じであるとするなら、トウェインはなぜ出版しなかったのであろうか？作品があまりに論争的な内容であったからか？もしくは、誰かに迷惑をかける可能性があったからなのか？

“The Privilege of the Grave”（1905）でトウェインは、墓に入ってしまってようやく、誰にも迷惑をかけずに話すことができる、と書いている。このトウェインの用心深さが正しかった場合もあるだろう。しかし、*Who Is Mark Twain?* に収められた作品は、論争的であったり迷惑をかけたりするようなものではない。例えば “Telegraph Dog”（1907）と題された完成稿は、紋切り型のネイティブ・アメリカン像こそ描かれてはいるものの、議論を巻き起こすような内容ではないし、また、“The Undertaker's Tale”（1877）はトウェインらしいひねりの効いた散文で、他者に迷惑がかかるような代物ではない。彼は自分の死から一〇〇年のあいだ、特定の遺稿は出版しないよう求めた。そして、ついに一〇〇年もの年月が過ぎた。その間、時代が変わり登場する人物も死んでしまったため、彼が仕掛けた皮肉による往時の影響力は失せてしまっている。当時はラディカルであった論争的な考えも、今日の世界では穏健なものとなっている場合すらある。それゆえ、*Who Is Mark Twain?* に『ハック・フィン』のような刺激的な内容を期待すると少しがっかりするかもしれない。しかし、今日の視点から見つめ直すと、遺稿はまるで作家の奮闘漫画を読んでいるようで面白い。歴史的な時間軸の上の高みに立てば、*Who Is Mark Twain?* に収載された作品を、トウェインが生前に出版していたら面白かったのにと思ってしまう。

それにしても *Who Is Mark Twain?* とはこの本におあつらえ向きのタイトルではないか。というのも、同書はトウェインが残した原稿を通して彼のアイデンティティの再評価を我々に迫るからだ。マーク・トウェインとして世界的に称賛され、愛された男と、作品を出版せず密かにしまい込んでいた男は、まったく同一人物である。そして、その遺稿はトウェインの隠れた側面を明らかにするものであった。考えてもみてもらいたい。トウェインの死後出版された遺稿の枚数は、彼が生前に出版した作品の頁数をひょっとしたら超えているか、少なくとも同じ程度の数に上っているのだ。そしてこの「新しい」遺稿は、それぞれ我々がよく知っていると思っていた男の人物像を塗り替える力すら持っている。トウェインが生きているあいだ、誰に読ませるわけでもなく密かに書き綴っていたこれらの「新しい」遺稿について、彼の死から一〇〇年を経て我々はいま議論しており、その意味で、作家マーク・トウェインはまさに生まれ変わっているのである。

トウェインは自分が書いたものを捨てずに取っておいたわけだから、誰かが遺稿をたどって自分の人生を掘り起こす可能性についても、むろん気づいていただろう。さらに、自分の人生が他人によって分析されることを嫌悪していたなら、トウェインはこんなにも多くの文書を保存していなかったと考えるのが妥当である。ただし、彼の懸念が皆目なかったかといえば、そうでもない。一八六五年一〇月一九日、兄に宛てた手紙では、読み終えたら手紙をストーブに放り込むようにとある。その理由として彼は、「自分が埋葬された後で出版される『文学的遺稿集』や『マーク・トウェインの未刊行書簡集』なんて馬鹿げたものを望まないから」と述べている（*Letters* Vol. I, 322）。

"Whenever I Am about to Publish a Book" でトウェインは、出版を決意する「決め手となる人々」についてユーモラスに論じている。もっとも頼りになるのは「すぐに寝てしまう奴」だそうだ。その男に原稿を読み聞かせ、四五分間、彼がしっかりと目を覚ましていたら、彼はその本を「大いに自信をもって出版する」という[3]。さらに、彼はこの男の評決を信じ、五本の小説を焼き捨てたと告白している。むろん彼はユーモアを弄しているわけであるが、しかし、この "Whenever I Am about to Publish a Book" が一八八一年から八五年にかけて書かれている点は看過すべきでない。ミシシッピ河の素描集や『ギルデッド・エイジ』のような共著を除いても、トウェインは一八八五年までに七冊も本を出版している。五冊の本を焼き捨てたという話が大雑把にであれ事実に基づいているとしたら、『ハック・フィン』によって彼の名声が固まる前であったにもかかわらず、トウェインは自分が書き上げた文学作品の重要な部分を納得のうえで葬り去っていたことになる。

トウェインは未完の作品を捨てたり破棄したりせず、死後出版用の箱にためていた、とハースト氏は ***Who Is Mark Twain?*** の序文で述べている。そこで、この見解を踏まえ、ちょっとお尋ねしたい。死後まで保存する箱を用意しておきながら、なぜトウェインは未完成の小説五作を破棄したのかと?私は一八八六年のトウェインのハワイ訪問と、ハワイを題材にした小説を研究対象の一つとしているが、この小説はトウェインが破棄したと思われる五つの小説のうちの一作であるから興味深い。

ハワイの小説は熟考の末、ほぼ完成していたことがノートや手紙から分かっている。にもかかわらず、それは後に無くなってしまった。どんな作家も思いついたアイデアは消えてしまう前に直感的に残しておくものだ。まして、完成した作品となれば不揃いのメモやノートとは次元を異にするものである。***Who Is Mark Twain?*** を見てもわかるとおり、彼は未完の作品でも破棄せず手元に残していた。それならば、トウェインのもっとも厳しい批評家であった妻のオリビアでさえ彼に出版の許可を与えていたというのに、なぜトウェインは完成した作品を破棄したのだろうか?一八八四年一月二四日の手紙でトウェインは、メアリー・フェアバンクスを家に招き、ハワイをテーマにした小説の原稿を読んでくれるよう頼んでいる。つまりトウェインは、ハワイの小説が完成したものと確信していたのだ。それにもかかわらず作品は消されてしまった。そしてわずか一八枚の手書き原稿の存在だけが知られている。トウェインは収集家であり、また保存家であったことを思い出せば、彼が小説を意図的に破棄したのか、もしくはどこかに保存しておきながら偶然に紛失してしまったのか、色々と可能性を考えてみるべきだろう。

破棄された原稿がある一方、膨大な原稿がしっかりと残されていた。それならば、トウェインはいったいどういう理由で保存と破棄の境界線を決めていたのであろうか。保存されていた原稿の中には、彼の文学的名声には何も寄与せず、むしろ評判を落としてしまいそうな原稿まで含まれている。トウェインはこのような原稿であっても、あえて残していた。同時代の文学界に多大な影響を与えた男の考えや思想を表象する、「文学的遺産」として残したのだ。金銭的な目的のために原稿やメモを残していた可能性はどうだろうか?否定はできないものの、トウェインが金のためならなんでもやる男だったという証拠はない。書簡集をみればわかるし、彼は頼まれれば気前よく色々と書いた男だった。

それなら、遺稿はトウェインが面白がって残していたのだろう。そうでなければ、なにか他に原稿を残す目的を考えていたはずである。*Who Is Mark Twain?* に収められている葉巻の選び方とか、郵便制度に対する愚痴のようなとりとめもない小話に、一般の読者が興味を示さないことぐらいトウェインは知っていたに違いない。このような話題は、書いた当人と彼を理解しようとする人にしか意味がないからだ。それゆえ、遺稿集の *Who Is Mark Twain?* はトウェインという人物を知るために大いに役立つ。しかし、我々はさらに、トウェインの創作過程についても遺稿を手がかりに考えを深めてみたい。

作家は作品へ取り組む独自の方法を持っている。トウェインの場合、行き詰ってしまった物語を書き続けるために、ふたたびアイデアのタンクがいっぱいになるまで計画を「棚上げ」にしていた。これはよく知られた話であるが、私はまさにこの点にこそトウェインの原稿が残されている意義があると考える。つまり、トウェインがどのようにして芸術の神ミューズを捉えようとしていたのか、遺稿は教えてくれるのだ。だが、ごく最近出版されたこの本に収載されている遺稿にのみ目を向けているだけでは十分でない。トウェインが作品のヒントを得た他の文書、例えば手紙や日記、それに本などについても踏み込んで考えるべきである。

いざ執筆となると、トウェインは完璧主義者であった。彼はこう書いている。「書く内容に自分がとことん満足してからようやく書き始める。本当に何が言いたいのか、はっきりと論理的に納得してからだ」（*Mark Twain Laughing* 92）。トウェインは自分が言いたいことをしっかりと分かっていた。それゆえに私は、作家としてのマーク・トウェインの文学的遺産は彼が生きている間に出版し尽くされたと確信している。他方、その遺産は、非凡な才能によって磨き上げられていた。彼が死後出版用の箱に入れてわれわれに残してくれたものは、編集されず、下準備もされず、気取らずわざとらしさも感じられない。それはまさに生身のトウェインの心であり精神であり魂そのものである。トウェインの遺稿とは、彼がこの世に残してくれたありのままのマーク・トウェインそのものである。それゆえ彼の遺稿は、トウェインという人物の秘密を解き明かす鍵であるばかりか、彼が生前に出版した作品についての謎も解き明かしてくれるのだ。

二〇〇九年の三月、オンラインの『タイム』紙上でギルバート・クルーズが、遺稿の出版はしばしば作家の最後の意思と真っ向から対立すると議論していた。死後、文学的名声を確立するためには、多くの人の協力が必要である。クルーズは二〇〇八年九月に自殺したデービッド・フォスター・ウォレスの場合を例にとり、ウォレスの代理人や編集者、それに妻が協力して最後の小説を出版にまでこぎつけていると述べている。そして彼は、今日、ここに集まっている我々にとっては滑稽きわまる質問を残している。いわく、「あわれな老いぼれマーク・トウェインさんの世話係りをする人は？」ハースト氏やマーク・トウェイン・プロジェクトのことをまったく知らないだなんてね！

（徳島文理大学）

特集■マーク・トウェイン没後一〇〇周年記念大会［国際フォーラム］

総括コメント

宇沢美子 UZAWA Yoshiko

マーク・トウェイン没後百周年記念大会国際フォーラムへ、皆様、ようこそお越し下さいました。本フォーラムのために、特別ゲスト兼司会者として、マーク・トウェイン・ペイパーズ編集主幹のロバート・H・ハースト教授をお招きできましたことは、わたくしどもにとりまして光栄の至りと存じます。ハースト先生、今日は本当にご協力ありがとうございます。さらに本フォーラムの目的である、トウェイン研究の未来を拓く幅広く多様な視点を共有するため、実に興味深い論文を持ち寄ってくださった四人のパネリストの方々にもここで御礼申し上げたいと思います。四人の方々の論はいずれも、トウェイン・ペイパーズの資料を用いて、トウェインがいかに「多面的」な作家であったかをそれぞれ異なる視点から論証するものでした。以下、四つの論に短評を加え、いくつかの魅力的な主題ないし疑問をそこから抽出することで、後のディスカッションにつなげたいと思います。

1

一七歳のサム・クレメンズが、彼の母親に宛てて一八五三年に書いた書簡が、現存するトウェイン関係の書簡のうちで最古のものです。お一人めのパネリスト和栗氏は、この書簡に基づき、トウェインが故郷から出てニューヨークに家出したのは、従来言われてきたように弟を酷使していた兄オリオンではなく、むしろ、(氏の言葉を使うなら)「冷酷な」母ジェーン・クレメンズが原因だったのではないかという仮説をたてました。トウェインの小説世界に、子を虐待する、暴君的ないしは冷酷な親たちの姿が頻出することとあわせみることで、和栗氏は母に反抗し家出する悪戯者の若きトウェイン像を組み立ててみせたのです。きわめて大胆で興味深い立論です。しかし、ここで私が注視したいのは、この現存するトウェイン最古の手紙についての和栗氏の解釈が、必ずしもこの書簡のただ一つの読み方ではないという点です。少なくとも、もう一つ別の解釈があってしかるべきでしょう。というのも、この手紙に、青年トウェインの母親に対する反抗心以上に、からかい半分の愛情をみてとることもそれほど難しくないように思われるからです。和栗氏が引用した問題の手紙の一節にはこうありました。「お母さんだってわかっているでしょ。僕はいつだってお母さんの一番よい息子でしたし、皆がよく自分の子供たちに、『いいかい、オリオンやヘンリー・クレメンズのまねをしちゃあいけないよ。見習うならサムだからね！』といっていたのをことによると覚えてらっしゃるでしょう。」母への反抗か、それともからかい半分の愛情か、いずれにせよここで問題とすべきは、どこまでこの若きトウェインの言葉を額面通り受け取りうるか、ではないでしょうか？おとぼけの社会批判や知らん顔しながらきつい冗談を言うのを得手とする作家にやがては成長するトウェインにとって、この言語の含みないしは「多様性・多重性」はやはり外せないテーマのように思われます。

2

お二人めのパネリストである辻氏が取り上げたのは、トウェインの一連の「白」のパフォーマンスについてでした。トウェインはその生涯のなかで、また著作のなかで、幾度となく「白」を舞台装置とし、また衣装として身にまとった作家だったと辻氏は指摘しました。辻氏の論は（一見するところ無関係のようでいて実は何らかの形で関係している）トウェインの「白」との戯れの実例を多数挙げているので、ここではそのうちの一つに、それももっとも際立ったトウェインの白、ということでその晩年の白い衣装に、焦点をあえてしぼってみたいと思います。

トウェインといえば真っ白いスーツが定番ですが、実は彼が白を着ていたのは、生涯のうち最後のわずか四年間だけのことでした。最初に白いスーツを公式の場で着たのは、著作権がそろそろ切れようとしていた自作品のより長い期間の著作権保護を可能にするため、新しい著作権法の制定を求めてロビー活動をしていたさなかの真冬のことです。白い服を着たといっても明らかに、トウェインは、私的／詩的空間に身をおいたエミリー・ディキンソンではなかったわけです。彼は、ディキンソンとは対照的に、いわばショーマンだったのであり、その白いステージ衣装のイメージは強烈に今なお私たちを魅了してやみません。真冬の白いスーツというファッション・アイテムをほどなくトウェイン・ブランドの定番とすることで、わずか四年の間にトウェインは首尾よく己の作家としてのまっさらなブランド・イメージへと（再）創造したのです。服が人（のイメージ）を再生（recreate/rewrite）する――短編「百万ポンド銀行紙幣」の作者にとって、それは驚くべきテーマではなかったはずです。もっというなら、白い服を着て、己の既得権（vested interest/ investment）を守ろうとするのは、なかなかにうまい世間へのアピール兼自己注釈のやり方ではないでしょうか。マーク・トウェインというと自分の筆名および作家業を文学ブランドにしたアメリカ初の作家であったとはよく言われますが、そうであるならなおのこと、もう一歩踏み込み、そこに潜在する、金銭、さらには作家業の文学資本化、その端的な形としての著作権といった問題にまで広げて、このトウェインの白のパフォーマンスを査定する必要があるように思われます。

3

辻氏がトウェインの白いパフォーマンスにあるイメージ操

作を「再創造」「書き直し」という言葉で論じたなら、続く第三パネリストの中垣氏は「自己形成（self-fashioning）」という用語を用いて、「西部作家トウェイン」に潜む矛盾を論じました。トウェインは南部の出身ですが、まずは西部作家というイメージで売り出し、はじめて全国的な名声を得たのでした。しかし中垣氏によれば、ひとたび西部作家として名を売った一八七〇年代中頃以降、トウェインは『アー・シン』（一八七六年）を除けば、西部について実質的に何も書こうとしなかった。これはなるほど検討してみる価値のある点と思われます。なぜトウェインは西部作家としてデビューした後、西部について書かなかったのか、ないしは書けなかったのか？

中垣氏はトウェインの初期作品である二つの旅行記（『赤毛布外遊記（*The Innocents Abroad*）』（一八六九年）と『苦難を忍びて（*Roughing It*）』（一八七二年）を分析し、この時期のトウェイン個人とアメリカ国家には若さへの決別という筋書きが並行存在していたと指摘しました。ちょうどその時期、ワイルド・ウェスト(アメリカ西部の辺境地帯)が消滅しつつあったように、作家トウェインの西部地方の駆け出しレポーターという作家像もまた消え去りつつあった、と。『苦難を忍びて』はトウェインの駆け出しジャーナリスト時代の終焉と、その消えつつあった大西部を書く事で国民作家の誕生を宣言した作品だった、が中垣氏の結論です。

このおもしろい立論に対して、あえてもう少し「西」ないしは別の「西」に目を向け、次のような疑問も提示してみたいと思います。その当時消滅しつつあった神話的なワイルド・ウェストは、トウェインが書いたただ一つの「西部」だっただろうか?大文字のワイルド・ウェストについてトウェインが何を書いたかに加えて、どのように「西部」に生きる人々を書いたか、に注視するなら、人種差別を批判するために風刺を用いるという手法を、西部の駆け出し物書きだった頃に中国からの移民の苦境に対するジャーナリスティックな文章のなかでまず始めたことをどう考えるべきだろうか?さらには、ユーモラスな旅行記を書く作者にとって、想像された他者（あるいは外国人）の視点は、アメリカ文明が及ぶ範囲なるものに対する異議申し立てとして魅力あるものではなかったか?

こうした疑問をもつのも、実はトウェインがヨーロッパやエルサレムへ旅する以前に、当時サンドウィッチ諸島と呼ばれていた、太平洋の島国ハワイを訪れていたという事実があるからです。世紀末にはアメリカに併合されることになるサンドイッチ諸島は、彼が訪れた最初の外国だったのです。一八六六年三月、トウェインは蒸気船エイジャックス号でホノルルにわたり、以来四ヶ月をこの太平洋の諸島で過ごしました。滞在中、新聞特派員として一連の紀行文を『サクラメント・デイリー・ユニオン』紙に計二五通掲載し、周知のように、そのうちの一部は後に『苦難を忍びて』に組み込まれて出版されました。この二五通の書簡がまとめられ、一冊の単行本として出版されたのは、トウェインの没後五〇年がすぎた後の一九六六年、『マーク・トウェインのハワイ書簡

（*Mark Twain's Letters from Hawaii*）としてでした。となれば、やはりこの太平洋の島国の位相が気になります。

4

興味深いことに、四人目のパネリストのシミエスキ氏が問題にしたのもハワイと関係のある、トウェインの幻のハワイ小説でした。シミエスキ氏はまず二〇〇九年ロバート・H・ハースト編の『マーク・トウェインとは誰か？（*Who Is Mark Twain?*）』をとりあげ、ここに収録されている死後出版されたトウェインの諸作品の価値は「トウェインがいかに創造の女神と向き合ったかを示してくれること」にあると指摘しました。そこからシミエスキ氏はさらに別の、生前に日の目を見なかった作品の一つとしてハワイを題材にした小説を取り上げました。一八八四年一月二四日づけのメアリー・フェアバンクス宛ての書簡を引き、このハワイ小説は、一度は全原稿が完成され校正までされた作品であったはずが、現在では残念なことにそのうちのわずか一八頁のみが存在しているにすぎない。そして、トウェインがこの原稿を破棄したものか、それとも死後出版のために取りのけておいた原稿が、なんらかの理由で散逸してしまったのかはわからないと結びました。この幻の小説については、今後さらなる研究がまたれるところです。

ここでは、中垣氏とシミエスキ氏の二つの議論からほのみえてくる疑問を提示するにとどめたいと思います。ハワイ小説、いやそもそもハワイとはトウェインにとってどのような存在だったのか？太平洋の島での経験は、彼の作品にどのような影響を及ぼしたのか？我々はハワイ諸島に、トウェインが国民的作家のみならず、国際的視野をもつ作家として「自己形成」するのに大切な、もう一つの「西部」を見出すことができないか？

以上が、四人への短評ならびに問いかけです。要約するなら、額面通り受け取られることを拒む言語の多様性・多重性、自己イメージの再創造／書き直しと作家業の文学資本化、単数ではなく複数の「西部」の可能性、太平洋にうかぶハワイ（サンドイッチ）諸島と（国際作家）トウェインの関係——この四つの焦点を、後のディスカッションにつなげるべく提示したところで、ハースト先生にマイクをお返ししたいと思います。ご清聴ありがとうございました。

（慶應義塾大学）

特集

シンポジウム（日本アメリカ文学会）

“Is Mark Twain Dead? マーク・トウェインの文学的遺産”

2010年10月10日（日）
日本アメリカ文学会第４９回全国大会
於　　立正大学

日本アメリカ文学会
第４９回全国大会

発題：日本アメリカ文学会東京支部
企画：日本マーク・トウェイン協会

マーク・トウェインの没後
１００周年記念シンポジウム

“Is Mark Twain Dead?
マーク・トウェインの文学的遺産”

司会・講師：石原剛（早稲田大学、トウェイン）
講師：諏訪部浩一（東京大学、フォークナー）
高野泰志（九州大学、ヘミングウェイ）
永野文香（日本学術振興会、ヴォネガット）
結城正美（金沢大学、環境文学）
コメンテーター：市川博彬（島根大学名誉教授・日本マーク・トウェイン協会長）

アメリカ文学の源流に燦然と輝くマーク・トウェイン。本シンポジウムでは、トウェイン没後100周年を記念して、フォークナー、ヘミングウェイ、ヴォネガット、環境文学を専門とする若手研究者が集い、このアメリカ文学の巨人が織りなす文学的遺産の一端を明らかにする。他作家への影響といった議論に限定することなく、様々な視点から創造的な比較論を展開する。シンポジウムに参加していただいた方々には、“Is Mark Twain Dead?”という問いかけの答えがやはり“・・・”とはなり得ないことを納得していただけると思う。

特集 ■ Is Mark Twain Dead? ■ マーク・トウェインの文学的遺産［日本アメリカ文学会シンポジウム］

マーク・トウェインの文学「史」的遺産 ■ 四つの文学史を辿りつつ

石原　剛
ISHIHARA Tsuyoshi

0 ■ はじめに

「トウェインの文学的遺産」を探る本シンポジウムでは、トウェイン以外のアメリカ作家や近年注目を浴びている文学ジャンルを専門とする若手研究者が集い、トウェインが織りなす文学世界の一端を他作家やジャンルとの関係に注目しつつ検討した。従来の比較文学的な影響関係に限定することなく、テーマの符合、類似や相違などといった視点から、創造的な比較論が展開されている。まずは取りまとめ役の筆者が、見取り図を示すべく、北米で刊行された四つの主要米文学史におけるトウェインの扱いとその問題点を明らかにする。

1 ■ 初代『ケンブリッジ米文学史』（一九一七–二一年）

一九世紀後半から二〇世紀初頭のアメリカ文学史の揺籃期におけるトウェインの扱いは一定ではなかった。しかし、少なくとも、当時蔓延していたヨーロッパないしは英文学中心主義に飽き足らない批評家や学者にとって、トウェインはまさにアメリカ文学の独自性を体現する作家と捉えられていた。一九一七年から二一年にかけて出版された初代『ケンブリッジ米文学史』も、そういった「ナショナルな」トウェイン観を反映していた。トウェインは、一九世紀後半を扱った同文学史第三巻において最長の独立章を巻頭に与えられるという破格の扱いを受けるが、執筆を担当したシャーマン（Stuart P. Sherman）は、雑誌『ネイション』のトウェイン死亡記事で「トウェインを受け入れるのはアメリカ国旗を受け入れるのとほぼ同じだ」（四七八）と述べていることからも明らかなように、多分にナショナリステックなトウェイン観をもっていた。

そのようなトウェイン観は、同文学史のトウェイン章にも明らかに認められる。冒頭、彼はトウェインの特徴を次のように総括する。

> Mark Twain is one of our greatest representative men. He fulfills the promise of American life. He proves the virtues of the land and the society in which he was born and fostered. He incarnates the spirit of an epoch of American history when the nation, territorially and spiritually enlarged, entered lustily upon new adventures. In retrospect he looms for us with Whitman and Lincoln, recognizably his countrymen, . . .

("Mark Twain" 1-2)

このような愛国的ともいえるトウェイン観をもったシャーマンにとって、アメリカを最も感じさせる作品は、意外にも『トム・ソーヤ』や『ハック・フィン』ではなく、最も多くのスペースを割いて紹介した『アーサー王宮廷のコネティカット・ヤンキー』である。この小説は、シャーマンにとって「他のどの本よりもより完全にマーク・トウェインを体現する作品」(一七)であり、その理由を、トウェインの分身である主人公ハンクが、「フランクリン、ペイン、ジェファソンやインガソルから受け継いだ(中略)自由、平等、自由思想を説く(中略)民主的アメリカの体現者」(一八)であるからだと説明している。つまり民主主義者トウェインが感じていた、君主制や貴族制の不正義や無知や残虐性への怒りが同作品を介して噴出しているとするのだ。シャーマンは、直前に出版した文学論集 *On Contemporary Literature* の冒頭に収めた「マーク・トウェインの民主主義」という章でも多様なトウェイン作品に言及しつつ同様の議論を展開しており、「民主主義」「アメリカ」「トウェイン」の三つを等価値で結ぶイメージが彼のトウェイン理解の根幹にあったといえる。

確かにシャーマンが主張するような、自由や平等への意識、不正義や残虐性への憤りといった「民主的」価値観がトウェインの多くの作品にみられることはいうまでもない。しかし、問題はそういった要素を「民主的アメリカ」を体現する要素として済ませている点だろう。例えば、『コネティカット・ヤンキー』における奴隷制度の残虐性の赤裸々な描写には、まさに奴隷制を少し前に抱えていた自国アメリカへの批判意識も読み取れるし、物語終局の最新兵器を用いた大量殺戮の場面は、よく指摘されるように未曽有の犠牲者を出した南北戦争の影なしには理解できない。つまり、この小説は民主主義という理想を掲げたアメリカが内包してきた非民主主義的暴力や残虐性の矛盾をついた作品とも読めるのだが、そういった視点はシャーマンのナショナリステックなトウェイン論には皆無なのだ。

2■スピラー編『合衆国文学史』(一九四八年)

『ケンブリッジ米文学史』に続く二〇世紀半ばを代表する文学史は、スピラー(Robert E. Spiller)編『合衆国文学史』(一九四八年)である。当時、アメリカは国力においてヨーロッパ各国を凌駕しただけでなく、世界的評価を受けた文学者も輩出し、アメリカ文学も研究分野としての地歩を固めつつあった。『合衆国文学史』は、まさに上り坂にあって自信を深めつつあるアメリカが、文化社会背景と主要作家をしっかりと検討することで、自国の文学の独自性を希求することを目標に据えた試みだった。そのことは、編集の中心にいたスピラーが同文学史の趣旨説明のために執筆者たちに書き送った書簡中の次の言葉に明らかである。

The central purpose of our history might therefore be an attempt to define the spirit of the American people as

expressed in our literature and traced through the steady growth of a national consciousness. This would be done by singling out the major writers and giving them full critical treatment against the background of the literary and intellectual and social movements which conditioned their development and above which they rose. We should not be lost in the morass of minor writers and of writing which is not literature.
（"History of a History" 610）

右の言葉に見られるように、主要作家を最大限重視して、文学に表れたアメリカの人々の精神を定義するといった趣旨のもと編まれた文学史でトウェインが重要な役割を果たさないはずがない。『ケンブリッジ』版同様、トウェインは『合衆国文学史』でも独立章を与えられた数少ない作家の一人として刻印されている。

同文学史のトウェイン章を担当したウェクター（Dixon Wecter）はこういったナショナルな編集方針に呼応するかのごとく、トウェインを冒頭で次のように紹介する。「性格や気質においてと同様、外的な人間としての活動においても、マーク・トウェインは代表的アメリカ人である」（九一七）。このようなアメリカ性の強調は、初代『ケンブリッジ』版とほぼ同様だが、両文学史を比較してみると、「アメリカの背負わせ方」において微妙な変化が見て取れる。一言でいえば、ウェクターのトウェインには、シャーマンのように封建制や貴族制への批判と結び付けて、理想的な民主的アメリカの体現者としてトウェイン像を構築していくような傾向は弱い。むしろウェクターの場合、「もし、トウェインが現実と理想を調和させることに失敗したのだとしたら、（中略）それは彼の失敗ではなく、彼の時代に根差した失敗である」（九一七）という言葉にも明らかなように、アメリカの歴史そのものへの懐疑の念が基盤にある。

無論、出版経緯や時代状況を考えれば、『合衆国文学史』がナショナリズムと無縁であるはずはない。そもそも同文学史は、一九二〇年代のMLA大会において、イギリス文学の傍流ではない「国家意識の表現としてのアメリカ文学の提示」（Spiller, "History of a History" 六〇四）を目的に結成されたアメリカ文学グループが母体となり、第二次大戦という愛国的な社会状況の下、編集された文学史である。後にスピラー自身が認めたとおり、戦後特有の「急進的なナショナリズムの衝動」（"History of a History" 六〇四）に影響される形で同文学史が生まれたことは確かだろう。

しかし、ことウェクターのトウェイン章に関しては、既に触れたように安易な愛国的言説に支配されることはない。確かに、彼の議論には、人種主義や帝国主義に挑戦するような辛辣なアメリカ批判者としてのトウェインが明確に意識されているとは言えない。しかし、自国批判の担い手としての作家像が定着するのは八〇年代の多文化主義以降であり、四〇年代の時代状況を考えれば、明確な自国批判の視線を求めること自体、無理がある。『ケンブリッジ』版という前例、戦時愛国主義、ナショナルな言説と容易に接続できるトウェイン文学の特徴、こういった諸々の条件を考えれば、ナショナリズムの落とし穴に足を取られることのなかったウェクターの足腰の強さにむしろ敬意を表したい。

加えて、両文学史のトウェイン章を比較して際立つのは、重点的に論じる対象となる作品が変化している点だ。『ケンブリッジ』版ではトウェインの主要旅行記に関する記述に最も多くのスペースが割かれていたが、『合衆国文学史』では旅行記の議論はわずか半頁のみで、作品によっては「金目当ての駄作」、とその評価も否定的である。むしろウェクターが重視するのは小説、何よりも『ハック・フィン』だ。「彼の最高傑作」（九三四）、「疑問の余地なく、アメリカと世界文学の傑作のひとつ」（九三二）と称揚し、人間経験のあらゆる側面が成熟した視点で示されていると絶賛する。ジョナサン・アラック（Jonathan Arac）は『ハック・フィン』の正典化の過程を詳細に跡付けた研究書の中で、『合衆国文学史』と同年の一九四八年に発表されたトリリング（Lionel Trilling）による『ハック・フィン』への賛辞に、同作品の「超正典化」の端緒をみている。しかし、影響力でいえば、四十年の長きに亘って最も権威ある文学史として君臨した『合衆国文学史』の方がむしろトリリングよりも息の長い影響を与えた可能性もある。アラックがウェクターにほとんど言及しない理由は不明だが、四〇年代に『ハック・フィン』の超正典化が本格的に開始されたというアラックの議論を文学史の面からも補強する意味で興味深い。

五〇〜七〇年代に北米で博士号を取得した世代は、試験対策に本文学史を読み込んだというから、まさにトウェイン文学は『合衆国文学史』経由でゆるぎない正典として研究者の脳裏に焼きつくこととなったはずだ。また、村山淳彦は「戦後の［アメリカ文学研究］の主流は、マシーセンと『合衆国文学史』であり、トリリングとニュークリティシズムだった」（一〇一）と述べているが、トウェインは批評空間に押し寄せたこれらの四つの波を見事に乗り切ったともいえる。マシーセンについては、主著『アメリカン・ルネサンス』の批評対象がそもそも一九世紀後半のリアリズム文学を念頭に置いていなかったので何らネガティブな扱いを受けず、『合衆国文学史』とトリリングからは既に述べたとおり破格の扱いを受け、新批評に関しては、大御所エリオット（T.S.Eliot）が一九五〇年に出版した『ハック・フィン』の序文で同作を絶賛しており、新批評の論客から集中砲火を浴びたドライサーのような「悲劇」を免れていたともいえるのだ。

3 ■ エリオット編『コロンビア米文学史』（一九八八年）

このような幸運な状況の下、八〇年代になると、多文化主義や新歴史主義による正典の見直しが本格化する。そして、そのような動きを体現する形でエリオット（Emory Elliot）編『コロンビア米文学史』が一九八八年に登場する。

とすれば、同文学史でキャノンが脇へ追いやられたかというと、そうでもない。例えば、一九世紀後半から二〇世紀初頭を扱った箇所全体で、主要作家に特化した独立章の割合は『合衆国文学史』が約三六％程度、『コロンビア』版も同様に約三六%程度だ。つまり、少なくとも一九世紀後半の記述においては、『コロンビア』版はキャノンをそれなりに重視した文学史であったことが分かる。当然トウェインも、独立章を与えられて重点的な言及がなされている。

むしろ、『コロンビア』版最大の特徴は執筆者の人選だろう。トウェイン章を担当したフィッシャー（Philip Fisher）は八〇年代の新歴史主義批評を代表する研究者だが、トウェインの専門家ではない。しかし、文学研究の主流を形作った新歴史主義の代表者がトウェインを論じるということは、この新たな研究の潮流においてもトウェインが十分議論に堪え得る作家であったことを如実に示している。

そして、その内容といえば、作品をジャンル別、または時代順に並べて網羅的に紹介するといったシャーマンやウェクターの手法と異なり、時代やジャンルに関係なく縦横無尽に様々な作品が場合によっては繰り返し言及される。そして、何よりもフィッシャーの議論で際立つのは、名声や広告、出版といったメディア戦略や消費文化の側面が特に強調される点だ。「［トウェインという名は］名士や広告、アイヴォリー石鹸・コカコーラ（中略）などの、商業界におけるブランド名に近い」（八二六）といった言葉からわかるように、トウェインを同時代の歴史的現象の一つとして相対化する視点は、まさに新歴史主義以外の何物でもない。

ならば、『コロンビア』版に長年蓄積してきたトウェイン批評の跡がまったく見られないかと言えば、それも違う。特に『ハック・フィン』に対する評価には、二度までも「彼の最も偉大な作品」（六三九、六四一）と前置きをして述べるなど、『ハック・フィン』を頂点とする伝統的トウェイン批評の王道を行くかのごとき記述が頻出する。そして、彼が「トウェインの最大の功績」とするのが「ハック・フィンの非凡なる話し声だ」（八三二）。

「ヴァナキュラー」という言葉で表現されるハックの語りこそが『ハック・フィン』最大の功績であるとする議論は、古くは三〇年代にまで遡ることができ、伝統的な作品観を示している。しかし一方で、フィッシャーと並び新歴史主義者の代表格とされるアラックは、『ハック・フィン』の超正典化を可能にした主因の一つとして五〇年代後半のマークス（Leo Marx）のヴァナキュラー論を極めて批判的に検討している。アラックと同じ新歴史主義者のフィッシャーが、マークスと同様の議論を権威ある文学史でくり返すことで、再び『ハック・フィン』の超正典化に与してしまったことは、ある意味皮肉な結果といえる。しかし同時に、伝統的解釈に従来は挑戦的な気鋭の新歴史主義者でも「『ハック・フィン』＝最高傑作」というまさに伝統的主張を自明のごとく繰り返してしまうところに、やはりこの作品が根本的に持っているある種の力を再認識させられる。

4■バーコヴィッチ編『ケンブリッジ米文学史』（一九九四―二〇〇五年）

一九九四年から二〇〇五年にかけて、史上最大の米文学史であるバーコヴィッチ（Sacvan Bercovitch）編『ケンブリッジ米文学史』が登場する。コンセンサスではなく「ディセンサスの長所生かすのが執筆者に課せられた仕事」（"America as Canon and Context" 100）とバーコヴィッチ自身が編集の方向性を示していることからもわかるように、『コロンビア』版同様、文化を相対的にみる多文化主義的視点を重視した文学史といってよい。

実は、同文学史におけるトウェインの存在感はそれまでの文学史のように圧倒的なものではない。トウェインと同時代の散文を扱った第三巻を見てみると、例えばジェイムズに言及する箇所が百五十頁ほどあるのに比べて、トウェインへの言及は半分以下の約七十頁にとどまっている。トウェインへの記述が相対的に軽くなった理由は明白で、リアリズム文学とマスカルチャーの関係を論じた二百頁を超える章でトウェインへの言及が極僅かに留まっていることが最大の原因だ。

同章を担当したベントリー（Nancy Bentley）はジェイムズやウォートンの専門家なので、トウェインへの言及が自然と稀薄になることは頷ける。しかし、一九世紀後半のリアリズム作家と大衆文化の関係を主題に据えた章で、ハウエルズに約五十頁、ジェイムズに約七十頁の議論を費やしているにも関わらず、トウェインへの言及がわずか二頁というのは通常の文学史観からすれば尋常ではない。なぜなら今日でも、トウェインをリアリズムの出発点とすることも多く、さらに頻出するサーカスへの言及や広告のレトリックなど、まさに大衆文化を血肉として作品に取り込んだ作家だからだ。

ベントリーがトウェインをあえて論じなかった最大の理由は、おそらくそのリアリズム観にある。ベントリーは「博物館リアリズム」という言葉で、一九世紀後半のリアリズムの特徴を述べるが、それは彼女によれば当時発展したサーカス、バーレスク、ミンストレルショーに体現されるセンセーショナリズムやメロドラマを拒否した態度に連なる美学的純粋さや文化的権威を伴ったリアリズムだ。とすれば、ミンストレルショーを好み、サーカスやセンセーショナリズムをユーモアの材料として積極的取り入れ、美学的純粋さや文化的権威をむしろ茶化す方を得意としたトウェインのような作家が、ベントリーの幾分高尚なリアリズムの範疇に入ってこないのは当然と言える。

むしろ、同文学史でトウェインに最も多く言及しているのが、ミズルチ（Susan L. Mizruchi）の多文化主義的視点による社会変化と一九世紀後半の小説の関係を論じた三百頁を超える章だ。ミズルチは冒頭、「マーク・トウェインは当時の全ての重要な現象に直に関わってきた」（四一六）作家であり、「この歴史において中心的な人物である」（四一六）と述べ、一九世紀後半という時代を体現する存在としてトウェインを位置づける。特に、発明や広告や様々な文学ジャンルにコミットしたトウェインの多面的な特徴を意識していたミズルチは、再三トウェインに言及する。

例えば『ハック・フィン』に関しては、多文化主義の立場を反映した人種に関する議論が中心となる。人種問題については、既に『合衆国文学史』が、短い記述ながら、ジムの高潔な人間性の描写に作家トウェインの黒人への平等意識や尊敬の念の反映を指摘しているが（九三二）、ミズルチの議論はそれほど楽観的ではない。一言でいえば、ハック自身が人種平等の意識を徐々に獲得しそうになりながら、繰り返し差別意識を露呈してしまう姿にむしろ注目する。そして、そういったハックの姿に人種平等の意識に目覚めながらも差別の闇に後退していくアメリカの姿そのものを重ね合わせる。

特に、この議論において異彩を放つのが、五〇年代後半のマークスの論文以降「アメリカン・ヴァナキュラー」を示す最重要場面として繰り返し言及されてきた、一九章のミシシッピー川の夜明けの場面の解釈といえる。ミズルチは、従来の議論同様この場面を長々と引用し、ハックの滑らかな「語り」に注目する。しかし、この有名な場面を紹介した意図は、むしろ次のような悲観的な事実を提示することにある。「まさにこの夜明けこそが危険なのである、なぜならハックとジムは太陽が出ているときは隠れなければならず、ジムが捕まることを避けるために夜に旅しなくてはならないからだ」（四七八）。つまり、ジムとの平等意識を育んできたハックがこの美しい「夜明け」のように差別意識の闇を脱するのかと思いきや、実際は危険な差別的世界の始まりこそがこの「夜明け」の意味するところだ、と述べるのだ。そして同時に、平等意識への目覚めという「夜明け」を幾度も経験しながらその度に差別の闇へと後退していったアメリカという国家そのものの姿をも、この夜明けの場面に読み取っていく。このように、ミズルチの議論は、『ハック・フィン』の最重要場面をおさえつつも、少数派寄りの多文化主義的視点から読み直すことで従来の『ハック・フィン』批評とは異なる解釈を提示するのだ。

伝統的な『ハック・フィン』批評では、自己中心的でジムの人格を軽視した行動をとるトムが再三批判の対象となるのに対して、ハックの行動を批判的に検討していく傾向は比較的弱い。そういった中、ミズルチがしたように、アメリカの歴史の闇から抜け出せなかったハックの姿を見据えておくことは、今後『ハック・フィン』を客観的に捉えていく上でも重要な視座を提供していることは間違いないであろう。

5■おわりに

以上、四つの文学史におけるトウェイン論を駆け足で概観してきた。確かに、最新の文学史で軽視された部分はあるとはいえ、多くの同時代作家と比べれば、これらの文学史全てにおいて、うらやむほどのスペースを与えられてトウェインの世界は語られてきた。文学史の性格が猫の目のように変わっても、驚くべき柔軟さでトウェインはそういった変化に対応し、時にまったく異なる姿を見せることで文学史の世界でも存在感を示し続けてきたといえる。このようないわば変幻自在の対応が可能な理由は、トウェインの世界が多くの異なった層からなる多面性を持ち合わせているからに他ならない。しかし、驚くべき多面的な顔を有したトウェインだけに、一面のみを見てトウェインという作家を即断してしまうという愚も犯しやすい。特に、初学者が読むことの多い文学史が一面のみを強調した華麗な議論を展開した場合、作家の全体像を見誤る危険性は高いといえる。やはり「文学史」というタイトルをつける以上、奇をてらった議論を提示することより、既に常識的となった側面でも作家の本質とあらば、それを紹介するという基本的スタンスは何にもまして重要なことであろう。そう考えると、近年のアメリカで盛んな、華やかな研究論文か研究書の寄せ集めのような文学史のあり方には、刺激を覚えつつも文学史の本質を離れたある種の危機感すら感じる。トウェインに限定すれば、彼の激動の人生と同時代のアメリカの動きを踏まえつつ新旧の批評の動きにも目配りをし、その多様な側面をバランスよく網羅的に紹介することでトウェインの本質に近付くこと。そういった記述が、古い文学史が読まれなくなった今ほど、文学史に求められている時代はないように思われる。

引用文献

Arac, Jonathan. *Huckleberry Finn As Idol and Target: The Functions of Criticism in Our Time.* Madison: U of Wisconsin P, 1997. Print.

Bentley, Nancy. "Literary Forms and Mass Culture, 1870-1920." *The Cambridge History of American Literature, 1860-1920.* Vol. 3. Ed. Sacvan Bercovitch. New York: Cambridge UP, 2005. 632-84. Print.

Bercovitch, Sacvan. "America as Canon and Context: Literary History in a Time of Dissensus." *American Literature* 58.1 (1986): 99-107. Print.

Bercovitch, Sacvan, ed. *The Cambridge History of American Literature.* 8 vols. New York: Cambridge UP, 1994-2005. Print.

Elliott, Emory, ed. *Columbia Literary History of the United States.* New York: Columbia UP, 1988. Print.コロンビア米文学史翻訳刊行会訳『コロンビア米文学史』山口書店、一九九七年。

Elliot, T. S. "Introduction." *Adventures of Huckleberry Finn.* London: Cressent, 1950. Rpt. in *Adventures of Huckleberry Finn.* Norton Critical Edition. 3rd. ed. New York: Norton, 1998. 348-54. Print.

Fisher, Philip. "Mark Twain." *Columbia Literary History of the United States.* Ed. Emory Elliott. New York: Columbia UP, 1987. 627-44. Print.

Hemingway, Ernest. *Green Hills of Africa.* New York: Scribner, 1935. Print.

Matthiessen, F O. *American Renaissance; Art and Expression in the Age of Emerson and Whitman.* London: Oxford UP, 1941. Print.

Marx, Leo. "The Vernacular Tradition in American Literature: Walt Whitman and Mark Twain." *Neueren Sprachen* (1958): 46-57. Print.

Mizruchi, Susan L. "Becoming Multicultural: Culture, Economy, and the Novel, 1860-1920." The *Cambridge History of American Literature, 1860-1920.* Vol. 3. Ed. Sacvan Bercovitch. New York: Cambridge UP, 2005. 411-739. Print.

Sherman, Stuart P. "Mark Twain." *The Cambridge History of American Literature.* Vol.3. Ed. William P. Trent et al. 1921. New York: Macmillan, 1947. 1-20. Print.

Spiller, Robert E. "History of a History: A Study in Cooperative Scholarship." *PMLA* 89.3 (1974): 602. Print.

———. "Mark Twain." *Nation* 12 May 1910: 477-80. Print.

———. On *Contemporary Literature.* New York: Henry Holt, 1917. Print.

Spiller, Robert E., ed. *Literary History of the United States.* 2 vols. New York: Macmillan, 1948. Print.

Trent, William P. et al., eds. *The Cambridge History of American Literature.* 3 vols. 1917-1921. New York: Macmillan, 1947. Print.

Trilling, Lionel. "Introduction." *Adventures of Huckleberry Finn.* New York : Rinehart, 1948. Rpt. in *Adventures of Huckleberry Finn.* Norton Critical Edition. New York: Norton, 1977. 318-28. Print.

Wecter, Dixon. "Mark Twain." *Literary History of the United States.* Vol. 2. Ed. Robert E. Spiller, et al. New York: Macmillan, 1949. 917-39. Print.

村山淳彦「米文学史の戦後構想からバーコヴィッチまで」平石貴樹他編『アメリカ―文学史・文化史の展望』松柏社、二〇〇五年、八一―一一三頁。

（早稲田大学）

特集■ Is Mark Twain Dead?——マーク・トウェインの文学的遺産［日本アメリカ文学会シンポジウム］

『ハックルベリー・フィンの冒険』と『行け、モーセ』■トウェインの後継者としてのフォークナー

諏訪部浩一　SUWABE Koichi

マーク・トウェインの「文学的遺産」を引き継いだ作家として、ウィリアム・フォークナーの名前をあげることは自然であるだろう。フォークナーがトウェインを自分達の「祖父」にあたる作家と呼んだことは夙に知られているし（Faulkner, *FU* 281）、その名前をハーマン・メルヴィルなどと並べてしばしばインタヴューであげた彼が（*LG* 167 など）、トウェインという作家に対して敬意を抱いていたことは疑うべくもないといっていい。

しかしながら、トウェインをなぜ高く評価していたのかというと、フォークナー自身の説明は——同じ作家として当然のことだろうが——いささか興味深い「ぶれ」を示すことになる。例えば一九五五年の日本でのインタヴューではトウェインを真にアメリカ的な最初の作家と呼んでいるのだが（137）、一九四七年のミシシッピ大学では、トウェインが書くものは「小説」といったものではなく、ルースな作品で、出来事が並べられているだけだ、といったいい方をするのである（56）。これらの発言は、外国や大学でなされたという文脈によるところもあるはずだが、それでも彼がトウェインの「アメリカ性」を評価する一方、小説という芸術には「形式」が重要な要素としてあると考えていた、とまとめることがひとまずは可能だろう。

こうしたフォークナーのトウェイン評価は、それ自体としてはいかにも一九五〇年代的な評価だとしても、今日のトウェイン研究においてもいまだアクチュアリティを失っていないように思える。実際、五〇年代から現在に至るまで、トウェイン研究が最も熱心に論じてきたのは『ハックルベリー・フィンの冒険』の結末（いわゆる「脱出のエピソード」）の問題であるし、そしてその「形式」の問題が繰り返し論じられてきたのは、それが前景化する人種問題が「アメリカ」に深く根ざす病理であるからに他ならないはずだ。

ただし、この「アメリカ」の問題はもちろん直接的には「南部」の問題であり、そしてフォークナーが一人の小説家として反応したのが、トウェインの「南部性」にであることも間違いないはずである。事実、というべきか、彼の手元にあったと確認されているトウェインの主要作品は『ハック』と『トム・ソーヤーの冒険』を除けば『ミシシッピ川の生活』だけである（Blotner 23）。また、あるインタヴューで好きな小説キャラクターとしてハックとジムをあげ、トムのことは

好きではないとわざわざ述べている——これは現在に至る『ハック』批評でも「定番」的なスタンスである——ことも(Faulkner, *LG* 251)、先行作家への敬意がその「南部」的な文脈から切り離せないことを示唆するだろう。

そうであるとすれば、後発作家としてのフォークナーが自分に与えるべき課題は、トウェインが拓いた南部的問題を、二〇世紀小説に相応しい「形式」を備えながら自分なりに深めていくことであったと考えていいように思われる。もっとも、右にあげたインタヴューは彼が主要作品を書き終えたあとのものであり、したがってむしろそこには「自分はそのようなことを成し遂げた」という自負を見るべきかもしれないのだが、だとすればなおさら、フォークナーの「小説家」としての達成を『ハック』をいわば「参照枠」としながら考えてみるのは、フォークナー文学の理解にとってのみならず、トウェイン文学の理解にとっても有益な作業となるはずである。そこで本稿においては、フォークナー作品における白人と黒人の代表的「ペア」として『行け、モーセ』のアイザック・マッキャスリンとサム・ファーザーズの関係を考察することにより、『ハック』という作品のあり方にもいくらかの光をあてられるのではないかと期待したい。

それでは、まず「参照枠」としての『ハック』について見ていきたいと思うが、そうするに際して最初に触れておかねばならないのは、とりわけアメリカ本国の『ハック』批評では、トムが登場する結末の「芸術性」を擁護／批判することが、人種問題に対する作品の「政治的」スタンスを擁護／批判することとしばしばイコールにされてきた結果、ともすれば不毛な論争が続いてきたようにも思われることである。ここでその論争の不毛ぶりを逐一検証する余裕はないが、一つ指摘しておきたいのは、例えば作品結末でステレオタイプに戻ってしまうように見えるジムというキャラクターに、もっともらしい動機やら内面やらを付与しようとすること、あるいはそれらの欠如を批判することは、ほとんど無意味だということである。こうしたスタンスを取る論は、要するに『ハック』を「リアリズム」という物差しで測っているのだが、それはトウェインの作品が、アメリカにおけるリアリズム小説のあくまで「揺籃期」に書かれたという歴史的文脈を無視する態度だといわねばならない。

先にあげたフォークナーの言葉は、トウェイン作品の芸術的問題に言及しているようであっても、実のところはそれをトウェインにとっての「問題」とはしていない——それはフォークナー自身にとっての問題なのだ——ことを強調しておきたいが、ともあれ『ハック』の結末が問題視され出したのは新批評の興隆以後であり(Henrickson 15)、[1]とりわけ一九世紀のあいだは「脱出のエピソード」におけるトムの登場が素直に歓迎されていたことは銘記しておいていいだろう(Hill 493)。ある批評家が指摘するように、一八八四年から八五年にかけての講演旅行で、トウェインが新作のプロモーションのために好んで取り上げたのが「脱出のエピソード」だったことを想起しておいてもいい(Railton 402)。

実際、『ハック』の「統一性」に問題があるとすれば、それは物語を通してせっかく「成長」したように見えるハックやジムというキャラクターが、最終的に別人になってしまったという「リアリズム」的なものであるのと正確に同程度に、「トム・ソーヤーの友人」として、つまり「少年文学」の主人公として登場したはずのハックが、いつの間にかシリアスな主題を担った文学作品の主人公になってしまったことにある、と考えてもいいはずである。いや、「同程度」というより、トウェインがこの作品を書くのに非常に苦労し、何度も中断しなくてはならなかったことをふまえるなら、この予期せぬ「路線変更」こそ重要ということになるはずだ。

この「路線変更」にいわゆるサム・クレメンズとマーク・トウェインの「分裂」を見ることも可能だろうが、本稿の文脈で触れておきたいのは、トウェインがこの作品を一人称で書いてしまったということである。というのは、彼のリアリズム作家としての功績の一つは、一人称の語りという「形式」によって主人公に近代文学的な「内面」を与えたことにあると考えられるからだ。この「内面」とは、「世界」とのあいだに「ズレ」として見出されるものであり、それはしばしば指摘されるようにハックが頻繁に「寂しい」と感じることなどに看取されるのだが、あるいは次のような一節を見ておくこともできる。

ベン・ロジャーズは、日曜以外はあまり出かけられないから、次の日曜に始めようといった。けど、他のやつらはみんな、日曜にそんなことをするのはよくないといって、それでだめになった。やつら（they）はできるだけ早く集まって話を決めようということにして、それからおれたち（we）はトム・ソーヤーを団長に、ジョー・ハーパーを副団長に選んで、家に帰ったんだ。（Twain 22）

これは第二章の終わり、トムが組織する盗賊団にハックも入るというエピソードの締めくくりだが、ここでトウェインは「やつら」と「おれたち」の使いわけによって、ハックがトムに代表される共同体の少年達に対して、微妙な距離をおそらく意識さえしないままに感じてしまっているようなニュアンスを出している。

反復を厭わずいえば、ハックをこの作品に「トム・ソーヤーの友人」として登場させたとき、トウェインは彼をトム的な、少年文学的な世界に登場させた。したがって、第二章で初登場したジムが魔女のエピソードでステレオタイプ的な姿をさらすことは、『トム』でインジャン・ジョーがステレオタイプ的な「悪いインディアン」として提示されることと同程度の意味しか持たないといっていいはずである。[2]「インジャン・ジョー」も「ニガー・ジム」も、ステレオタイプとして表象されることにより、トムやハックという主人公が住み、作者トウェインがノスタルジアをこめて提示することを望んだであろう、少年文学的な世界を担保する機能を担わされたのである。

だが、一人称で作品を書くということは、右の引用に見たように、語り手が「おれ（たち）」と「やつら」とのあいだの「ズレ」を意識してしまうことを含意し、その世界は一枚岩的なものにならず、いわば二重化してしまうことになる。トウェインがこの「二重化」という結果に目をつぶるほど鈍感ではあり得なかったことには、その風刺作家としての卓越した資質もあるだろうし、あるいは先にも触れたクレメンズとトウェインのあいだの分裂を想起しておいてもいい。ここでは詳しく論じられないが、そもそも『トム』という少年文学におけるハックは、重要な役柄を与えられておきながら、実はいなくてもいいキャラクターではないかと感じられる存在でもあり、トウェインがそうした「余剰」的な人物を語り手に続編を書こうとしてしまったこと自体に、『ハック』の世界を「二重化」させてしまう「必然性」を見ることも可能かもしれない。

また、物語の内容に鑑みて、「インディアン」に比べて「黒人」という存在は、トウェインにとってあまりにも生々しい存在だったと考えてもいいだろう。その「生々しさ」を誘発してしまったのは、直接的には「内面」を与えられたハックという「世界」に対して「ズレ」を感じる少年を、その「ズレ」に相応しい相手としての逃亡奴隷と一緒に筏に乗せてしまったことである。そうした筋立ては少年文学という枠組みに収まらないリアリティを作品に与えたわけだが、それは取りも直さず、ジムというキャラクターをステレオタイプ化して少年文学の枠組みに回収しようとする作家の試みを、今日の目からすればグロテスクとも感じさせるような形で破綻させる結果をもたらしたということでもある。

いま「グロテスク」や「破綻」といった表現を使ったのは、決してトウェインや『ハック』を貶めるためではないのだが、その点を確認するためにも、ここでフォークナーに話を移したい。『モーセ』は七つのエピソードからなる作品だが、本稿で注目したいのは、全編を通しての主人公アイクと、彼の「メンター」であるサムの関係が重要なものとして描かれる、「昔の人たち」と「熊」である。「昔の人たち」で森に入って猟師としてのイニシエーションを受けたアイクは、「熊」ではは巨熊オールド・ベンの死を目撃し、それと同時にサムも死ぬことになる。こうしてサムに導かれて「荒野の死」に十六歳にして立ち会ったアイクは、時を同じくして自分の祖父にまつわる近親相姦と人種混淆の事実を知り、二十一歳のときに土地の継承を放棄するわけだ。

このようにして、荒野と文明の対比や、自然との共生といった主題が話の前景で扱われていることもあり、とりわけ初期の批評家達はこれらのエピソードの叙事詩的な面に注目し、サムをそうした面を代表する人物と考えてきた。「サム・ファーザーズを、純粋なアレゴリー以外のものとして見ることは難しい。……クーパーのチンガチグックと同様、サムは……ロマンスの産物なのだ」という評価がその一例である（Howell 125-26）。こうした見方をするに際しては、そこにチンガチグックの名が出ているように、サムのインディアンとしてのアイデンティティが注目されることは自然だろう。そもそも「昔の人たち」（"The Old People"）というタイトル自体がインディアンを指していると思われる以上、こうした読み方が間違っているとはいえないかもしれない。

しかしながら、「昔の人たち」は、アイクが鹿を初めて撃ち、サムがその血をアイクの顔に塗るという「洗礼」の場面で始まるものの、フォークナーはそこで突然その話をやめてサムの複雑な血筋の話を始める。ここではその「血」の割合にのみ触れておけば、サムはインディアンの血を二分の一、白人の血を八分の三、そして黒人の血を八分の一持つ人物であるのだが、興味深いことに、このエピソードの古いヴァージョンにおいては、インディアンの血を四分の一、黒人の血を四分の三持つと設定されていた（Creighton 118）。つまり、『モーセ』に組みこむにあたり、フォークナーはサムのインディアンの血を濃くし、黒人の血を薄めたのである。

こうした改稿は、ともすればフォークナーがサムの「インディアン性」を強めようとしたように見えるし、実際、サムは作品内で「黒人」として振る舞うことも基本的になければ、黒人達の問題に関心を示すこともない。だが、『モーセ』が何よりも白人と黒人の関係を描いた小説であることを思えば、サムの「黒人の血」は、まさに薄められることによって、かえって強調されたことにもなるはずである。事実、サムの血筋が語られる箇所の導入部では、サムは "the old dark man" とされており、それが "the white boy" に対置されることにより（Faulkner, *GDM* 159）、サムの「黒人性」は最初から示唆されているのだ。

このようにして、「一見インディアンだが実は黒人」というように、サムという人物は二重化された存在なのだが、重要なのはこの「二重性」がアイクの成長の過程で浮上していくことである。先に『ハック』が一人称小説であることの意義を強調したが、興味深いことに、「昔の人たち」も「熊」も、当初はクエンティン・コンプソンを語り手とする一人称小説として構想されていた。それを三人称小説に変えて『モーセ』に組みこむフォークナーは、モダニズム時代の作家に相応しくというべきか、アイクの物語を叙事詩的に提示しながら、その世界が内側から崩れるように作品を構成したのである。

幼い頃のアイクはサムを「インディアン」として扱いたがっている。例えばサムの血筋を「檻」と呼ぶ従兄のキャス・エドモンズに「じゃあ彼を放してやればいい！」と叫ぶのであり、またサムの死に際し、サムを殺したのかとブーンに問うキャスに、「彼のことは放っておくんだ！」と叫ぶことになる（161, 243）。後者の例の「彼」は、ブーンを指すのかサムを指すのか曖昧なのだが、いずれにしてもサムのことはもうそっとしておいてやれというアイクの気持ちがあらわれている台詞と考えていいだろう。

幼いアイクが、サムを「インディアン」として「自由」にしてやりたい、つまり八分の一の「黒人の血」から自由にしてやりたいと願う気持ちを理解することは難しくない。「黒人の血」が「檻」であり、「悲劇」だと考えることは、もちろん人種差別的な見方であるのだが、南部の白人少年にとってはそう考えるのが自然なのである。別言すれば、サムが「黒人」であるというのはアイクにとってあまりに「生々しい現実」なのであり、「インディアン」という「遠い存在」にすることによって初めてこの「メンター」にして「父」的存在に共感することが可能になるのだ。

仮にサムという「父」が純血の「インディアン」であれば、アイクの物語は自然との共生を主題とする叙事詩となり得たかもしれないが、それはすなわち、インジャン・ジョーが「悪いインディアン」でいてくれたおかげでトムが少年文学のヒーローになれたというのと同じことである。しかしフォークナーは、トウェインが『ハック』でトム的世界に逃亡奴隷という「南部的現実」を持ちこんでしまったのと似たようにして、サムに八分の一の黒人の血という「南部的現実」を担わせ、「叙事詩的」な世界に「社会的」な亀裂、つまり「小説的」な亀裂を入れてしまうのである。

この「小説的な亀裂」は、「熊」の第四章で祖先の「罪」という「現実」を知ってしまったとき、アイクにとっては個人的な亀裂ともなる。アイクはこの「亀裂」を何とか修復して、サムが見せてくれたと彼が信じる叙事詩的な世界にとどまることを望む。だが、その世界を見せてくれたサムは、「インディアン化」された「黒人」に過ぎないのであり、その結果、このプロジェクトはどうしようもなく矛盾を、そして欺瞞をはらむものになってしまうのである。サムをインディアンと考えたいという気持ちは、幼いアイクにとってはサムに対する敬意の「自然」なあらわれと見なすことがひとまずできるとしても、祖先の罪を知り、白人の罪を贖おうとする大人のアイクにとっては、そこには黒人をインディアンとして考えてあげる、というパトロナイジングなニュアンスが入りこんでしまうのだ。

ここで「デルタの秋」における、ロス・エドモンズの愛人に対するアイクの醜い態度を思い出してもいいのだが、「熊」にも有名なエピソードがある。祖父が残した遺産を渡そうと結婚したフォンシバ・ビーチャムを訪ねたアイクは、彼女の困窮した生活にショックを受け、フォンシバの夫に「説教」をする。

……おまえにはわからないのか？この土地全体が、南部全体が呪われていて、そこから出てきてその乳房を吸った俺達は、白人だろうと黒人だろうと呪われていることが。俺の人種がその呪いをこの土地に持ちこんだとしよう。おそらくはそのために、その子孫だけが――それに抵抗したり戦ったりするのではなく――その呪いが解かれるまでは、それをただ堪え忍び、やり過ごしていくことになるんだ。それからおまえの人種の番が来る……。だが、いまはまだそのときじゃない。まだ違うんだ。わからないのか？（266）

これは要するに、奴隷制の「呪い」は白人だけが贖えるのだから黒人はおとなしくしていろということであり、極めて傲慢な態度といわざるを得ないだろう。「おまえは大丈夫なのか」と訊ねられたフォンシバの「わたしは自由ですから」という返答は（268）、そのようなアイクの姿勢を厳しく批判するはずなのだが、こうした批判を彼は受け入れることができない。彼の態度は、助けを必要としない黒人を助けようとするという点において、『ハック』におけるトムの「グロテスク」な振る舞いを想起させるものとなっているといえばわかりやすいかもしれない。[3]

アイクがこのように南部の「呪い」を考えている以上、サムを「インディアン」として考えようとすること自体が、彼にとっては祖先の罪を贖うための手段ということになってしまうはずである。その意味においては、「黒人」らしく振る舞わないサムというキャラクターは、彼に「黒人観」を修正するように迫るのではなく、むしろ人種間の「区別」を保持させるのに都合がいいとさえいえるだろう。アイクは二十一歳の誕生日に「サム・ファーザーズが僕を自由にしてくれたんだ」と高らかに宣言するのだが（286）、これも皮肉な場面といわざるを得ないはずである。アイクがサムのおかげで「自由」になれるのは、「死んだ良いインディアン」であるサムが、アイクが彼を「黒人の血」から「自由」にしてやろうとするのを邪魔しないからである。そしてまた、「黒人」のサムに倣って行動すること自体が、南部白人にとってはこの上なく自己犠牲的な振る舞いということにもなると考えてみれば、祖先の罪を贖おうとする彼にとって、サムはまことに都合良く利用できる存在であるわけだ。

レズリー・フィードラーはその有名なエッセイにおいて、ハックとジムの関係にアメリカ白人が求める「赦し」を見出したが（Fiedler 150-51）、サムがアイクに与えてくれる「自由」もまた、こうした「赦し」であると考えていい。だがもちろん、この「自由」なり「赦し」なりをアイクが獲得しようとする過程を描くフォークナーは、その欺瞞性をあらわにしてしまうのだし、もはや詳しく論じる余裕はないが、キリストを連想させるようなアイクの「自己犠牲」は、まさしくキリスト的にというべきか、祖先の「罪」を贖うことにより、残された人々――エドモンズ家の人々――に、その「罪」を深く内面化させることになってしまうのである。

「デルタの秋」でさらに明らかになるように、アイクの行動は、それが善意からのものであるにもかかわらず、人種問題を個人的な水準においてでさえ解決することにはならなかった。この結果は、トムによるジム救出作戦がリアリズム的な観点からはグロテスクな茶番でしかないという事実と通底しているように思われるのだが、最後に強調しておきたいのは、『ハック』がそのような「グロテスクな茶番」という形で閉じられたことが、筏の上で白人と黒人が人間同士として仲良く暮らすというヴィジョンがユートピア的なものでしかなかったことの証左となっていることである。したがって、『ハック』は中盤だけ見てもストーリー的には「リアリズム小説」とはやはり呼びがたく、結末の破綻は不可避だったというしかないだろう。しかしアイクの物語から振り返ってみたとき、まさにその「破綻」こそが『ハック』という南部小説を「リアル」なものとするように思えるのだし、そこにトウェインが『ハック』を書くことによって出会ってしまった「現実」の強度を、あるいはそのような「現実」に出会えてしまったトウェインの作家的強度を、そしてさらにはアメリカのリアリズム小説が誕生する瞬間さえも見ることもできるはずだ。

　筏の上というユートピアで過ごした日々を顧みて、ハックは究極の自己犠牲ともいうべき地獄行きの決意をする。この決意に、南部白人による贖罪の夢が託されているとするなら、それはまた、『ハック』の読者に「罪意識」を内面化させるものでもあるだろう。まさしくそうした「罪意識」を主題とした『モーセ』は、トウェインの「現実」との出会いをまともに引き受けなくては書かれ得ない小説であり、その意味において、「継承」を拒むアイクの物語を書いたフォークナーは、トウェインの優れた読者であり、その「文学的遺産」の正統な継承者だったのではないかと思わせるのである。

註

1　結末をめぐる論争の契機となったレオ・マークスの論文は一九五三年に発表された。

2　『トム』のインディアン差別を問題とする論として、Revardを参照。

3　実際、そのようなトムを南北戦争後の南部人をパロディ化したものとして読む、チャールズ・H・ニーロンの論は（Nilon）、こうしたアイクの問題を考える上でも有効な補助線を与えてくれるだろう。

引用文献

Blotner, Joseph, compl. *William Faulkner's Library: A Catalogue*. Charlottesville: UP of Virginia, 1964.

Creighton, Joanne V. *William Faulkner's Craft of Revision: The Snopes Trilogy, "The Unvanquished" and "Go Down, Moses."* Detroit: Wayne State UP, 1977.

Faulkner, William. *Faulkner in the University: Class Conferences at the University of Virginia 1957-1958. (FU.)* Ed. Frederick L. Gwynn and Joseph L. Blotner. Charlottesville: U of Virginia P, 1959.

——. *Go Down, Moses. (GDM.)* New York: Vintage, 1990.

——. *Lion in the Garden: Interviews with William Faulkner 1926-1962. (LG.)* Ed. James B. Meriwether and Michael Millgate. New York: Random House, 1968.

Fiedler, Leslie A. *An End to Innocence: Essays on Culture and Politics*. New York: Stein and Day, 1972.

Henrickson, Gary P. "Biographers' Twain, Critics' Twain, Which of the Twain Wrote the 'Evasion'?" *Southern Literary Journal* 26.1 (1993): 14-29.

Hill, Richard. "Overreaching: Critical Agenda and the Ending of *Adventures of Huckleberry Finn*." *Texas Studies in Literature and Language* 33.4 (1991): 492-513.

Howell, Elmo. "Faulkner's Elegy: An Approach to 'The Bear.'" *Arlington Quarterly* 2.3 (1970): 122-32.

Marx, Leo. "Mr. Eliot, Mr. Trilling, and *Huckleberry Finn*." *American Scholar* 22 (1953): 423-40.

Nilon, Charles H. "The Ending of *Huckleberry Finn*: 'Freeing the Free Negro.'" *Satire or Evasion?: Black Perspectives on* Huckleberry Finn. Ed. James S. Leonard, Thomas A. Tenney, and Thadious M. Davis. Durham: Duke UP, 2007. 62-76.

Railton, Stephen. "Jim and Mark Twain: What Do Dey Stan' For?" *Virginia Quarterly Review* 63.3 (1987): 393-408.

Revard, Carter. "Why Mark Twain Murdered Injun Joe ——and Will Never Be Indicted." *The Adventures of Tom Sawyer*. By Mark Twain. Ed. Beverly Lyon Clark. New York: Norton, 2007. 332-52.

Twain, Mark. *Adventures of Huckleberry Finn*. Ed. Thomas Cooley. 3rd ed. New York: Norton, 1999.

（東京大学）

特集■Is Mark Twain Dead?――マーク・トウェインの文学的遺産［日本アメリカ文学会シンポジウム］

闖入する作者■ヴォネガットのストレンジャーたちをめぐって

永野文香　NAGANO Fumika

0■はじめに

カート・ヴォネガットほどトウェインの後継者として「わかりやすい」作家はいないかもしれない。ヴォネガットはトウェインと同じように近代テクノロジーや帝国主義を批判し、当代随一の人気講演家として活躍した。ユーモアや平易な口語を武器に、舌鋒鋭い時事エッセイを書き、検閲とも戦った。口髭にタバコをくわえた風貌が似ているのはご愛嬌としても、生涯を通じて「社会の良心としての小説家の役割」を背負いつづけたヴォネガットが、いつしか「現代のトウェイン」と呼ばれるようになったのはごく自然な流れであった（渡辺二〇〇七頁）。

もちろんすべての端緒には、トウェインに対する深い敬愛の念がある。たとえば、ナチス・ドイツの捕虜としてドレスデン爆撃を生き延びた彼は、戦後生まれた最初の子に、マーク・トウェイン・ヴォネガットという名を付けている。「わたしはマーク・トウェインと心をひとつにして思索をめぐらせてきた。子どもの頃から始めて、今でもしている」と告白したのは、実に五十九歳のときだった（『パーム・サンデー』一六六頁）。その後も、ラニング版選集やオクスフォード版全集（『アーサー王宮廷のコネチカット・ヤンキー』）へ序文を寄せ、コネティカット州ハートフォードの旧邸では二度にわたってトウェインのための記念講演をおこなっている。

したがって私の報告は「ヴォネガットがトウェインの文学的遺産を継いでいるか」という問いに対して、「イエス」という答えを提出することから始めたい。そのうえで、意外にも論じられることの少ない、ヴォネガットによるトウェイン論をあらためて検証し、同じ問題意識から代表作『スローターハウス5』（一九六九年）を再読することで、いまもなお更新されつづけるトウェインの遺産の一端を示してみたいと思う。

1■トウェインを読むヴォネガット

さて、そのヴォネガットがもっとも高く評価していたのが作品の核心部にトウェインその人がいる、ということ――つまり、作品と読者を親密に結びつける「作家マーク・トウェイン」の存在――であったのは大変興味深い。ヴォネガット作品においてもっとも親しみ深い登場人物が「作家カート・ヴォネガット」であったことを考えれば、その意味するところは計りしれない。

たとえば一九七九年、トウェイン邸落成百周年記念式典に招かれたヴォネガットは「ひとつひとつのトウェインの物語の核心部分で、いちばん魅力的なアメリカ人ぶりを発揮しているのは彼自身だった」と述べている（『パーム・サンデー』に収録、一七一頁）。また、ラニング版トウェイン選集の「巻頭言」では、トウェインが宗教的懐疑や反愛国主義といった扱いづらい話題に正面から斬り込むことができた理由を、公の場に姿をあらわし、愛すべき同時代人として大衆に受け入れられていたことに求めている（xv頁）。多くの批評家が論じるようにトウェインは自分自身をたくみに物語化・商品化し流通させることができた文学的セレブリティのはしりだったが、ヴォネガットはそのように構築された「マーク・トウェイン」というペルソナに、より自由に発言するための戦略的イメージ操作を見ていたのである。そのように考えてみると、ヴォネガットが自伝的要素を織り込んだ作品を発表するかたわら、インタビューや講演活動を積極的にこなし、あるいは創作講座で若者を教え、彼を「ヴォネガットさん（Mr. Vonnegut）」と呼ぶ熱烈な読者共同体を生み出していった経緯も、たしかに腑に落ちる。つまり、ヴォネガットにとってトウェインはもはや作家としてのスタイルを決定する準拠枠になっていたのであり、だからこそ、トウェインについて語る言葉は彼自身について多くのことを物語るのではないか。

そのうえでトウェインに関する発言をみていくと、興味深い事実に気づかされる。一九八七年のインタビューで、ヴォネガットは「自分はトウェインとは違う種類の作家だ」と断言しているのだが、その直後、やや唐突にふたりの共通点をひとつだけ付け加える。それはトウェインも自分も「大きな戦争で敵と結び付けられたために人よりも面白いことを言わなければならないこと」だという（二七五頁）。

「敵」とはなにか。周知のように、若きサミュエル・クレメンズは南北戦争中の一八六一年、わずか二週間ながら南軍の私設義勇軍「マリオン郡警備隊」に身を投じたことがある。事の真相は回想録「失敗した従軍の私記」（一八八五年）にも明らかではなく、それゆえ興味は尽きないが、ここではこの従軍経験が「作家マーク・トウェイン」にとって大きな転換点となったことを確認するにとどめたい。この「失敗した従軍」ののち、サム・クレメンズは敗戦と逆賊という南部の汚名を逃れるようにして西部へ向かい、新たなペルソナを確立する。西部作家マーク・トウェインの誕生である。したがって、先の発言においてヴォネガットは、ユーモア作家トウェインの起源に、南北戦争後に南部出身者が背負わなければならなかった抑圧と不安を確認していることになる。そしてその指摘はヴォネガット自身に関する告白にもなっている。第二次世界大戦のドレスデン爆撃をナチス・ドイツという「敵国」側から目撃したことが、彼にとってトウェインの南部従軍に相当する、決定的不安を意味したということである。トウェインの南部とヴォネガットのドイツはこうしてパラレルに結ばれる。

また、ヴォネガットはトウェインの南部性にこだわっているように思われる。彼は、お気に入りだった『コネチカット・ヤンキー』のなかに進歩の暴力性を読み取って、こう述べる。進歩とは「最も精神の正常な、最も愛すべき人々が、高度な科学技術を駆使することによって、世界中にその正常さを押しつける」ことなのだ、と（『パーム・サンデー』一七一頁）。たしかに、『ヤンキー』において中世にテクノロジー文明をもたらしたハンク・モーガンは、騎士たちに襲撃されると、圧倒的な殺傷力を誇る兵器をもちいてこれに反撃する。その結果、わずか数分後で二万五千人の敵兵を殲滅させるが、ハンク側もまた累々たる死体の放つ毒ガスによって壊滅状態に追い込まれてしまう。ヴォネガットによれば、この筋書きはテクノクラート間で戦われた二〇世紀世界戦争を予言したものなどではなく、テクノロジーが未だ不均衡なかたちで分有されていた南北戦争において、北部テクノクラート（＝ハンクら）が南部貴族（＝騎士たち）を圧倒したことのメタファーとして解釈すべきだという。

ここまではよくある読みかもしれない。だが、ヴォネガットの分析が面白くなるのはここからである。破滅的な戦いののち、ハンクは女性に変装したマーリンの魔術にかかって眠りに落ち、ただひとり生き残って十九世紀に物語を届ける。ヴォネガットによれば、こうした語りの枠組みはいかにも不安定であり、そこに作者トウェインのほころびを見ることができる、という。みずからもある種の技師だったトウェインではあるが、ひょっとしたら（北部的な）科学技術よりも（南部的な）魔術や祈り――「ハックが怖気を震って逃げ出した、例の女性たちと祈りの文化」――の方がずっと根深く強いと思っていたのではないか、と（ラニング版選集「巻頭言」xiii頁）。ヴォネガットはそう問うのである。後藤和彦は北部的価値観を背負った主人公を擁する『ヤンキー』において最終的に南部がトラウマ的かつセンチメンタルに回帰してくることを的確に指摘しているが、ヴォネガットもやはり作者トウェインの制御のほころびに抑圧された起源としての南部を読み込んでいたのであった。

2 ■ 第三帝国のヤンキー

サム・クレメンズの旧南部が作家マーク・トウェインというペルソナを生んだとするなら、ヴォネガットのナチス・ドイツはどんな作家像をもたらしたのだろうか。ここでは、ヴォネガットのドレスデン爆撃体験を主題とした自伝的小説『スローターハウス5』から、この問題を少し考えてみたい。

『スローターハウス5』は第二次大戦中の空爆と大量死を題材としている点で、『コネチカット・ヤンキー』の延長線上にただしく位置づけることができる小説である。両作品は歴史を主題としながら、時間旅行というファンタスティックな枠組みを有する点も共通する。トウェインのハンク・モーガンは昏倒して六世紀に目を覚まし、騎士に捕らえられ、捕虜としてアーサー王宮廷へたどりついた。ヴォネガットの時間旅行者ビリー・ピルグリムは第二次世界大戦中バルジの戦いのさなかに「時間に解き放たれ」（二三頁）、みずからの死の瞬間をふくむ人生のあらゆる場面を飛び続ける。その過程で、ドイツ軍の捕虜としてドレスデンへ連行されて連合軍爆撃を経験し、さらに宇宙人に誘拐されてはトラルファマドール星の動物園に幽閉される。ハンクほど積極的ではないが、ビリー・ピルグリムも社会改革家である。彼は四次元を見渡せる宇宙人、トラルファマドール星人から、過去・現在・未来の同時性を学び、「死は嘆くに値しない」という哲学を地球人へ伝えようと努力するのである。

　読解の手始めとして、事実関係を整理しておきたい。第二次大戦末期、一九四五年二月一三日夜半から翌朝にかけて行われた無差別爆撃において、美しい古都ドレスデンは灰燼と化した。捕虜としてこの街に暮らしていたヴォネガットは、屠殺場の地下倉庫で九死に一生を得たあと、死体発掘・焼却作業に駆り出され、数多くのドイツ人死者を目にしたことが知られている。この体験は「作家が自分で経験したことは……彼の資産である」というトウェインの創作哲学を踏まえるならば（グリッペン四七頁に引用）、作家志望の若者にとって千載一遇の素材を意味したはずである。しかし、ヴォネガットがこの体験を物語化し、最終的に『スローターハウス5』として刊行するまでには、二〇年以上の歳月と五千頁に及ぶ草稿を要した。しかも、みずからの目撃体験に取材していながら、事実をそのまま記述するジャーナリスティックな形式でなく、戦友をモデルにした青年ビリーが時空をさまよう、SF的形式をあえて採用した。そのうえ、のちに論じるように作品内で登場人物ビリーと「作家」本人が出会うのだからメタフィクションでもある。なぜこのようなスタイルになったのか。そこにヴォネガット流『ヤンキー』成立の鍵があるように思われる。

　語り手である「作家」は早くも第一章で、本作品を「失敗作」と呼んでいる。それはこの小説が大虐殺についての物語であり、「大虐殺を語る理性的な言葉などない」からである（一九頁）。だが第二章冒頭でこの「作家」が読者に「聞きたまえ」と呼びかけることからも明らかなように、彼は失敗作だから読む価値がないというのではない。むしろ、「失敗作として読まれること」を要求しているのである。

　この「作家」の倫理的立場は、作品の執筆過程がつづられた第一章において、明確に表現されている。彼はドレスデンを再訪する旅行の途中、滞在先のホテルで聖書創世記を読んだあと、次のように告白する。

> Those were vile people in [Sodom and Gomorrah], as is well known. The world was better off without them.
> And Lot's wife, of course, was told not to look back where all those people and their homes had been. But she did look back, and I love her for that, because it was so human.
> So she was turned to a pillar of salt. So it goes.
> [P]eople aren't supposed to look back. I'm certainly not going to do it anymore. . . .
> This one [Slaughterhouse-Five] is a failure, and had to be, since it was written by a pillar of salt. (21-22)

この一節は、神が腐敗したソドムとゴモラへ「硫黄の炎の雨」を降らせ、町を焼き尽くしたことに言及している。生き延びたロトの妻は天使によって与えられた禁止に逆らって燃える街を振り返り、嘆いてはいけない死を嘆いたために、塩の柱に変えられてしまう。語り手の「作家」もまた塩の柱としてこの失敗作を書いたと宣言する。その瞬間、ナチス・ドイツの都市が現代のソドムとゴモラへ変換されていくことを見逃してはならない。歴史的事実としても一九四三年の英国空軍によるハンブルク爆撃はすでに「ゴモラ作戦（Operation Gomorrah）」と名付けられており、悪徳の帝国ドイツに対する無差別爆撃は、聖書予型論《タイポロジー》によって合理化されていた。また、W・G・ゼーバルトによれば、のちの戦後ドイツ国内において連合国軍による空襲は受忍すべき「天罰」と考えられたため、公の場で語られることはほとんどなかった、という（一四頁）。他方、連合国側においても、ドレスデン爆撃の資料は一九七八年まで機密文書として秘匿されていた。歴史家フレデリック・テイラーは一九六〇年代を振り返って、ヴォネガットの書いたこの小説と、彼が参考にしたデヴィッド・アーヴィングの歴史書 *The Destruction of Dresden*（一九六三年）が当時手に入るほとんどすべての資料であったと回想しているほどである（xi頁）。「正しい戦争」において敵国の死者は悲嘆に値しないものとして不可視化され、そこに命がもともと存在しなかったかのような言説がまかり通ってしまうこと。「作家」はドレスデンがそのような言説空間であったことを示しながら、あえてその規範を破り、敵国の人々の死を悼むために「失敗作」をつむぐ。

したがって、語り手が「死体を見ても嘆かなくてよい」というトラルファマドール星人の教え——物語においてビリーが帰依する教義——に反発するのはきわめて自然なことだろう。それは、語ろうとする彼に嘆きは無意味だと説く、もうひとつの合理化原理に他ならないのだから。

3 ■ 闖入する作者

このように考えて初めて、トニー・タナーを始めとする批評家によってヴォネガットのペシミズムや諦念をあらわすと言われてきた「そういうものだ（So it goes）」というフレーズの意味を再検討する余地が生じる。これは「死体を見ても嘆かなくて良い」というトラルファマドール星人の哲学を具現化した言葉であり、作品中でも何かしらの死が表面化するたびに必ず「作家」によって発せられている。小説全編で発せられる回数は実に一〇六回、その対象は、ホロコーストで虐殺されたユダヤ人たち、ベトナム戦死者、キング牧師やロバート・ケネディ、ドレスデンの犠牲者といった（実在の）人々から、ロトの妻やビリーといった物語上の人物、果ては気が抜けて死んでしまったシャンペン、消毒されて殺菌されたバクテリアにまで及ぶ。「作家」がどんな死に対しても「そういうものだ」という言葉を反復するのは、テクスト上でそれらの死を徹底して同じものとして扱っているということである。言い換えると、一〇六回の反復を経て「そういうものだ」という言葉は「ここに死がある」という発話とほぼ同じ意味をもつ。それは、言葉による墓碑になる。物語の最終章で、「作家」は自分の創り出した登場人物ビリーとともにドレスデンで死体掘りの仕事に従事するが、そこでも「作家」は死を見つけ出し「そういうものだ」とつぶやかずにいられない。

A German soldier with a flashlight went down into the darkness, was gone a long time. When he finally came back, he told a superior on the rim of the hole that there were dozens of bodies down there. They were sitting on benches. They were unmarked.
So it goes. (213-14)

何のしるしもついていないドイツ市民の死体を発見すると、「作家」はそこに「そういうものだ」という死のしるしを残す。失われた命があったことを記録するのである。

この「そういうものだ」というフレーズの働きは、ヴォネガット本人による解説を考慮すると、よりはっきりした意味を帯びることになるだろう。ヴォネガットは一九六〇年代半ば、アイオワ大学で創作講座を教えていたときにルイ＝フェルディナン・セリーヌを読んで深い感銘を受け、その精髄を「そういうものだ」というフレーズに託した。彼の言葉によればそれは「死や苦しみは私が思うほど重要なことではないのだ。（略）もっと正気にならなければ」という意味であり、受け入れられない死に対する、狂気じみた葛藤を意味するものであった（『パーム・サンデー』二九六頁）。こうして『スローターハウス5』の「作家」は、トラルファマドール星人の教えにしたがい死を受け流すビリーの物語にしつこく闖入し、死をそのたびごとに目に留め、「そういうものだ」という苦渋に満ちた墓標を立てるのである。

死をめぐって葛藤を演じるビリーとこの「作家」が、知らず知らずニアミスするのが他ならぬドレスデンであることは重要だ。たとえば、ビリーはドイツ軍捕虜として移送される際、作家である「わたし」の声を聞いている。その後も、どうやら同じ収容所で暮らしていることが仄めかされる。もちろん、作者と登場人物という、出会うはずのないふたりが交錯するドレスデンは、語ることと嘆くことを禁じられた物語の「場」を象徴している。しかし、だからこそ、このふたりの「不可能な」交錯点として、ドレスデンが示唆されることになるのだ。

ビリーと語り手は証言することを禁じられた目撃者である。そしてそのドレスデン表象は、彼らにふさわしく雄弁な言語記号をもたない。その代わりヴォネガットはいかにもトウェイン的な印を残すことで、この小説があくまで死者の側に立つことを示唆している。語り手の「作家」には夜になると電話をかけまくる、という奇妙な性癖がある。彼は、夜な夜な深酒を飲み、マスタード・ガスと薔薇をまぜたようなくさい息で妻を追い払っては、音信不通の友人を捜して電話をかけ続ける。そして、ビリーもある夜、電話を受ける。「とつぜん電話が鳴った。ビリーは受話器をとった。線の向こうでは酔っぱらいが話していた。男のくさい息、マスタード・ガスと薔薇の匂いがしみでてくるようだった。間違い電話なのでビリーは接続を切った」（七三頁）。特定はされないが電話口の向こう側にいたのは「作家」だったはずである。そして、ビリーがこの間違い電話を受けたのは、トラルファマドール星人が彼を迎えに来る晩のこと。すなわち、読者の直線的時間観にしたがっていうならば、ビリーがトラルファマドール星の哲学に改宗する、その直前に、語り手の回線がつかの間ビリーとつながるのである。のちに、このマスタード・ガスと薔薇の混ざった香りは、「作中作家」とビリーがドレスデンで協働する「死体処理」の場面で、現場に漂っていた腐乱臭であることが明かされる（二一四頁）。つまり、「作家」は、かつてビリーとともに焼却したはずの死体の悪臭をみずからの口から吐き続ける塩の柱であり、その吐息は言語を越えた犠牲者のリマインダーとなってビリーに届く。

ビリーは彼との接続を切ることでトラルファマドール哲学へ改宗する。しかし、彼の旅が人生のあらゆる瞬間を繰り返し飛び続けるものだったことを考えると、この小説は、「嘆きの禁止」に対する「作家」の抵抗と、ビリーの盲従とを行ったり来たりしながら、その抑圧と抵抗をともに描いたものだといえるかもしれない。『コネチカット・ヤンキー』において、近代テクノロジーの「正常さ」によって虐殺された騎士たちの死臭はハンクの味方の命を奪ったが、『スローターハウス5』はその死臭を「作中作家」みずからが引き受けることで、語りえない死をメタフィクションのパラドクスのなかに「匂わせる」。

4 ■ 善き人のために

ヴォネガットが作品に自らを初めて書き込んだのは、ちょうど『スローターハウス5』を執筆中だった一九六六年。ナチスの二重スパイを主人公とした『母なる夜』（初版一九六一年）に新たな序文を付し、そのなかで初めてみずからのドイツ体験、すなわち捕虜体験とドレスデン爆撃体験を告白したときのことだった。そして『スローターハウス5』以降、序文やプロローグのなかにヴォネガット本人あるいは彼によく似た作家が登場し、あとに続く物語の勘どころを説明する、というお決まりのスタイルが完成する。こうしてトウェイン同様、大戦においていったん周縁的立場に追い込まれたヴォネガットは、メタフィクションの力を借りて作家のペルソナを構築し、それを倫理的な参照点としてみずからのフィクションに介入させてゆく。折りしもヴェトナム戦争の時代。アメリカが「正しい戦争」を戦っているという確信が揺らぎ、第二次大戦を批判的に見つめ直す契機が訪れていた。

ヴォネガットは生涯反戦主義を貫いたが、その姿勢をもっとも先鋭化させたのは最晩年、イラク戦争が始まって以降のことである。そして、国家アメリカへの絶望を深め、「国のない男」を自称するようになったヴォネガットに、コネティカット州ハートフォード再訪の機会が訪れる。二〇〇三年、開館を目前に控えながら工事が中断したトウェイン・ミュージアムで、資金調達のために一肌脱いだのである。その講演でヴォネガットはブッシュ政権とネオコンを痛烈に皮肉り、トウェイン晩年の反帝国主義エッセイを紹介しながら、アメリカが中東で大義なき戦争をつづけるいまこそトウェインの伝統に立ち返るべきだと主張する。そして『赤道に沿って』の冒頭に掲げられた有名な言葉 "Be good and you will be lonesome" をもじり、ミュージアムに掲げることを提案する。ヴォネガットの発案は "BE GOOD AND YOU WILL BE LONESOME / MOST PLACES./ BUT NOT HERE, NOT HERE"（「トウェイン講演」九頁）。それはハートフォードを良心あるアメリカ人の聖地と呼ぶものであった。

　今後もアメリカが戦争に突入するたびにトウェインは参照されるだろう。だが、子どものころからトウェインと「心をひとつにして思索をめぐらせてきた」ヴォネガット以上に、あの水先案内人を必要とした作家はいないかもしれない。

引用文献

Gribben, Alan. "Autobiography as Property: Mark Twain and His Legend." *The Mythologizing of Mark Twain*. Ed. Sara deSaussure Davis and Philip D. Beidler. Tuscaloosa: U of Alabama P, 1984. 39-55.

Mustard Gas and Roses: The Life & Works of Kurt Vonnegut. Bloomington: The Lilly Library of Indiana U, 2007.

Sebald, W. G. *On the Natural History of Destruction*. 1999. Trans. Anthea Bell. New York: Modern Library, 2004.

Tanner, Tony. *City of Words: American Fiction 1950-1970*. New York: Harper, 1971.

Taylor, Frederick. *Dresden: Tuesday, February 13, 1945*. New York: Perennial, 2004.

Twain, Mark. *A Connecticut Yankee in King Arthur's Court*. 1889. Ed. Shelley Fisher Fishkin. Introd. Kurt Vonnegut. Oxford: Oxford UP, 1996.

Vonnegut, Kurt (Jr.). *Mother Night*. 2nd ed. 1966. New York: Laurel/Dell, 1991.

——. "An Interview with Kurt Vonnegut." With William Rodney Allen and Paul Smith. 1987. *Conversations with Kurt Vonnegut*. Ed. William Rodney Allen. Jackson: UP of Mississippi, 1988. 265-301.

——. *On Mark Twain, Lincoln, Imperialist Wars and the Weather*. 30 April 2003. Nottingham: Spokesman, 2004.

——. "Opening Remarks." *The Unabridged Mark Twain*. Philadelphia: Running, 1976. xi-xv.

——. *Palm Sunday: An Autobiographical Collage*. New York: Laurel/Dell, 1981.

——. *Slaughterhouse-Five: Or the Children's Crusade*. 1969. New York: Dell, 1991.

後藤和彦「マーク・トウェイン、その南部的宿命」渡辺利雄編『読み直すアメリカ文学』研究社、一九九六年。三三一-四九頁。

渡辺利雄『講義アメリカ文学史——東京大学文学部英文科講義録（第二巻）』研究社、二〇〇七年。

（日本学術振興会特別研究員）

特集◆Is Mark Twain Dead?――マーク・トウェインの文学的遺産［日本アメリカ文学会シンポジウム］

欲望の荒野◆トウェインとヘミングウェイの楽園

高野泰志　TAKANO Yasushi

1◆はじめに

マーク・トウェインがヘミングウェイに及ぼした影響力に関しては、これまでもしばしば論じられてきた[1]。周知のようにヘミングウェイ自身が『アフリカの緑の丘』で「あらゆる現代アメリカ文学は『ハックルベリー・フィンの冒険』というマーク・トウェインの作品から始まる」（*GHA* 22）と述べているように、この作家にしては珍しく先行作家の影響を認めている上、両者とも作家であることを越えて文化的アイコンとなっている点もよく似ている。本稿では、既に常識と言ってもよい両者の影響関係を見ることはあえてせずに、トウェインの未完成作品「インディアンの中のハック・フィンとトム・ソーヤー」と、やはり未完成に終わったヘミングウェイの「最後のすばらしい場所」を比較することで、両者のセクシャリティがはらむ共通の問題点を明らかにする試みである。ともに『ハックルベリー・フィンの冒険』の結末部分に見られるインディアン・テリトリーへの脱出を意識して書かれた作品として、このふたつの作品には作家本人の気づいていない意外な共通点が見られるのである。文明のくびきを逃れて荒野の楽園へと向かう物語は、いわばアメリカ文学に伝統的な主題であると言えるが、その試みにおいて両者が失敗に終わった原因は、実は深層で共通しているのである。

2◆先住民のステレオタイプとレイプの欲望

トウェインの「インディアンの中の」は、『ハックルベリー・フィンの冒険』の続編として書き始められた。物語はトムとハックとジムが「高貴な野蛮人」に会うためにインディアン・テリトリーへと向かうところから始まる。彼らは西部へ移住する途中で、キャンプをしている白人一家と出会う。ハックたちは彼らとしばらくの間一緒にキャンプするが、突然それまで友好的であった先住民が態度を豹変させ、一家を皆殺しにした挙げ句に長女ペギーとその妹とジムを拉致して行く。ハックたちは遅れてやって来たペギーの婚約者ブレイスとともに先住民を追跡していくが、物語はその途中で中断してしまう。

古くからアメリカ先住民は高貴な野蛮人か、狡猾で残虐な民族か、ふたつの類型で描かれてきた。トウェインの先住民に対する偏見はこれまでもしばしば批判されてきたが[2]、この作品でも先住民は偏見に満ちた類型として描かれる。物語の冒頭でトムは先住民を高貴な野蛮人であると考えているが、後に実際の先住民の狡猾さに触れて「現実」を知ることになる。しかし結局のところ、このトムの認識の変化はたんにふたつの類型の間を移行したに過ぎない。そしてこの類型の移行は、同時に男性の性欲の対象が移行することをも意味している。物語冒頭でトムはハックやジムを次のように説得してインディアン・テリトリーに向かわせようとする。

……そして若いインディアン女たちは世界中でもっとも美しい乙女で、白人ハンターを目に留めるとたちまちその人に恋をしてしまうんだ。そしてその瞬間から何があってもその愛情が揺らぐことはない。いつだってその人のことを危険から守ってやろうと用心していて、身代わりになって殺されようとするくらいなんだよ。(*Indians* 36)

たとえ性的な問題をはっきりと意識していなかったにせよ、ここでトムはアメリカ先住民が白人男性の欲望の対象になり得ることを伝えている。この先住民像は、物語の中盤で「現実」として提示される野蛮で狡猾な先住民像に取って代わられることになるが、そこでは逆に白人女性ペギーが先住民の性的対象となっているのである。テクストが支持する先住民像は、先住民の襲撃をきっかけにひとつの類型からもうひとつの類型へと移行することになるが、そこで生じているのは性的対象としての女性が先住民から白人へと移行しているということなのである。

どちらの類型においても女性が性的対象として見られているが、先住民女性への性的欲望も、先住民による白人女性陵辱への怒りも、どちらも根源的には同じ欲望に端を発している。実際には白人女性の書いた捕囚体験記では、アメリカ先住民が白人女性を陵辱したことは描かれていないが[3]、白人女性をレイプの危険から守らなければならないと考える白人男性たちの価値観にはレイプの脅威があらかじめ前提とされている。無根拠にレイプの脅威を感じるのは、自分に暴力的な性欲が存在しているからに他ならない。自分のものとは認められないがために、その欲望は他者に投影されなければならない。スーザン・グリフィンはレイプを研究した著書で、「男女に別々の道徳規範を当てはめるダブル・スタンダードを信奉し、処女性の価値を絶対視する男の方が、レイプを犯す傾向が強い」ことを指摘し、「騎士道の制度では、男は男から女性を守ることになっている。これは今世紀の初めにマフィアがささやかな商売を営む人と結んだ、保護の関係に似ていなくもない。実際騎士道とは、レイプの存在を前提としてみかじめ料を奪う、昔ながらのゆすり行為でしかないのである」(Griffin 10)と述べている。

ガイ・カードウェルはトウェインのセクシャリティを詳細に論じ、トウェインがほとんど病的に妻のオリヴィアや娘たちの純潔にこだわっていたことを伝えている。そして女性たちが性の話題をしたり、関心を示したりすることに対して強い拒否感を持つ一方で、本人は「性交渉への尋常でない衝動をあらわにしていた」(Cardwell 132)。こういった例はグリフィンの論を見て明らかなように、レイプを前提とする社会に典型的に見られる男性の発想なのである。
　このトウェインの価値観をそのまま体現したような人物ブレイスは、騎士道的に女性を守ろうとする人物として描かれるが、こういった特徴は皆、レイプ社会を支える特徴でもある。つまりこのテクストはレイプの危険から女性を守る必要性をプロットの中心に据えているが、そういったテクストが背後に隠しているのは、他者の欲望として表象された自らの暴力的な欲望なのである。

3■四本の杭——作品執筆の隠された動機

テクストに付された注釈によると、トウェインが「インディアンの中の」を書き終えられなかった理由は次のように説明されている。

マーク・トウェインはヒロインの誘拐をプロットのかなめとしたが、トウェインが依拠した先住民に関する資料によると、先住民の捕虜の必然的な運命はレイプでしかなかったのだ。レイプをありのままに描くことはできないにもかかわらず、リアリズムを求めるなら書かざるを得ないという状況に陥り、マーク・トウェインはこの物語を断念したのである。(*Indians* 272)

これは研究者の間でおおむね一致した意見のようであるが、レイプを描かざるを得なくなったというよりはむしろ、最初からレイプを描くことこそがプロットのかなめであったのではないだろうか。なぜなら物語は始まってすぐの段階ですでにペギーがレイプされることの伏線を張っているからである。ペギーはハックに、婚約者ブレイスからもらったという短剣を見せ、以下のように述べる。

「……ブレイスが言うには、もし未開人の手に落ちるようなことになれば、……すぐにその場で自殺しないといけないんだそうよ。……何度もそう約束させようとするんだけど、わたし、毎回のように笑い飛ばして、そんなに私に生きていてほしくないって言うんならなぜ自殺しなくちゃいけないのか教えてって言ったの。そうすればひょっとしたら約束してあげてもいいって言って。結局あのひと、どうしても言うわけにはいかないって言ってたわ」(*Indians* 44)

ブレイスが短剣を渡して自殺するように言うのは、もちろん先住民に捕まってレイプされるよりは死んだ方がましだと考えているからである。しかしペギーだけでなく、この話を聞いているハックも、なぜブレイスがペギーの自殺を望んでいるのか理解できない。これは女性も子どもも無垢の存在であり、性的な問題を知らないものだという一九世紀的前提があるからである。しかし後にハックはブレイスから、トムはハックから、レイプを含めた性の問題を聞かされ、理解することになる。「トムがちょっと前を歩いていたとき、ぼくは不意にブレイスに、本当にペギーに死んでいてほしいのか聞いてみた。それにもし死んでいてほしいんだとしたらどうしてなのか聞いてみた。彼はそれを説明し、それですっかり分かったんだ・・・」(*Indians* 54, 強調は引用者)。「どうしてぼくたちがペギーの死体を見つけて埋めたとブレイスに信じさせた方がいいと思うのか、トムに話さなきゃいけないように思えたので、結局ぼくはそれを喋ってしまい、それでトムは納得したんだ・・・」(*Indians* 59, 強調は引用者)。レイプに関してテクストは「それ」とだけ言及し、決してはっきりと示すことはない。ここで明らかなのは、これまで無垢で性に関して知識を持たなかったハックとトムが、ちょうどこのとき、はっきりと明示されてはならない性の知識を獲得しているということである。上のふたつの引用は、いわばハックとトムの無垢の喪失の場面でもあるのである。ハックはおそらくペギーに恋心を抱いていたらしいことが描かれているが、この場面以降、女性が性的な存在であることを、そして自分の恋心が性と切り離せないことを知ることになるのである。

またハックとトムは、女性にとって生命よりも純潔を守ることの方が重要であるとする当時の男性中心的価値観も同時に受け継ぐ。ペギーは先住民に襲撃される前に短剣を手放していたことが描かれているので、自殺できずに生き残っている可能性が高い。しかし女性の純潔に対する価値観を受け継いだトムとハックは、ブレイスを苦しめないようにペギーが自殺したと信じさせることにするのである。テクストは明らかに女性の純潔を生命よりも重視するという価値観を支持しているが、先ほどのグリフィンの引用からもわかるように、そのような価値観こそがレイプ社会を維持する考え方に他ならないのである。

その後、原稿が中断する直前、ハックらは実際のレイプ現場の痕跡を発見する。「すぐにぼくたちはブレイスが向こうで何かを見ているのに気づく。ぼくたちが行ってみると、それは地面に打ち込まれた四本の杭だった」(*Indians* 78)。ここで描かれる四本の杭は、この作品を書くにあたってトウェインが依拠した資料、『大西部の平原とその居住者たち』で三ページ以上にわたって詳細に描かれているように(Dodge 395-98)、誘拐してきた白人女性の手足を縛り付け、陵辱するためのものである。ここでペギーは多数の先住民に陵辱されたらしいことがほのめかされているのである。このように、この作品は未完成ながら物語の始まりから中断する直前まで、ペギーのレイプを中心に進行すると言っても過言ではない。つまりレイプを描かざるを得なくなったから作品を完成できなかったというよりはむしろ、物語は最初からペギーのレイプに向けて進み続けているのである。時代的にレイプそのものを詳細に描くことは難しかっただろうが、レイプの痕跡を描くことによって、物語はすでにペギーのレイプを婉曲ではありながら描いてしまっているのである。物語が四本の杭の場面で中断したのは、もしかするとレイプが描けなかったからなのではなく、むしろ逆にレイプを描いてしまったがために、これ以上書き進める意味がなくなったからなのではないだろうか。表面上、物語は先住民への復讐を描くことを目的としているように見えながら、実は意識しないままに、そもそもレイプを描きたいという欲望こそが真の動機だったのである。表面上の物語は結末に到っていないのに、トウェインが無自覚に抱いていた作品執筆の真の目的は、トウェインの知らない間に達成されてしまっていたのである。

トウェインはこの原稿が中断してから十年近くたってからも、短編「カリフォルニア人の物語」で、先住民に捕らえられて陵辱された女性を主題としている。また『トム・ソーヤーの冒険』でも混血先住民インジャン・ジョーはダグラス未亡人に復讐を企て、殺さないで「ベッドに縛り付けて」(*Tom* 139) サディスティックに痛めつけるのだと言うが、これもレイプを思わせる描写であると言える。このように、先住民による白人女性のレイプという主題はトウェインが定期的に描こうとしたモチーフなのである。

4■洞窟のシリンダー——トウェインとレイプの欲望

トウェインは自伝の冒頭近くでインジャン・ジョーのモデルとなった人物について書いている。実在のジョーは洞窟に迷い込んだ時、『トム・ソーヤーの冒険』で描かれたのとは異なり、コウモリを食べて生き延びたと説明するが、その少し後で突然その洞窟について非常に奇妙なエピソードを記している。

洞窟は不気味な (uncanny) 場所だった。なぜならそこには死体があったからだ。一四歳の少女の死体だ。その死体はガラスのシリンダーに入っていて、さらに銅製のシリンダーに入れられて、狭い通路に渡されたレールから吊されていた。死体はアルコールで保存され、ごろつきや無法者たちがよく髪をつかんで引っ張り出しては死体の顔を眺めていたらしい。少女はセント・ルイスの非凡な能力と大きな名声のある外科医の娘だった。奇矯な男で奇妙なことをたくさんしていた。彼は自らかわいそうな娘を寂しい場所においたのだ。(*Autobiography* 9)

トウェインがなぜこのようなエピソードを自伝に書き込んだのかは分からないが、洞窟の中に保存された少女の死体は、トウェインのセクシャリティを考える上できわめて意味深く感じられる。アルコールに浸かった少女の死体はおそらく裸であったろうし、トウェイン自身がその身体を見たかどうかはわからないものの、隠蔽された「裸」は少年の性的好奇心を強く誘ったはずである。トウェインの想像力の中で、間違いなく少女の裸は、見ることを禁止されたものとして像を結んでいたであろう。リヴァードも示唆するように、洞窟の話を書いた時にシリンダーに閉じ込められた少女の裸を書き込んだのは、この少女の身体がトウェインの性欲をかき立てた原点であったからではないだろうか (Revard 659)。

少女の裸を隠し持つトウェインの洞窟が「不気味」でありながら好奇心をそそるのと同様に、インジャン・ジョーとともに宝物を内に秘めた洞窟は、脅威と欲望の対象である。フォレスト・G・ロビンソンはインジャン・ジョーを以下のように分析している。「セクシャリティ一般、特に性的攻撃性、偽り、貪欲、強情、暴力、社会的制約への抵抗――これらは町の人々が危ぶむたぐいのエネルギーであり、衝動である。したがって町の人々はインジャン・ジョーにそれらを押しつけることで、自分たちから取り除き、コントロールしようとするのである」（Robinson 102)。そしてシンシア・グリフィン・ウォルフの主張するように、インジャン・ジョーが作家自身の分身であるトムの「影の自分」であるのなら（Wolff 102)、洞窟に閉じ込められ、息絶えることになるジョーは、トウェインがトムから切り離した上で無意識下に閉じ込め、殺そうとした自らの性的攻撃性を指し示しているように思える。トウェインにとって、自らの性欲は欲望しながらも強く禁止・抑圧しなければならないものなのである。

このように考えてくると、ハックは自分を“sivilize”する セント・ピーターズバーグという文明を遠く離れ、先住民の住まう荒野へ向かおうとするが、そこは『トム・ソーヤーの冒険』で洞窟が抑圧していた暴力的性欲が解放された世界であると言えるだろう。『ハックルベリー・フィンの冒険』の結末部分で、“sivilize” されるのを嫌ってインディアン・テリトリーに逃亡しようとするハックは、これまでアメリカ文学に典型的に見られる、文明を逃れて荒野のエデンに向かう典型的な物語の枠組みと捉えられてきた。しかしハックが逃亡した先は無垢の楽園などではなく、むしろ抑圧されるべき暴力的な性欲に満ちあふれた場所なのである。

5 ■ 不在の脅威と抑圧された性欲

ヘミングウェイの「最後のすばらしい場所」も、やはり荒野に楽園を求める物語として書き始められた作品である。この作品は、ヘミングウェイが晩年、断続的に書き続けながら、ついに完成させることはできなかった。主人公のニックは狩猟法で禁じられている鹿を銃で撃ち殺してしまい、そのせいで狩猟管理官に追われることになる。ニックは妹のリトレスとともにミシガンの処女林に逃亡し、ふたりで近親相姦的な関係をにおわせる生活を送る様子が描かれる。このニックとリトレスのふたりきりの生活は、これまでヘミングウェイの楽園願望の表れと見なされてきた。たとえばフィリップ・ヤングはこの作品を、『ハックルベリー・フィンの冒険』でのハックのインディアン・テリトリーへの逃亡に重ね、アメリカの夢を描いた物語として解釈している（Young 37)。しかしこのような解釈の枠組みからすると、残されたテクストには奇妙にも説明のつかない点が数多く見られる。これまで研究者に指摘されることはなかったが、この物語は楽園へ向けての逃避行を描いた物語であるはずなのに、追手が存在しないのである。物語中でニックを追うふたりの狩猟管理官は、早々と追跡を諦め、ニックらが恐れる管理官エヴァンズの息子（Evans Boy）はその存在すらまったく描かれない。追うものもないまま、どこまで逃げてもひたすら追っ手の脅威を感じながら転々と移動するニックとリトレスの姿を見る限り、物語がこの先どれほど書き進められても、楽園物語に至るようには見えない。そもそも脅威の対象が存在しないために、その脅威が取り除かれることもないからである。

またニックも決して無垢な人物として描かれているわけではない。出版されたテクストからは削除されたが、物語冒頭でニックは先住民トルーディを妊娠させたことが描かれる（K542 11）[4]。このような性的な話題で始まっているために、リトレスとのふたりきりの生活には極めて濃厚に近親相姦の気配が漂うのである。そのふたりは自分たちを追っているかどうかも分からないエヴァンズの息子を強く恐れている。以下の引用は特に根拠があるわけでもなく、突然エヴァンズの息子が自分たちのキャンプを発見しているのではないかという不安に駆られ、木の実を取りに行くのを中止して慌ててキャンプに戻った場面である。ニックのセリフで始まる。

「心配しないでいいよ。前と何も変わらないんだから」
「でもあいつ、ここにいもしないでわたしたちを木の実狩りから連れ戻したのよ」
「そうだね。でもここにはいなかったよ。ひょっとするとこの小川に来たことすら一度もないのかもしれない。ひょっとするともう二度とあいつに会うことはないのかもしれない」
「あいつのことが怖いの、ニッキー、ここにいるよりいない方がよほど怖いの」（NAS 130, 強調は引用者）

ここではリトレスがニックの不安を代弁し、エヴァンズの息子の脅威を語っている。エヴァンズの息子は「ここにいもしないで」キャンプに戻らせ、むしろ「ここにいるよりいない方がよほど怖い」存在として捉えられている。自分たちしか入り込んだことのない処女林に侵入し、その場所を汚すエヴァンズの息子への脅威とは、これまで多くの研究者が指摘してきたとおり、リトレスがレイプされることへの恐怖であるのは明らかである。不在でありながらニックに恐怖を与えるエヴァンズの息子は、リトレスが言うように実は不在であるからこそ、恐怖として機能しているのである。トウェインの先住民嫌悪と同様、不在のまま指し示されるエヴァンズの息子とは、ニック本人の暴力的性欲の投影でしかない[5]。先住民のトルーディを妊娠させたニックは、物語の冒頭ではいまだトルーディに未練を残し、会いたがっている様子が見受けられるが、結局は妹のリトレスを選択し、トルーディを捨て去ることになる[6]。ここからもニックがリトレスに近親相姦的な欲望を秘めていることが示唆される。エヴァンズの息子という不在のものへの恐怖は、ニックのリトレスに向けた、この近親相姦的欲望の裏返しなのである。

「最後のすばらしい場所」は、楽園を描く物語であるはずが、近親相姦の欲望が混ざり込んだ時点で、本来は不在のものが脅威として立ち現れてくるのである。ニックには、あるいはヘミングウェイには、その脅威の根源が自分の中の欲望にあるということが見えていないので、脅威を取り除くことができないでいる。その結果、いつまでたっても楽園に到達することはないのである。

6 ■ 結論

『ハックルベリー・フィンの冒険』の続編として書かれた「インディアンの中の」も、「最後のすばらしい場所」も、文明を逃れて荒野のエデンを求める物語として意図されたことは間違いないだろう。しかしこの両作品で描かれる荒野は、男性の暴力的性が発露する場なのである。そして白人男性の性欲は他者の性的攻撃性への怒りとして偽装され、荒野に住まう先住民や不在の他者をその怒りの対象としてきた。いかに先住民にその罪を負わせ、隠蔽しようとも、彼らの描く男性主人公たちが荒野で直面する脅威は、自らの性欲の裏返しであった。彼らの描く荒野のエデンは、楽園とはほど遠い存在なのである。なぜならアメリカの荒野は「他者」に偽装された男性の性欲に満ちているからである。

トウェインもヘミングウェイも、抑圧しなければならない性欲をそもそもの源として作品の執筆を始めた。そういう意味で、彼らの楽園探求は最初から失敗が運命づけられていたと言えるだろう。とうてい無垢ではあり得ない主人公たちは、どこまで探求しても楽園に入ることは許されなかっただろうからである。「インディアンの中の」は、先住民を追跡しながらも、ハックやトムが延々と足を引っ張りながら、一向に先住民に追いつく様子が見られない。また「最後のすばらしい場所」は、不在の追跡者に怯えながら転々と移動し続けるしかない。いわば無垢の楽園を求める欲望そのものが、その欲望ゆえに楽園喪失をもたらすという袋小路に入り込んでしまっているのである。「インディアンの中の」と「最後のすばらしい場所」には、直接の影響関係こそないものの、アメリカという大きな文化的コンテクストの中でセクシャリティの問題を考える上で、同じ袋小路に入り込んでいることは注目に値すると言えるだろう。

註

1　ふたりの影響関係は多くの研究で触れられているものの、あまりにも当然視されているためか、正面からの比較研究は意外に多くない。数少ないものとして、たとえば後藤は両者の女性表象を比較検討している。

2　トウェインの先住民表象に関してはDenton、Hanson、大島を参照した。

3　たとえば大串　三一を参照。

4　JFK図書館のヘミングウェイ・ルームに保管された原稿に関しては、慣例に従ってKの後にフォルダ番号、ページ数を記した。

5　ヘミングウェイはしばしば男性の暴力的性欲を描いている。最初期の短編「ミシガンの北で」はデートレイプまがいの性行為を描いている。『誰がために鐘は鳴る』のマリアはファシストにレイプされた過去を持つが、主人公ジョーダンとともに過ごす最後の夜、痛みを感じながらもジョーダンになかば性行為を強要されることが描かれる（高野　三三）。また「インディアン・キャンプ」で両腕を男たちに押さえつけられ、ジャックナイフによる帝王切開手術を受ける先住民女性も、その様子は集団によるレイプを思わせる。

6　伝記的には実在のトルーディは堕胎手術で死亡している。ヘミングウェイの子どもであるという噂もあるが、実際のところは誰の子どもであるのかはっきりしたことは分かっていない（Montgomery 105）。

参考文献

Cardwell, Guy. *The Man Who Was Mark Twain: Images and Ideologies.* New Haven: Yale UP, 1991.

Denton, Lynn W. "Mark Twain and the American Indian." *Mark Twain Journal.* 16 (1971): 1-3.

Dodge, Richard Irving. *The Plains of the Great West and Their Inhabitants: Being a Description of the Plains, Game, Indians, &c. of the Great North American Desert.* New York: Putnam, 1877.

Griffin, Susan. *Rape: The Power of Consciousness.* San Francisco: Harper & Row, 1986.

Hanson, Elizabeth I. "Mark Twain's Indians Reexamined." *Mark Twain Journal* 20.4 (1981): 11-12.

Hemingway, Ernest. *Green Hills of Africa.* 1935. New York: Touchstone, 1996.

——. *The Nick Adams Stories.* Ed. Philip Young. New York: Scribner's, 1972.

Montgomery, Constance Cappel. *Hemingway in Michigan.* New York: Fleet, 1966.

Revard, Carter. "Why Mark Twain Murdered Injun Joe——And Will Never Be Indicted." *Massachusetts Review.* 40.4 (1999): 643-70.

Robinson, Forrest G. *In Bad Faith: The Dynamics of Deception in Mark Twain's America.* Cambridge: Harvard UP, 1986.

Twain, Mark. *The Adventures of Tom Sawyer.* 1876. New York: Norton, 2007.

——. *Huck Finn and Tom Sawyer among the Indians and Other Unfinished Stories.* Berkeley: U of California P, 1989.

——. *The Autobiography of Mark Twain.* Ed. Charles Neider. New York: Harper, 1975.

Wolff, Cynthia Griffin. "*The Adventures of Tom Sawyer:* A Nightmare Vision of American Boyhood." *Mark Twain.* Ed. Harold Bloom. New York: Chelsea, 1986. 93-105.

Young, Philip. "'Big World Out There': *The Nick Adams Stories.*" *The Short Stories of Ernest Hemingway: Critical Essays.* Ed. Jackson J. Benson. Durham: Duke UP, 1975. 29-45.

大串尚代『ハイブリッド・ロマンス――アメリカ文学にみる捕囚と混淆の伝統』（松柏社、二〇〇二年）。

大島由起子「先住民を憧れ憎んで――トウェインのSilent Colossal National Lieとの付き合い方」『マーク・トウェイン　研究と批評』第五号（南雲堂、二〇〇六年）七一―八〇頁。

後藤和彦「ヘミングウェイとマーク・トウェイン――〈女〉をめぐるアメリカ文学的因縁について」『アーネスト・ヘミングウェイの文学』今村楯夫編（ミネルヴァ書房、二〇〇六年）一二八―四二頁

高野泰志「マリアの陵辱――『誰がために鐘は鳴る』における性と暴力」『九大英文学』第五一号（九州大学大学院英語学・英文学研究会、二〇〇九年）一二五―三五頁。

（九州大学）

特集▣Is Mark Twain Dead?——マーク・トウェインの文学的遺産［日本アメリカ文学会シンポジウム］

「ハムと卵と風景」▣トウェインの食の風景をエコクリティカルに読む

結城正美 YUKI Masami

1■トウェインとグレートベイスン

マーク・トウェインと環境文学の接点は——それがあるとすれば——どのあたりに求められるのだろうか。エコクリティシズムの分野でトウェインの作品が論じられたり言及されたりすることはあるが、その場合、たとえば *The Celebrated Jumping Frog of Calaveras County* を件のカエルが絶滅危惧種であったということから動物虐待の物語として読み直すという具合に（Shein）、トウェイン作品の反エコロジカルな側面が指摘される向きがある。しかし、小論に与えられた課題は、批判の対象としてではなく文学的遺産としてのトウェインの足跡をエコクリティシズムのアプローチから検討することにある。エコクリティシズムにおけるトウェインの文学的遺産があるとすれば、どのあたりに目星をつければよいのだろうか。ひとつにはネヴァダというトポスが考えられる。ネヴァダはサミュエル・クレメンズが「マーク・トウェイン」として筆をとり始めた、すなわち作家トウェインが誕生した地である一方、一九九〇年代半ば以降環境文学研究のメッカとして知られる場所でもある。ネヴァダ、あるいはもっと広く、ネヴァダ州の大半が含まれる合衆国最大の荒野グレートベイスンに着目することで、トウェインとエコクリティシズムの関連がみえてくるのではないか——この小論はそのような予感に導かれるかたちでトウェインの作品をエコクリティカルに読むことを試みるものである。

文学的トポスとしてのグレートベイスンに目を向ける前に、まずグレートベイスンの地誌を概観しておきたい。グレートベイスンは、その名が示すとおり巨大な盆地である。先史時代にレイク・ボヌヴィルやレイク・ラハンタンという巨大な湖を擁し、その小さな名残がそれぞれユタ州のグレートソルトレイク、ネヴァダ州のピラミッドレイクやウォーカーレイクとして現存する。いずれも流出口のない湖だ。グレートベイスンは合衆国最大の荒野で、東はユタ州のワサッチ山地（ロッキー山脈の西端）、西はカリフォルニアとネヴァダの州境近くを走るシエラネヴァダ山脈、北はコロンビア高原、南はモハベ砂漠に至る。標高が高いため比較的冷涼で、冬には降雪もみられる。ネヴァダ、ユタ、オレゴン、アイダホの各州にまたがっているが、なかでもネヴァダはその大半がグレートベイスンに含まれ、そのネヴァダの州花であるセージブラッシュをはじめとする丈が低く乾燥に強い植物が荒野を覆っている。トウェインもこれらの植物について随所で書いており、たとえば、「セージブラッシュは並はずれて丈夫な植物」であり、荒野で得られる「良い薪」であるが、「野菜としては完全に落第」であると記している（*Roughing It* 34）。

トウェインとグレートベイスンとの関係で即座に思い起こされる作品は *Roughing It* であろう。この作品では、トウェインの兄がネヴァダ準州の秘書官に任命され、名目上はその兄の私設秘書としてトウェインがミズーリからネヴァダへ駅馬車で向かう旅の様子をはじめ、ネヴァダでの滞在、銀の採鉱で一攫千金をねらう人々の様子、その後のカリフォルニアへの旅などが描かれている。

全七九章の前半にグレートベイスンと周囲の山々の描写が散見されるが、それらは二つに大別できる。ひとつは、グレートベイスンの東端と西端にそれぞれ連なる山々の風景、すなわちワサッチ山脈やシエラネヴァダ山脈の風景で、これらは概して「荘厳で」「気高く」「魂を奪われるほど美しい」ものとして描かれている。たとえば第十七章では、グレートソルトレイクシティを発った直後に山や峡谷の「荘厳なパノラマ」に目を奪われている様子が描かれ（*Roughing It* 140）、第二十二章ではシエラネヴァダ山脈の山中にあるタホ湖畔の風景が次のように絶賛されている――「海抜六三〇〇フィートの高みに青い水をたたえた気高い湖、それを取り囲む外輪はさらに三千フィートも高くそびえる雪を冠した峰々だ！　湖は大きな楕円形で、周囲をめぐったら優に八十から百マイルはあるだろう。静かな湖面にくっきりと山影を映しだしている姿を見たとき、これは間違いなく世界中で最高に美しい一幅の絵だとわたしは思ったのだった」（*Roughing It* 169）。山は山でも、州都カーソンシティを取り囲む山は「樹木は一本も」なく「不毛」であると形容されているところをみると（*Roughing It* 157）、トウェインの目に映る荘厳な山とは樹々に覆われた緑ゆたかな山であったと考えられる。

グレートベイスンに関するもうひとつの風景は乾いた荒野に関するものである。ユタからネヴァダに広がるアルカリ性土壌の荒野やセージブラッシュに覆われた乾いた荒野は、山の場合とは対照的に、「生気がなく」、「単調で」、「忌まわしい」と形容されるのが常だ。たとえば、第十七章で山のパノラマが絶賛された直後、第十八章ではソルトレイクシティから西に延びるアルカリ荒野が言及され、それがいかに「かの凄絶で知られたサハラ砂漠をもしのぐ種類の荒野」であるかが語られる（*Roughing It* 142）。また、ネヴァダ北部に広がる〈四十マイル荒野《フォーティマイルデザート》〉――カリフォルニアゴールドラッシュの際に西へ向かった者たちが、四十マイルにわたって水がないこの地をそう呼んだ――は「巨大な墓場」（*Roughing It* 150）と称され、セージブラッシュなどの植物に覆われている場合であっても「灰をかぶったセージブラッシュが点在する陰気な荒野」と描写され、「生命の気配のない静寂」に支配されていると語られる（*Roughing It* 143）。荒野の風景に向けられた辛辣なまなざしは荒野に浮かぶ湖にも及んでおり、たとえば、シエラネヴァダ山脈東斜面の麓の荒野に横たわるモノレイクの描写をみると、先にみた山中のレイクタホをめぐる讃嘆的なトーンとの違いは一目瞭然である。「モノレイクは海抜八〇〇〇フィートのところにあり、生き物がおらず、木も生えておらず、忌まわしい荒野にある。さらにそこから二〇〇〇フィートの高さの、山頂がいつも雪をかぶっている山々に守られている。この仏頂面で静かで船一つない湖〔……〕は絵のような美しさ《ピクチャレスク》には恵まれていない」（*Roughing It* 265）。

荘厳な山（山中の湖も含めて）の風景と、死と恐怖を連想させる荒野の風景。このような風景観はトウェインだけにみられるのではなく、一九世紀後期の美的基準を踏襲したものにほかならないない。当時の風景画の流行が示すように、アメリカ西部の山々はヨーロッパアルプスを彷彿とさせるピクチャレスクな風景としてとらえられていた一方で、荒野は美的鑑賞の対象にはなっていなかった。その意味では、風景に向けられたトウェインのまなざしはいわば凡庸で紋切り型だったわけだが、一点おもしろい特徴がみられる。それは、風景鑑賞に食べ物が関与しているということである。

たとえば *Roughing It* 第一七章では、ソルトレイクシティで満ち足りた二日間をおくった後、ネヴァダへの旅路を再開する際に半ば沈んだ気持ちを高揚させたのが食べ物であったと語られる。

> The accustomed coach life began again, now, and by mid-night it almost seemed as if we never had been out of our snuggery among the mail sacks at all. We had made one alteration, however. We had provided enough bread, boiled ham and hard boiled eggs to last double the six hundred miles of staging we had still to do.
>
> And it was comfort in those succeeding days to sit up and contemplate the majestic panorama of mountains and valleys spread out below us and eat ham and hard boiled eggs while our spiritual natures reveled alternately in rainbows, thunderstorms, and peerless sunsets. Nothing helps scenery like ham and eggs. (*Roughing It* 140-41)

この一節には、パンとハムと固ゆで卵がたっぷりあるという事実が、周囲の風景を「壮大な」ものに感じる心性と何らかの関係を持つということが示唆されている。ゆで卵は現在の基準に照らせばごくありふれた食べ物だが、鶏卵用のにわとりが安定して飼育されるようになったのが一九世紀半ば以降であることを考えると（Smith 426）、トウェインが西部を旅した一八六一年当時はまだ贅沢品の部類に入る食べ物だったのかもしれない。いずれにせよ、食べ物が風景を引き立てるという点はレイクタホをめぐる記述にもみられ、「温かいパン、焼いたベーコン、ブラックコーヒー」という「すばらしい《デリシャス》夕食」に呼応するかのように、あたりは「かぐわしい《デリシャス》静寂」に包まれていたと描かれたり（*Roughing It* 170）、朝食とパイプで満ち足りた後に朝日に染まる美しい山々に見入る様子が描かれていたりする（*Roughing It* 173-74）。

「風景の引き立て役として、ハムと卵に及ぶものはない」――風景に魅了されるトウェインの傍らにおいしい食べ物があるということ。これはたとえばトウェインと同時代にシエラネヴァダ山脈を縦横に歩き回り、シエラクラブの創設者にしてアメリカ自然保護の父とよばれるジョン・ミューアのような書き手と比べると、奇異に映る。山をめぐるミューアの文章には、風景の神々しさや美しさは微細に描かれているが、食べ物への言及はほとんど見当たらない。実際、ミューアは山での食事に対する関心が薄く、乾燥させてくだいたパンとチーズと少しのお茶があればこと足りたと言われる（Lyon 657)。

トウェインとほぼ同時代に、ミューアはシエラネヴァダとその裾野に広がる荒野をどのように見ていたのか。次の引用は、*Roughing It*第三八章で描かれるモノレイク周辺と地理的に近いと思われる場所をめぐるミューアの記述である。

> The scenery of all the passes, especially at the head, is of the wildest and grandest description, --lofty peaks massed together and laden around their bases with ice and snow; chains of glacier lakes; cascading streams in endless variety, with glorious views, westward over a sea of rocks and woods, and eastward over strange ashy plains, volcanoes, and the dry, dead-looking ranges of the Great Basin. (Muir 57-58)

この一節をみる限り、ミューアもトウェインと同様、シエラネヴァダの山々の岩と森が織りなす風景を賞賛する一方、グレートベイスンの乾いた荒野は死んだようであると毒突いており、その点で当時の風景観を踏襲していたと考えられる。ただ、ミューアは風景を絵のように眺めるだけではなく、次の一節に明らかなように、生態学的観点から山や森をみる視点も持ち合わせていた。

> But the vegetation of the pass has been in great part destroyed, and the same may be said of all the more accessible passes throughout the range. Immense numbers of starving sheep and cattle have been driven through them into Nevada, trampling the wild gardens and meadows almost out of existence. The lofty walls are untouched by any foot, and the falls sing on unchanged; but the sight of crushed flowers and stripped, bitten bushes goes far toward destroying the charm of wildness. (Muir 66)

牧畜が自然環境に及ぼす影響が風景へのダメージとして語られているが、そこに、後に国立公園運動で重要な役割を果たすことになる生態学的見地から自然環境をとらえる新たな視角の萌芽がうかがえる。さらに、ミューアは自然にはそれ自体に本来備わっている価値があると主張したことでも知られる。山々に向けられたミューアのまなざしは、風景の神々しさに触れて脱人間中心主義を深め、「自然固有の価値」(**nature's intrinsic value**)へと向けられた。生態学的見地と自然固有の価値への感覚をあわせもったミューアの自然観は、ロマン主義か功利主義かに二分されていたアメリカ環境言説に新たな見方をもたらしたという点で画期的であった。

そのような新しい自然観なるものは、風景をめぐるトウェインの文章にはみられない。ハムとゆで卵を食べながら風景を見るトウェインのまなざしは、ミューアの場合とは異なり、人と環境との新しい関係が幻視されるような深い思索に結びつくものではなかったようである。しかし、食べながら風景を見るということの身体性は注目すべきことのように思われる。食べるというきわめて身体的な行為は、ミューアが新たな風景観、環境観を熟成させた観念的思索へとトウェインを促すのではなく、あくまで身体的で感覚的な世界にこの書き手をとどめる役割を持っていたと考えられるわけだが、そのことに積極的な意味が見出せるように思えるのである。

身体的かつ感覚的ということで連想されるのは、現代ほど身体や感覚をとおした経験が衰退している時代はないという昨今よくみられる主張である。種の絶滅よりもまず私たちの経験の絶滅が危惧される――そのような見解が国のちがいや専門分野を問わず随所で示されている（たとえば、塩野、ソウルゼンバーグ）。食べ物に関しても同様に、食の問題の背景には食をめぐる経験の衰退があると言われる。食べ物は店で購入するモノ＝商品であり、店頭に並ぶ前のプロセスは見えないし知らないという状況が一般的であることは、説明するまでもないだろう。自分の口に入るものを自分の手で採集したり捕ったり育てたりするという経験はもとより、自分の口に入るものがどこでどうやって作られたのかという知識も欠如している。それに加えて、世代間のつながりが稀薄になり経験の伝達が難しくなってもいる。そういう状況が日本やアメリカのような社会にはある。フードジャーナリストのマイケル・ポーランが言うように、食べてよいものと悪いものを何を基準に判断してよいのかわからないからとりあえず専門家の言うことを聞くという近年の傾向は、経験にもとづく判断が専門家による判断に取って代わられるという大転換の予兆であると言えるだろう（Pollan, *Omnivore's* 1）。

ポーランをはじめ、食というテーマに取り組むジャーナリストや教育者や研究者の主張をみると、食べ物の生産、収穫、流通、消費という一連のプロセスを知り、何を食べ何を食べないかを頭だけ（つまり知識詰め込み型）ではなく身体でも（つまり経験的に）判断できるようになることの重要性が強調されている。そのような食をめぐる昨今の議論を追いながら、ふと、風景をたのしむトウェインの傍らに常においしい食べ物があったことがどこか示唆的に思えてくるのである。

2■トウェインの食の風景

食というテーマが環境問題のなかでも現在もっとも高い関心を集めているものの一つであることは間違いない。学校給食改善運動、遺伝子組み換え作物や種子産業の是非をめぐる議論、有機栽培作物への関心の高まり、ファストフードをはじめとする食産業が人や環境や文化にもたらす影響についての議論、そして食をめぐる第三世界と第一世界の関係や経済格差と食卓の問題を「正義」という観点から検証しようとする動きを一例とするように、食の問題はローカルな問題として、グローバルな問題として、あるいはローカルな状況とグローバルな文脈の複雑な交錯において生まれる問題として、多様なアプローチのもとで検討されている。

現在さまざまな分野で食の問題が論じられているが、ポーランによれば、食をめぐるテーマがこのように大きな社会的関心を集めたのは意外にもかなり最近になってからだそうだ。人はいつの時代も食べ物をめぐって争ってきたわけだが、一九七三年を最後に、最近になるまでアメリカ合衆国では食は社会問題にはならなかったという（Pollan, "The Food Movement, Rising"）。その背景には、ニクソン政権時代の農務長官アール・バッツの改革により食料の大量生産と価格低下が奨励され、食物が豊富にしかも安く手に入るようになったということがある。「バッツが農務長官の職についたのは、アメリカの歴史のなかで食料価格の高騰が大きな政治批判を起こした最後の時代だった。食料価格が二度とつり上がらないようにしたこと、それが彼の功績である」（Pollan, *Omnivore's* 51）。ポーランの『雑食動物のジレンマ』や映画『キング・コーン』で描かれているところによれば、補助金の対象となってとくに大量に生産されたトウモロコシは人よりも家畜のえさとして流通し、砂糖に代わる安価な甘味料HFCS（果糖ブドウ糖液糖）として出回り、アメリカ合衆国の食産業を根底から変えていった。大量に生産されるトウモロコシが食用ではなくあくまで加工用であることに象徴されるように、加工品の生産・消費にもとづく現在の食産業が農業従事者、消費者、そして環境にとって問題の多いものだということに人々が気づき始め、食をめぐる問題がふたたび社会問題化したのであった。

何でも食べることができる一方で、何を食べ何を食べるべきでないかを見極める能力を生得的に持たない人間という雑食動物のもつジレンマは、かつては親から子へ、世代から世代へと知恵という名の経験知が受け継がれてゆく過程で緩和されていた。しかし個食／孤食化が進み、食の世代間コミュニケーションが困難になっている現在、経験知の直接的伝承に代わる手だてが求められている。たとえばベストセラーとなったポーランの『雑食動物のジレンマ』が例証しているように、文学にその役割を求めることは可能だろうか。食をめぐるトウェインの言葉の世界にそのような世代間コミュニケーションに代わるはたらきが見出せるかもしれない――そう考えるのは安易にすぎるであろうか。

食と文学とコミュニケーションの問題は Andrew Beahrs 著 *Twain's Feast* で扱われているので、詳細はそれを参照してもらえばよいが、ざっと紹介するとこういうことだ。トウェインの描く食べ物はモノ（commodity）ではない。食べ物を評価するトウェインの基準が「新鮮、地元産、心のこもった料理、場所の生命との深いつながり」（Fresh. Local. Lovingly prepared. Intimately tied to the life of a place," Beahrs 13）にあったことは明らかで、それは生態学的および文化的な土地とのつながりを重視したものであった。そうビアーズは主張する。これは現在「地産地消」という言葉で表されている価値観と重なるが、それが声高に主張されているのではなく食の描写を根底で支えていることに留意したい。トウェインの食の世界に向き合うことで、現代読者は、この一世紀余の間にいかに急速かつ大規模に食や環境との関係が変化したかということを考えさせられるのであり、その点がビアーズの議論において静かに強調されているのである。

　地元産の新鮮な食べ物への関心というのは、まだ本格的な冷蔵技術も大陸横断鉄道もなかった十九世紀後半はそれが普通だったと考えるのが妥当だろう。*A Tramp Abroad* 第四九章に、ヨーロッパでの食事に辟易したトウェインがアメリカに帰って食べたいものの一例を記したリストがあるが、それをみると、その土地その土地の新鮮な素材を使ったものが多いことがよくわかる。リストの一部を抜き出すと――

Radishes. Baked apples, with cream.
Fried oysters; stewed oysters. Frogs.
American coffee, with real cream.
. . .
San Francisco mussels, steamed.
Oyster soup. Clam soup.
Philadelphia Terapin soup.
Oysters roasted in shell -Northern style.
Soft-shell crabs. Connecticut shad.
Baltimore perch.
Brook trout, from Sierra Nevadas.
Lake trout, from Tahoe.
Sheep-head and croakers, from New Orleans.
Black bass from the Mississipi.
. . . (*A Tramp Abroad* 574)

　ビアーズが指摘していることだが、このリストに載っているものは、トウェインが幼少期に過ごした叔父の農場で食べたものと少なからず重なっていることから、モノとしての食べ物ではなく、土地の記憶、あるいは舌が覚えている土地の記憶と結びついたものだと言える。また、「サンフランシスコのムラサキイガイ」や「シエラネヴァダのカワマス」や「レイクタホのマス」といった土地の名産も記されているが、冷蔵・冷凍運搬技術のない当時、これらはまさにその土地でしか食べることができなかったものだということは容易に想像できる。

　ここで強調しておかねばならないのは、トウェインが言及する「土地の食べ物」はある特定の土地に焦点を当てたものではなく、全米各地のさまざまなローカルな場所と関わっているという点である。*A Tramp Abroad* 第四九章の食の一覧表を見ると、南部の料理法への言及が多くあり、またイリノイ、ミズーリ、ボストン、ニューオーリンズ、サンフランシスコ、レイクタホなど具体的な州名や地名も記されているが、それらはいずれもトウェインが実際に訪れて舌で経験した場所にほかならない。土地の食べ物への魅了といっても、ある一つの土地に書き手自身が根を下ろしていたわけではないのだ。その意味で、トウェインが紡ぐ食の世界は、土着性を縦糸に移動性を横糸に織られているとイメージすることができる。

　土着と移動の相互関係において立ち現われるトウェインの食の風景は、ローカルとグローバルの対立図式のなかで議論されることの多い昨今の食の問題に、新しい視角を提供しうるのだろうか。ローカルな食材を丁寧に料理することへの賛美という点では、トウェインは現在のスローフード運動の旗手のような印象すらあるが、しかしそういうローカルな食べ物への愛着はさまざまな土地を移動することなくしてはありえなかったと考えられる。土地への愛着と移動の美学が調合されたトウェインの食の風景を読むことで、ローカルとグローバルのハイブリッドな風景がイメージされてくるとすれば、そこにトウェインの文学的遺産が見出せるのではないだろうか。

引用・参照文献

Beahrs, Andrew. *Twain's Feast: Searching for America's Lost Foods in the Footsteps of Samuel Clemens*. New York: Penguin, 2010.

Heise, Ursula K. *Sense of Place and Sense of Planet: The Environmental Imagination of the Global*. New York: Oxford UP, 2008.

Lyon, Thomas J. "John Muir." *American Nature Writers* Vol. 2. Ed. John Elder. 2 vols. New York: Charles Scribner's Sons, 1996. 651-69.

McWilliams, James E. *Just Food: Where Locavores Get It Wrong and How We Can Truly Eat Responsibly*. New York: Back Bay, 2009.

Muir, John. *The Mountains of California*. 1894. New York: Penguin, 1993.

Pollan, Michael. *The Omnivore's Dilemma: A Natural History of Four Meals*. New York: Penguin, 2006.

——. "The Food Movement, Rising." *The New York Review of Books* 10 June 2010. <http://www.nybooks.com/articles/archives/2010/jun/10/food-movement-rising/>.

Runte, Alfred. *National Parks: The American Experience*. Third ed. Lincoln: U of Nebraska P, 1997.

Shein, Debra. "The Imperiled Jumping Frog of Calaveras County (Dan'l was a *Rana aurora draytonii* -no bull)." *ISLE* 16.2 (2009): 245-63.

Smith, Andrew F. *The Oxford Encyclopedia of Food and Drink in America*. 2 vols. New York: Oxford UP, 2004.

Twain, Mark. *Roughing It*. 1872. Ed. Shelley Fisher Fishkin. New York: Oxford UP, 1996.

——. *A Tramp Abroad*. 1880. Ed. Shelley Fisher Fishkin. New York: Oxford UP, 1996.

塩野米松『失われた手仕事の思想』二〇〇一、中公文庫、二〇〇八。

武藤脩二、入子文子編著『視覚のアメリカン・ルネサンス』世界思想社、二〇〇六。

ソウルゼンバーグ、ウィリアム『捕食者なき世界』野中香方子訳、文藝春秋、二〇一〇。

（金沢大学）

□特別寄稿

死後一〇〇年、誇張されたマーク・トウェインの死

渡辺利雄
WATANABE Toshio

一八九七年正月早々、ロンドン滞在中のマーク・トウェインについて、死亡したという噂が世界中に流れた。誤報だったが、これを知って一番驚いたのは、知らないうちに新聞紙上で殺されたマーク・トウェインだった。彼は、半年後「私の死亡の噂はとんでもない誇張です」（The rumor of my death is greatly exaggerated.）という訂正を通信社に送った。紙上で一度殺された人間は長生きすると俗にいわれるが、彼はさらに一三年生きた。一八三五年、ハレー彗星の出現とともにこの世に生まれてきた彼は、自分自身を七五年周期で現われるハレー彗星と同一視し、かねてからこの彗星とともにこの世を去ると予言していたが、予言どおり、夜空に再びハレー彗星が姿を見せた一九一〇年四月二一日の夕刻、宇宙の彼方に旅立っていった。それから百年。没後一〇〇年の今年、彼の七五年の生涯を振り返る記念行事が世界各地で催される。わが国でも、マーク・トウェイン協会と日本アメリカ文学会の共催で、没後一〇〇周年記念シンポジウム "Is Mark Twain Dead? マーク・トウェインの文学的遺産" が行なわれた。

このシンポジウムの問いかけの答えは、おそらく "No, he is not." であろう。彼は「死んで」（dead）などいないのである。俗に人間は二度死ぬという。一度は肉体的な死で、マーク・トウェインは確かに一九一〇年に死んだ。しかし、死んだその人間が近親者や、文学者の場合は、読者の記憶に残っている限り、彼（彼女）は生き続ける。人間は、後に残されたすべての人の記憶から完全に消えてしまった時に、第二の死を迎えるのである。文字通りこの世から消えて、存在しなくなる。この百年、マーク・トウェインは、彼が残した作品（そして死後出版された遺作）を通して読者の中で生き続けている。独自の個性をもち、存在感の強い彼であるだけに、直接、彼に会ったことのない読者も、作品を通して、彼の存在を強く感じたであろうが、百年後の日本の読者も、百年前に死んだ文学者であることを承知しながら、彼が今もアメリカのどこかで生きているような感じをもつ。マーク・トウェインの「死」はやはり「誇張」されている。

そうは言うものの、マーク・トウェインが百年前に死んだことは紛れもない事実であり、彼の文学を百年後の視点から

見直すことは有意義であるだけでなく、必要なことであろう。私たちの今回のシンポジウムもそのような考えに基づいて企画された。そして、その見直しは二つある。一つは、没後一〇〇年という時点から彼の文学を新しく読み直すこと。それによって、彼の時代、あるいは彼自身が予想もしなかった新しい意味や、魅力が浮かび上り、マーク・トウェインは新しい衣裳を纏って現われる。その意味でも、彼は死んでいない。もう一つは、この百年間、人びとが彼をどのように見てきたか、それを跡づけることである。多くの文学者は、死ぬとたちまち忘れられてしまう。ところが、マーク・トウェインの場合は、死後においても、生前同様、多くの読者が作品を読んで、さまざまな読後感を残している。忘れられず、生きているのだ。こうした彼に対する読者の反応を確認することは、百年後の新しい視点から彼を読み直すことよりも困難で、膨大な時間がかかる。しかし、この確認作業によって、これまた、新しいマーク・トウェインが現われてくる。没後百年というのは、そのような作業のよい区切りとなる。

個人的なことをいうと、私は、没後一〇〇周年を前にして、この第二の問題にどちらかといえば興味をいだいていた。これまでにも、そうしたマーク・トウェインに対する過去の研究者や、各界の有名人の発言を集成し、彼の評価の変遷をたどった便利な選集がいくつかあった。本協会の会員であれば、すぐ思いつくだろうが、バークレーのカリフォルニア大学の Mark Twain Papers の五代目の責任者だった Frederick Anderson によって編集された *Mark Twain: The Critical Heritage* (1971) がそうした選集の代表的なものである。そこでは、マーク・トウェインの作品ごとに、書評をはじめ、実作者の読後感や、研究書からの抜粋、そして研究論文など、八八編が収録されていた。私はそれを読んで、彼がユーモアを売り物にした通俗作家でしかないという生前の偏見から、アメリカ社会を批判する本格的な文学者であると評価されるようになった歴史を知り、単発的な研究書以上に、多くのことを教えられた。それから四〇年の歳月が経ち、マーク・トウェイン研究も大きく変わった。それで、私はまたそういった変化を跡づける新しい選集が、没後一〇〇年を機に刊行されることを期待していたが、期待どおり、没後一〇〇年に合わせるかのように、二〇一〇年、叢書「アメリカ文庫」(The Library of America) の一冊として出版された。ご存知の方も多いと思うが、*The Mark Twain Anthology: Great Writers on His Life and Works* である。編集者は、ご存知 Shelley Fisher Fishkin 教授。

また、個人的なことを書いて恐縮だが、私は実はこの選集が刊行されることを知らなかった。ある日、洋書店に平積みされているのに気づき、表題から、そして「アメリカ文庫」の一冊であるので、マーク・トウェインの作品の「さわり」を抜粋収録したものだと思った。ところが、立ち読みしてみると、最初に（'Introduction' は別にして）、'Twain Matters: A Sampler' と題した部分があって、そこにシオドア・ローズヴェルト、フランクリン・ローズヴェルト、ハリー・トルーマン、バラック・オバマの四人の大統領のマーク・トウェインに関する発言が採録されている。そして、さらにページをめくると、今度は、黒人のブッカー・T・ワシントン、リチャード・ライト、ラングストン・ヒューズ、ルロイ・ジョーンズのマーク・トウェイン観が並んでいる。私は驚いた。英語の‘anthology’には、このような「語録」的な著作にも使えるのだ。彼の作品の「さわり」の抜粋を期待したのは私の間違いだったらしい。そして、さらにDavid Ross Lockeによるマーク・トェインの*The Innocents Abroad*の紹介（1869）にはじまって、Lafcadio Hearn, William Dean Howells, George Bernard Shaw, Helen Keller, Bernard DeVoto, T.S. Eliot, Ralph Ellison, Norman Mailer, Kurt Vonnegut, Toni Morrison, Ron Powersなどのマーク・トウェインに関する発言、証言が収録されている。英語圏の文学者や研究者からだけではない。Marina Tsvetaeva (1910), Jorge Luis Borges (1935), Lao She (1960), Min Jin Lee (2009)などのように、ロシア、アルゼンチン、中国の文学者の発言が引用されている。日本からは、大江健三郎の「アメリカ旅行者の夢―地獄にゆくハックルベリィ・フィン」からの一節が収録されている（しかも、目次の表題は日本語）。ここで、それぞれの内容を紹介する余裕がないのは残念だが、興味深い内容に、私はその場に立ち尽くして拾い読みを続けた。それぞれの抜粋引用には、フィシュキン教授の簡潔な解説が加えられている。ロシアのマリナ・ツヴェターエヴァ、中国の老舎（Lao She）は何とか見当がついたが、まったく知らない名前のほうが多かった。デイヴィッド・ロス・ロックがアメリカ一九世紀の政治風刺家で、Petroleum Vesuvius Nasbyという大袈裟な筆名で知られていることは、頭の片隅にあったが、彼の書いたものを読んだことはなく、*The Innocents Abroad*をいち早く紹介していることなどは、恥ずかしながら、まったく知らなかった。ロックは‘The Innocents Abroad is a remarkable book. From the first page to the last it is gemmed with good things.’とマーク・トウェインのデビュー作にエールを送っている。

マーク・トウェインの新しい伝記や、研究書を読んで、強烈な印象を受けることは少なくないが、*The Mark Twain Anthology*を読みながら、私は、文字どおり、目から鱗が落ちる思いがした。その驚きは、予想もしないマーク・トウェイン読者の予想もしない感想や発言に出くわしたからでもあったが、それだけでなく、このような‘anthology’が「アメリカ文庫」から出版されたことにもよる。周知のように、アメリカには、網羅的で信頼できる一九世紀アメリカ作家の全集、叢書がほとんどなかった。そうした文学状況を改善しようと、一九六三年、Modern Language Association (MLA)は、‘Center for Editions of American Authors’ (CEAA)を設置し、二五〇巻を超える定本造りの大企画が発足した。こうして、エマソン、メルヴィル、ホーソーン、ホイットマンだけでなく、マーク・トウェイン、スティーヴン・クレインなどの全集が、それぞれの作家と何らかの関係のある大学によって編集・出版されることになった。厳密な編集方針があり、それに従って編集されたものには‘An Approved Text’というCEAAのお墨付きがつく。この企画はアメリカ文学研究に大きく貢献した。本協会の会員は、California大学版の全集から大きな恩恵を受けているだろう。しかし、その一方で、この企画は、本文校訂の方法・原則があまりにも厳密であったり、煩雑であったりして、瑣末主義に陥っているという批判を受けることにもなった。なかには電話帳並の分厚い大判となり、高価で、一般読者が気軽に利用するわけにはゆかないものも少なくなかった。

そうしたことから、年配の方は記憶していると思うが、文学批評家 Edmund Wilson はアカデミズムの完璧主義、瑣末主義を痛烈に批判し、もっとハンディーな、テキストそのものを重視した叢書の出版を提唱した。しかし、このウィルソンの希望は、経済的な理由や、版権の問題などがあって、そう簡単には実現せず、彼は、一九七二年、世を去る。しかし、ウィルソンの遺志はハーヴァード大学の Daniel Aaron などに受け継がれ、一九八二年、彼の死後ちょうど一〇年後の春に「アメリカ文庫」として日の目を見た。毎年、春秋、四冊ずつ刊行する計画である。そして、ウィルソンとMLAとの確執も時効となったのか、メルヴィル、ホーソーン、マーク・トウェインなどは、MLAお墨付きの版がテキストに使われている。責任編集者もその道の第一人者で、ある意味では、ついに理想のテキストが出現した。マーク・トウェインは第二回配本に選ばれ、最初は、六巻が予定されていた。第一巻は、‘Mississippi Writings’ として、*Tom Sawyer, Life on the Mississippi, Huckleberry Finn, Pudd'head Wilson* が収録されている。

この叢書は、現在も継続しており、既に二〇〇巻を超えている。それで、私はこの The Mark Twain Anthology もテキスト版だと早合点したのだった。帰宅して、ゆっくり目を通したが、マーク・トウェインに対して、生前だけでなく、死後も、これだけ多くの人びとがこれだけ興味深いオマージュを捧げていることを知って、驚きは増すばかりだった。もちろん、賛辞ばかりでなく、彼に対するネガティブな反応も採録されている。いや、開巻第一に引用採録されているシオドア・ローズヴェルト大統領は、息子 Kermit に宛てた手紙（一九〇七）で、*Connecticut Yankee* に関して、マーク・トウエインを ‘a real genius, who has done admirable work in his line’ と認めながらも、その一方で、‘a man wholly without cultivation and without any real historical knowledge’ と言っている。アメリカの大統領、*Connecticut Yankee* といえば、普通は、‘New Deal’ という言葉をこの小説から取ったとされるフランクリン・ローズヴェルトを思い起こすが、フィシュキン教授はあえてそれを最初に出さず、おそらく誰も知らないこの発言を採用し、それをなぜか冒頭に置く。そして、賛辞だけでないことによって、かえってマーク・トウェインの立体的な全体像が浮かび上がってくる。

こうした意外な選択は、彼に対する後世の文学者の発言にも見出される。たとえば、ヘミングウェイ。ヘミングウェイといえば、ほとんどの人はあの有名な *Huckleberry Finn* に関する彼の発言を思い起こすだろうが、フィシュキン教授はそのような安易な引用では満足せず、‘As a Nobel Prize winner I cannot but regret that the award was never given to Mark Twain.’

という彼の言葉も引用する。ノーベル文学賞といえば、英米文学関係では、一九〇七年に Rudyard Kipling が受賞しているので、マーク・トウェインが受賞する可能性は年代的にまったくなかったわけではない。それはともかく、ヘミングウェイがどこでこのように言っているのか即答できる人はどれだけいるだろう。また、フォークナーも何度かマーク・トウェインの伝統に言及しているが、ここには 'Of course Mark Twain is all of our grandfather.' という言葉を引用する。この出典も即座に分かるだろうか。このような興味ある発言、言葉が五〇〇ページ近い本書の随所に発見される。それだけではない。本書の四五〇ページの大半を占めるのは、既に紹介した David Ross Locke (1869) から、最後の Roy Blount Jr. の 'America's Original Superstar (2008) まで、年代順に採録された五二人の文学者の文章である。

私は驚きながら一気に読了した。マーク・トェインの伝記や、研究書とはまた違った楽しみの多い読書体験だった。そして、読みながら、いろいろ考えさせられることも少なくなかった。二〇一〇年に刊行された本書は、明らかに、彼の没後一〇〇周年を記念する企画だと思うが、現時点でのマーク・トウェイン像を提示するものではない。その一方、没後一〇〇年間のマーク・トウェイン像の変遷を歴史的に厳密に跡づけるものともいえない。アカデミックな研究であれば、後続の研究者は先行論文をチェックし、それを踏まえて、論文を書くため、時代順に読めば、対象の作家像や、解釈、評価の変遷、展開を知ることができる。ところが、専門研究家でない一般読者は、大統領であろうと、科学者トマス・エディソン(彼も引用されている)であろうと、これまで先人がどのような反応してきたか、そういったこととはお構いなしに、自らの印象を率直に表明する。そのような読者とマーク・トウェインの出会いは、東洋風にいえば、一期一会的な面があって、歴史を超越している。*The Mark Twain Anthology* に収録された多くの発言を年代順に読みながら(この「年代順」というのは、フィシュキン教授の基本方針であって、教授自身 'The general organizing principle of this book is chronology.' と言っておられる)、私は、かつてアカデミックな世界でシリアスな文学者として学問研究の対象とされなかった彼が、どのような過程を経て、現在のように高い評価を受けるようになったか、そうした歴史的な背景に興味をもっていたので、正直なところ、本書にある種の物足りなさを感じた。そういえば、本書には、アカデミックな研究者の反応、解釈、発言がほとんど採録されていない。Walter Blair、Henry Nash Smith、Hamlin Hill, Everett Emerson など、学者、研究者はいずれも除外されている。多分、研究者ではなく、一般読者を念頭にして編集され、紙数に限りがあるので、これは無い物ねだりというべきかもしれない。そのようなアカデミックな評価を知りたい読者(専門の研究者)は、自分で探せというのだろうか。あるいは、学者、研究者は、副題にある 'Great Writers' ではないというのだろうか。

それにしても、私は、この点がどうも気になった。というのは、今でこそ、マーク・トウェインだけでなく、アメリカ文学は一大産業のようにアメリカの大学英文科で研究されているが、百年前は、アメリカ文学は研究の対象としてほとんど認められていなかったからで、この百年間にどのようにして、現在のような研究状況に至ったのか、それを学者、研究者の証言を通して確認したかったからだった。なかでも、マーク・トウェインのように、大衆受けをねらったユーモアを売り物にし、高尚な西欧の文化伝統に背を向ける（と思われていた）西部出身の文学者は、学問研究の対象から除外されていた。そのマーク・トウェインが現在のように、'the true father of all American literature'（本書で教えられたが、劇作家 Eugene O'Neill の言葉）として高く評価されるようになった歴史は、そのままアメリカ文学研究の発展と重なっており、私はそれが本書によってある程度確認できるのではないかと思ったのだった。

また、私事に亘って恐縮だが、私は、一九八〇年、『文学とアメリカⅢ　大橋健三郎教授還暦記念論文集』に「アメリカ文学研究の黎明——マークトウェインの評価をめぐって」を寄稿し、そうした問題を論じている。そこで述べたが、アメリカのアカデミズムは、現在からはとても信じられないが、一九二〇年代まで、自国文学にきわめて冷淡であった。一九〇五年にアメリカ文学研究を志してハーヴァード大学大学院に赴いた、この道の大先達 Jay B. Hubbell デューク大学教授（一八八五—一九七五）の回想によると、当時のハーヴァード大学にはアメリカ文学専門の教授は一人もおらず、授業も半年の講義が隔年にあるだけだった。当時、ハーヴァードの英文科は教授陣が充実しており、著名なチョーサー学者を四人も擁していながら、アメリカ文学はアカデミックな研究、教育の対象として事実上無視されていた。したがって、頑迷固陋なアメリカの英文科教授の意識には「アメリカ文学」（American Literature）というものは存在せず、存在するのは「アメリカにおける英文学」（English Literature in America）でしかなかった。アメリカの近代文学研究者の連合体MLAでも、アメリカ文学は小部門の位置すらあたえられていなかった。英文学の一部として英文学に組み込まれていたのである。そうした中で、独立したアメリカ部門を設置しようという声が若手研究者の間から上がり、一九二〇年、ようやく「アメリカ文学研究グループ」が小部門として認められる。そして、それから、九年後の一九二九年、大恐慌が始まった年に、ハベルなど若手研究者を中心に、「アメリカ研究グループ」の機関誌 *American Literature* が創刊され、アメリカ文学研究の基礎が築かれることになった。

しかし、こうした自国文学を評価しようとする動きにもかかわらず、マーク・トウェインはなお研究に価する重要な作家とは認められなかった。確かに、アメリカ文学研究の草分けの一人、Fred Louis Pattee などは、アメリカ文学が西部開拓地出身のマーク・トウェインによってはじめて真に国民的な文学になったと主張していたが、創刊後の数年間、*American Literature* には、彼を本格的に論じる論文は掲載されていない。アメリカ文学研究の独立に大きな貢献を果たした Norman Foerster 編の *The Reinterpretation of American*

Literature (1928) は、MLAのアメリカ文学グループのために編集されたと副題にあるが、マーク・トウェインは事実上無視されている。*American Literature* の創刊号には、Saturday Review of Literature の編集者だった Henry Seidel Canby による本書の書評が転載されているが、最初に当時のアメリカ文学研究状況を総括するキャンビィは、マーク・トウェインについて、'Mark Twain has fought his way into literature, but his work has never been properly studied as such.' と述べる。マーク・トウェインの文学はまだまともな「文学」として認められていなかったのである。

それが、その後、アカデミックな世界ではないが、既に紹介したとおり、七年後の一九三五年、オニールは彼を「すべてのアメリカ文学の真の父」と認め、同じ一九三五年、ヘミングウェイは「すべての現代アメリカ文学は『ハックルベリ・フィン』というマーク・トウェインの一冊の本に由来する」と述べることになる。革命的というしかない評価の逆転が起こったのだ。先程、フィシュキン教授のこの編著にはアカデミックな研究者の発言が無視されていて、その点、物足りないと言ったが、いま改めて考えると、「国民の作家」と一般大衆から支持され、敬愛されたマーク・トウェインの文学史上の評価は、学者や、研究者によって決定されるよりも、一般読者が、直接、彼の作品を読み、そこから自然発生的に生じてきたように思われる。そして、それに応じて、アメリカの文学風土も変わり、それまで評価されなかった作家を含めて、アメリカ文学の独自性が主張されるようになる。一九二〇年代末から三〇年代は、アメリカ文学研究の大きな分水嶺だった。

単独執筆の注目すべき文学史が次々と現われた。まず Vernon Louis Parrington の記念碑的な *Main Currents in American Thought* (1927-30)。そして、Russell Blankenship の *American Literature as an Expression of the National Mind* (1933)、V. F. Calverton の *The Liberation of American Literature* (1932) などが続く。いずれも一九三〇年代の思想状況を反映して、社会意識の強い文学史で、マーク・トウェインは、粗野であるかもしれないが、西部フロンティアの逞しい精神を代表する文学者として評価されている。こうした三〇年代の研究者は、フィシュキン教授の今回のアンソロジーには、ほとんど採録されていない。こうしたアカデミックな研究者の発言にも、マーク・トェイン像の変遷を辿る際、無視しがたいものが少なくなく、紙数の関係もあっただろうが、できれば採録してほしかったと思う。たとえば、現在では、ほとんど忘れられた文学史家のブランケンシップは、"Lost in the Gilded Age" と題した一章で、今なおマーク・トウェインの「欠陥」(deficiencies) を指摘してやまない文学史家がいることを認めながら、その一方では、彼を弁護して次のように言っている。'Surely he had deficiencies, but to make too much of certain of his shortcomings is like regretting Shakespeare's inability to play the saxophone or Dante's ignorance of the Russian ballet.' その通りだと思う。そして、その言い方が何とも愉快ではないか。こうした発言を本書には採録する紙数がなかったのだろうか。

学者、研究者の文章は、確かに、優等生的なところがあって、実作者の個性的な反応ほど読者にアピールするところがない。しかし、マーク・トウェイン研究の基礎を築いたアカデミックな研究者の発言もやはり収録すべきではなかっただろうか。誰をそのような代表的研究者とするか、この選択も大変だが、一九五〇年刊行の Gladys Carmen Bellamy の *Mark Twain as a Literary Artist* は、私にとって、八方破れのような印象をあたえる野人的な天才マーク・トウェインの孕むさまざまな矛盾や、問題点を整理し、「芸術家」マーク・トウェインを提示した研究書として記憶に残っている。現在、彼女のこの研究書がどのように評価されているか、詳らかにはしないが、冒頭の一節は、二〇世紀中葉の、一般読者の間での彼のイメージを的確に捉えているように思う。読んでいただきたい。

Mark Twain remains to this day America's most picturesque literary figure. He still keeps his hold on the public mind, a hold so secure that few are the days when one does not somewhere see his name in print, or hear someone remark, "As Mark Twain said," even if it be but to repeat that apocryphal comment on the weather. Perhaps a part of his appeal to the mass-imagination lies in the fact that he himself was the embodiment of what many cherish as "the American dream": from commonplace beginnings he had struggled up to a towering, dazzling fame, to stand, as he himself once said of Daniel Webster, "for a single, splendid moment on the Alps of fame, outlined against the sun."

そうなのだ。私たち研究者は、マーク・トウェインを、初期は、アメリカ西部の代弁者、ヨーロッパに対してアメリカのデモクラシーを擁護する逞しく明るい楽観主義者、中年以降は、アメリカ南部の奴隷制度、アメリカの資本主義体制などを批判し、そうしたアメリカ社会に幻滅し、救いようのない虚無思想にとり憑かれた悲観主義者と捉え、さらに、六〇年代の公民権運動の中で育った若い世代の研究者たちは、フィシュキン教授も「序文」で認めているように、彼を「反帝国主義者」「人種差別反対論者」とみなすが、マーク・トウェインが一般読者の心を捉えて放さないのは、ベラミーが言うように、彼の正面切っての社会抗議、文明批判、人間呪詛などではなく、人びとの日常会話に浸透している彼のユーモラスな警句、発言なのだ。中には、いかにも彼らしいが、出所の定かでない言葉も通用している。その一つが、最初に言及した彼自身の死に関する「名（迷）言」である。そこで、そこに戻って拙文を締めくくりたい。

この言葉も、その信憑性を疑う向きもあるようだが（元来は、A. B. Paine の伝記が出所）、やはりマーク・トウェインでなければ言えない可笑しさがある。病状であったら、軽症を重態と誇張するようなこともあるだろうが、死亡を誇張するとはどういうことなのだろう。しかし、マーク・トウェインのこの冗談は様ざまに用いられている。*The Mark Twain Anthology* にも見つかる。それを紹介したい。二〇〇七年、マーク・トウェインの唯一の戯曲、フィシュキン教授が、二〇〇二年、彼の遺稿の中から発掘したという *Is He Dead?* が Michael Blakemore 監督によってブロードウェイのライシーアム劇場で上演された。その彼が終演前に、この「笑劇」(farce) の面白さや、上演をめぐる問題を "Is He Alive ?" という題のエッセイで論じている。この笑劇の原題、そして彼のエッセイの表題からして、マーク・トウェインの「死」に関するウィッティな言葉がどこかで飛び出すのではないかと予想されるが、予想どおり、最後は 'For a second time around, rumors of Mark Twain's death may prove to be exaggerated. The prognosis at the LyceumTheatre is that he is alive and kicking.' となっている。ブレークモア氏もマーク・トウェインは生きていると言う。そして、読者はこうした彼の片言隻句が現在も生きていることを実感する。

特に、マーク・トウェインのこの冗談は、天候に関する冗談とともに、現在の新聞にもたびたび用いられる。私は、それを見るたびに、彼は普通の読者の記憶の中で生きていると感じる。最近の一例を紹介しよう。今年の一〇月一一〜一二日の *International Herald Tribune* のコラム "Meanwhile" に載っていた Alex Beam の "A divine look at earthly things" という洒落たエッセイである。創造主の神は彼の秘書と最近の地上の出来事を論じあっている。その一部を引用しよう。"C:" は「創造主」、"S:" は秘書である。

S: Professor Stephen Hawking of the University of Cambridge has just published a book proving conclusively that you don't exist.

C: I thought he published a book saying that I did exist.

S: That was 12 years ago. He's changed his mind.

C: Was it something I said? Oh, never mind. Rumors of my death have been greatly exaggerated.

S: That was funny when Mark Twain said it.

C: It's funnier when I say it. What's in the newspapers?

余計な解説は必要ないだろう。Hawking 博士はイギリスの理論物理学者、宇宙学者。A Brief History of Time (1988) などで知られる。神の死、ホーキング博士の新著などを面白おかしく話題にするアレックス・ビームの語り口もさることながら、創造主の神までがさりげなくマーク・トウェインを引用する。ビームは出典の種明かしをしているが、大半の読者はこの「名（迷）言」によってマーク・トウェインに対する親近感をまた新たにするのではないだろうか。その意味でも、彼は現在も生きている。彼の死は誇張されているのである。

（東京大学名誉教授・前会長）

■特別寄稿

『アーサー王宮廷のコネティカット・ヤンキー』の仕掛けと寓意■パリンプセストとカーニヴァルの共演

田中久男 TANAKA Hisao

0■はじめに

作家マーク・トウェイン(一八三五―一九一〇)がおそらく最も脂の乗り切った時期の作品である『アーサー王宮廷のコネティカット・ヤンキー』(一八八九:以下、『ヤンキー』と略記)は、彼が『ハックルベリー・フィンの冒険』の最終ゲラを読みながら、一八八四年七月には創作を開始し、八月中旬には中断した中編「インディアンの中のハック・フィンとトム・ソーヤ」の影を引きずる一方、晩年のトウェイン文学を色ごく予告するような体質を持った実験小説である。『ヤンキー』が合衆国で出版される約三カ月前の一八八九年九月二十二日に、作者が盟友ウィリアム・ディーン・ハウェルズに宛てた書簡を読むと、この作品の執筆に傾注した作者のほとばしり出るような創作力の爆発が伝わってくる――「さて、私の作品は仕上がりました――解き放つことにします。だけど、もし書きなおしができるなら、そんなに多くを書き残したりはしないでしょう。それらが私の中で燃え立っていて、次から次へと膨れ上がってきます。しかし、もう今となっては、それらは著しえないのです。それに、そうしようとすれば、書斎一部屋分を、そして地獄で熱したペンを必要とするでしょう」(二八七)。

その上、トウェインはこの書簡の一カ月前に、やはりハウェルズに宛てた手紙の中で、「この作品は私の最後の本[白鳥の歌]であり、文学からの永遠の撤退です」(二八四―八五)とまで、言いきっている。心を許せる友へ宛てた手紙とは言え、また、この『ヤンキー』がトウェインの最高傑作の部類に入るというハウェルズの高い評価に心が高揚していたとしても、心の中で、この作品をもって、自分の作家としての人生にけじめをつけたとの感懐を吐露するほど、彼は自分の最も本質的なものをこの作品に注ぎ込んだに違いない。

本稿は、一見、荒唐無稽な奇想を基にした物語のように見えるこの作品の文学的仕掛けに注目することで、トウェイン文学の最も本質的な面と筆者には思えるものが、寓意として巧妙に示唆されていることを究明しようとするものである。その際、フランスの構造主義文学理論家ジェラール・ジュネットが、『パランプセスト――第二次の文学』で解明してみせたテクストの「関係性の読み」の基本概念であるパランプセスト（以後、本稿では英語読みに、パリンプセストと表記）、および、ロシアの言語哲学者ミハイル・バフチンが、『ドストエフスキーの詩学の諸問題』で提唱したカーニヴァル文学論という観点を援用したい。そうすることで、ジャンル面でも読者を戸惑わせる『ヤンキー』の体質を、いっそう明るみにすることができると思われるからである。

1■パリンプセスト的読みを誘うもの

『ヤンキー』の物語の枠組みは、コネティカット州ハートフォードで、兵器工場の主任監督をしていたハンク・モーガンが、イギリス（イングランド）のウォリック城を見学していた際に、一人称の語り手である本巻全体の作者マーク・トウェインと知り合い、城の近くのホテルに投宿してトマス・マロリーの『アーサー王の死』という中世の騎士ロマンスを読んでいた彼の部屋を訪ねてきて、スコッチをふるまわれるままに、自分の出自や、仲間とけんかして頭に金具の一撃をくらって失神し、目覚めてみると六世紀のアーサー王国にタイム・スリップしていた経緯を語り始め、酔いも回ってうとうとしかけたところで、残りは「失われた土地の物語」というタイトルで手書きしている旨を告げ、その分厚い原稿の束を作者に託すという形を取っている。そして巻末で明かされるのは、その手記を読み終えたトウェインがモーガンの部屋をのぞいて目にしたのは、死の直前の譫妄状態の中で、六世紀に残してきた妻サンディに話しかけているモーガンの姿である。つまり、小説の冒頭に「著者のまえがき」が置かれ、その次に、モーガンがトウェインに原稿を手渡した「事の次第」が続き、最終尾にモーガンの臨終場面を描写する「M・T・最後の追記」が配置され、それらの間に、「失われた土地の物語」という手記が挟まれるという、いわゆる入れ子構造、ミザナビームになっている。

この構造と同時にもう一つ銘記すべき重要な特徴は、その手記が「羊皮紙」に書きとめられて黄色く変色しており、しかも重ね書きされた痕跡がうかがわれるという仕掛けである。「事の次第」の最後のところで、さりげなく一度だけ使われている「パリンプセスト」という言葉は、もちろん羊皮紙に見え隠れする手書きの形状を示すものであるが、入れ子構造というひと癖ある枠組みが採用され、しかも六世紀アーサー王宮廷でのハンクの物語が始まる第一章直前で使われると、もっと深い何かを暗示する響きを帯びてくる。

先述のジュネットの著作の訳者・和泉涼一氏は、次のような解説をしている。――「パランプセストの辞書的定義としては、《最初に書かれた文字を掻き消してその上に別の文字を書き記した羊皮紙》のことである。ただし、そのためにもとの文字が完全に消滅したわけではなく、通常は新しい文字の下に古い文字を、言わば《透かし読む》ことが可能なのだ。これを《比喩的》レベルで言うなら…あるテクストは常に別のテクストを隠していると考えうるのであって、だとすれば、そのテクストは新しいテクスト（イペルテクスト）と古いテクスト（イポテクスト）が重層する場として、《二重の読み》に掛けられうる。これは本書末尾でジュネットの言う《関係性の読み》であり、それこそ比喩的には《パランプセスト的読み》と言える」(七二六)。ジュネットは、「関係性の読み」について、「二つもしくはそれ以上のテクストを相互に関連させながら読むこと」(六五五)と簡潔に説明している。このような読み方は、フランスの文学理論家ジュリア・クリステヴァが『記号の解体学』で提唱した「間テクスト性」という批評概念をすぐ呼び起こすが、テクストの影響関係や序列を廃し、テクストが織り込んだ諸々の文化の共振の中に複数のテクストを対等の関係で開いていこうとするクリステヴァの先鋭なテクスト概念に比べて、ジュネットのそれは、あるテクストの背後に見え隠れするもう一つのテクストとの関係性の中で、読みを深めようとする、ややつつましやかな方法とも言える。本稿でパリンプセストという場合、複数の事象のゆるやかな重なり合いの比喩として用いている。そして、テクストと作品という用語も、ロラン・バルトが『物語の構造分析』の中の「作品からテクストへ」の章で主張したような厳密な差異に従っているわけではなく、文脈に応じて使い分けている。

2■パリンプセスト的重層性

アーサー王伝説は、各時代の王朝の権威付けや国威の高揚の道具としても使われるほど(向井　一八二)、イギリスの国民的想像力の聖域に属する物語であるから、そこに踏み込むには、たとえ小説の世界であっても、かなりの慎重さと勇気を要するはずである。そのような伝説化された物語を、「ヤンキー中のヤンキーで、現実主義者で、そう、ほとんど詩情など持ち合わせていない」(八)男で、絶えず「最後を劇的な効果で飾ろうとする」(二一九)モーガンの物語に重ね書きしようとしたところに、亀井俊介氏が『マーク・トウェインの世界』という名著で強調する、作家のユーモリストの才能、さらには、「エンターテイナーであり、ショーマンであり、ストーリー・テラー」(四〇)という異才ぶりが発揮されている。一八八四年十二月に、彼が講演旅行に同伴したジョージ・ワシントン・ケーブルのすすめで、マロリーの『アーサー王の死』を読んで、伝説的な王の物語への興味を掻き立てられたというのが通説だが(亀井　四一五、*Letters* 二六〇)、『王子と乞食』(一八八一)の創作時に、イギリスの歴史を綿密に調べていた読書家トウェインが、アーサー王の物語の背景にある史料をかなり読みこんで、史実と虚構の間の曖昧性を意識していたことは、本巻冒頭に作家トウェインが付した「著者のまえがき」に見られる。「この物語で触れている粗野な法律や習慣は史実であり、それらを描写するために使われている挿話もまた歴史的なものです」と述べながら、しかし、すぐ、「これらの法律や習慣が六世紀のイングランドに存在していたというつもりはありません」と断り書きを入れ、さらに「これらの法律や習慣のどれかがその遠い昔にはなかったとしても、それはもっとひどいもので十分埋め合わされていると推測していただいて結構です」(四)と、暗に昔よりも、現在の法律や習慣の方が悪くなっているという当てこすりがなされている。さらに次のパラグラフで、

「王権神授というようなものがあるのだろうかという疑問は、この作品では決着をつけていません」（四）と、これも意図的にあいまいにしている身振りをしながら、王権神授説の歴史的な不確実性、根拠のなさを暗に宣言しているのである。実際、アーサー王の物語は、民衆が断片的に享受していた伝説的逸話を、マロリーが「アーサー王にまつわる一つの通史」（向井　一八六）として整理したものである。従って、アーサー王物語の本体そのものが、史実と虚構が複雑に折り重なって出来上がった作品、いわゆるパリンプセスト的な産物だということができる。

　こうしたパリンプセストの仕掛けは、先述の「事の次第」の中で、ウォリック城を見学していた著者トウェインに、モーガンが、「あんたは魂の転生ということはご存じでしょうが、時代の転移、肉体の転移ということをご存じでしょうか」（五）と話しかけるところに、すなわち、霊魂の生まれ変わりと同じように、時間と空間の入れ替わりも可能ではないかと示唆するところに見られる。有馬容子氏は、「『ヤンキー』はハンクの魂の輪廻転生のファンタジー」（一一四）であるという卓抜な解釈を示し、小谷真理氏も、「ファンタジー作家としてのトウェイン」の本作品が、「ユーモアSFの始祖」であるという説を紹介しながら、「十九世紀の人物が六世紀にタイム・スリップしたものではなく、つまり実在の歴史世界ではなく、幻想世界に迷い込んだととらえたほうがよい」（三五）と洞察している。管見では、おそらくモーガンの手記「失われた土地の物語」は、彼の奇抜な夢、小谷氏の言う「幻想世界」の産物だと思われるので、『ヤンキー』の全体的構造は、著者トウェインとモーガンがウォリック城近くのホテルに泊まっているという現実が保証する枠組みがまずあり、その中に、非現実の世界を夢で見たモーガンの手記が入れ子構造として組み込まれている形になっている。

　この現実と非現実、事実と虚構の境界が実にあやふやであることを強調しようとする工夫は、例えば、モーガンの手記の結末部である第四十四章に、アーサー王宮廷の小姓で、モーガンの側近であったクラレンスの手になる「クラレンスのあとがき」が配され、モーガンの手記が果たして六世紀に書かれたものか、それとも十九世紀の産物なのか、断定しにくくなっている。さらに、作品巻末の「M・T・最後の追記」において、明け方に手記を読み終えたトウェインがモーガンの部屋をのぞいたときに聞いた彼の譫妄状態でのうわごとは、六世紀と十九世紀という十三世紀もの大きな時間の隔たりが、彼が見ている夢の中で一気に乗り越えられているような描写をしている。妻サンディに夢うつつで話しかけている彼は、「自分が見ていた夢が現実とほとんど変わらないくらい真実なんだ」（二五七）と言い、「僕はこれからずっと先の、何世紀も後のまだ生まれぬ時代からやってきた生き物のように思えたし、それさえもほかのことと同じくらい真実だった」（二五七）と訴える。異時間と異空間への冒険は、夢の中の出来事である限りにおいては楽しいものではあるが、それが夢と現実の境界を破壊するほどに人の頭にこびりつくと、その人は狂気の淵に追い詰められていく。「サンディ——ずっと僕のそばにいてくれ——また頭がおかしくなるような羽目にさせないでくれ。死なんか何でもない、来ればいいんだ、でも…あの忌まわしい夢の苦しみと一緒ではいやだ」（二五七）というモーガンの死の寸前の台詞は、マーリンの魔法にかかって、十三世紀もの眠りに落ち込んで夢をみたために、夢と現実の区別がつかなくなった彼の苦しみと喘ぎを暗示している。

この現実と夢の区別のつかなさは、三浦雅士が「孤独の発明」という連載評論の中で、次のように洞察しているものと同質である——「秀吉ではないが、《なにわの事も、ゆめの又ゆめ》である。人は決断し実行する。だが、決断し実行したのがはたして自分自身なのかどうか、いずれ疑い始めるのである。魔がさしただけではないか、と」（九月号　一六九-七〇）。ここで三浦が強調しているのは、人間は何らかの動機に基づいて行動するという合理的なパターンの中で必ずしも動いているのではなく、気がついてみたら、ある行為に及んでいたという、人間の意識の不確かさである。作家経歴の上では絶頂期にあったトウェインは、持ち前の好奇心と多少の金銭的な野心もあって、まず一八八〇年ごろから始めたペイジ自動植字機への投資を徐々に増やしていき、一八八四年には出版事業にも乗り出したが、『ヤンキー』執筆中の時期には、どちらの事業も前途が暗くなっていて、おそらく彼は、自分が描いた夢が失敗に終わる可能性があることを予感したときに、「気がついてみたら、自分はこういう羽目になっていた」という、確信していたはずの現実感覚がすくわれたような人生の感触を味わったのではないだろうか。「あの忌まわしい夢の苦しみ」というモーガンの呻きの背後に、作家トウェインの呻吟が重ね書きされていると考えても、必ずしも的外れではないだろう。

こうした重ね書きを、トウェインは『ヤンキー』において幾重にも巧妙に忍ばせている。「自由の民」と題された第十三章の中で、「これら哀れなうわべだけの自由の民たちは…王と僧侶と貴族連中に対して、彼らの最悪の敵でも、それ以上は望めないほどの、へこへこした畏敬の念を全身で表していた」（六六）とモーガンが放つ痛烈な批判は、その根底に、「根源的な民主主義者」（三）とバーナード・デヴォートが呼ぶトウェインが顔をのぞかせていることは、間違いない。しかし、民衆を抑圧する君主制と貴族制と教会制度を、民衆が主権者の自由な共和国を樹立することによって覆そうとするモーガンの野望が、植民地主義（コロニアリズム）の危険をはらんだカニバリズムであることも、作者には十分見えていたはずである。というのは、『地獄で熱せられたペン——告発者トウェイン』の編纂者フレデリック・アンダソンが、彼は「《明白なる運命》という信条への批判者となった」（九）と指摘するように、米西戦争（一八九八年）とその後のフィリピン植民地化に見られるようなアメリカ合衆国の帝国主義的な胎動に、「有力な反帝国主義者」（***Letters***　三五一）として、鋭い批判を公言することになるからである。なるほど時期的には、『ヤンキー』の執筆が、アメリカの帝国主義的な動きに対する作家の弾劾より先行してはいるが、一八八六年一月にビルマを植民地とするなど、その先行例をすでに展開していたイギリスの振る舞いのことは、彼には十分意識されていたはずである。カート・ヴォネガットが「坑内カナリア芸術論」と名付けた巧みな比喩で捉えているように（一六〇）、作家の役割が、炭鉱の坑道で起こり得る危険をいち早く察知するカナリアであるとすれば、時代の動向に対するトウェインのアンテナの感度は実にさえていたと言うべきである。

トウェインのそうした批判の目は、例えば、多くの研究者が注目する「暗きに坐する民に」（一九〇一）と題するエッセイにおいて、「表面上は、フィリピンの愛国者たちの、長い気骨ある独立闘争の最後の仕上げを援助するためと装いながら、実は彼らから領土をとりあげ自分のものにするためであった。つまり、これが進歩と文明のためにという名目で行われているのだ」（八九）と告発するところにはっきり見てとれる。確かに、ジョン・カーロス・ロウが主張するように、「現代世界に対する欧米国家のヘゲモニーの不可避性をトウェインは、認識していたように思われる」（一七五）し、「欧米流の帝国主義に関する彼の曖昧性」（一七八）も無視できない。さらに、「コミュニケーションの手段の支配だけでなく、そうしたコミュニケーションの媒体となるテクノロジーの支配もまた、現代における社会、政治、経済の権力を決定する必須の要因にますますなっていくということを、トウェインははっきり理解している」（一八五―八六）というロウの解釈も納得できる。なぜなら、『ヤンキー』第二十六章の「最初の新聞」の発行や、電報、電話、鉄道などの近代的な通信や交通のシステムを確立し、工場や鉱山を開発するという近代産業の創生だけでなく、第十章の「文明開化」が示すように、封建的な社会の古い体質や制度を廃止して、社会の仕組みを合衆国のように共和国として近代化しようとするモーガンの奮闘ぶりには、トウェインのペイジ植字機や電話設置への固執にみられるような、文明の進歩への楽観的な信頼をみることも十分可能だからである。

しかし、先述のトウェインの帝国主義批判は、やはり不正や虚偽には目をふさぐことのできない作家トウェインの本音でもあったと思われる。というのは、一九二〇年にアフリカのサハラ砂漠やアメリカの西部等を旅した心理学者のカール・ユングが、「われわれの観点から植民地化とか、異教徒への宣教、文明の拡張などと呼んでいるものは、別の顔を持っている。つまり残忍なほどの集中力で遠くの獲物を探索する猛禽類の顔つきであり、海賊、夜盗といった悪人どもにふさわしい相貌である。われわれの紋楯を飾る鷲とか、その他の猛獣のたぐいはすべて、われわれの真実の本性を心理学的に代表するものとしてふさわしいとおもわれる」（ヤッフェ　六九―七〇）という言葉で示した慧眼に、おそらくトウェインも賛同したと思えるからである。鷲とかライオンとかが紋章などに使われる表象性を考えれば、ユングの指摘の鋭さはすぐに納得できるし、「植民地化とか、異教徒への宣教、文明の拡張」とは、まさにモーガンが「文明開化」という大義と美名のもとに、六世紀のイングランドで展開しようとしている事業と重なっている。この作品の結末で、彼の事業が失

ことができるはずである。

しかし、トウェインの批判は、ただ単に、合衆国の帝国主義的な体質や植民地主義的な姿勢に向けられているだけではなく、その先行例をすでに展開していたイギリスに対しても向けられている。『ヤンキー』は一見、十九世紀のヤンキーであるモーガンが、六世紀の封建的な未開のイギリスに文明開化を起こすSF的な冒険物語のように読める。が、その裏には、イギリスに見られるアメリカと同様の体質に対する批判が込められていることは明白である。というのは、時間的にも空間的にも別のところに移行することは、離れたもとの場所を俯瞰的に見る視座を獲得す有効な手段だからである。三浦雅士の卓見に従えば、「俯瞰するということは世界からなかばはみ出すということである」(三浦、一〇月号、二七三)。それゆえ、例えば、一八九二年に経済的な救済策として思いついた外国旅行シリーズものの『トム・ソーヤの外国旅行』で、アフリカを舞台にしたり、『ハックルベリー・フィンの冒険』の続編として一九〇五年に執筆したと思われる「細菌の中で三千年」において、細菌たちの惑星をハンガリー移民浮浪者の身体に設定することも、世界からはみ出した視点から、アメリカやその同族的国々の弱肉強食的な振る舞いを見定め告発しようとする作家の優れて文学的な想像力のなせる技である。和栗了氏が一冊の英文の研究書として綿密に追究したトウェイン文学の大きなテーマである「ストレンジャー」という存在そのものが、世界からはみ出した地点に立つことで、文明的な装いの中では見えにくい社会や人間の不正やゆがみをえぐり、真実に迫ろうとするトウェインの工夫であると言える。

この『ヤンキー』のパリンプセスト的な読みを誘発する代表的研究事例として、注目すべきは、「ハンクの政策は、南北戦争を勝利した北部連邦政府が国家全体を方向づけてゆく際に用いた政治経済政策と大きく重なっている」(後藤 二四四)という観点から、「小説の結末で、ハンクが再訓練不能な旧南部人になぞらえられる六世紀人に結局死を与えるのは、トウェインが南部人として矯正を拒み続ける自分の一部分を消却しようとする仕草なの」(二六三)だとする後藤和彦氏の卓抜な解釈である。実際、「われわれ南部の貧乏白人たち」(二七二)のこととか、第三十四章「ヤンキーと国王が奴隷として売られる」の中で、「これと同じ地獄のような法律が、千三百年後の私の時代のわが国の南部にも存在していた」(二〇〇)という言説から考えると、六世紀のイギリスと旧南部との類縁性を暗示するように、重ね書きされていることに疑いはないだろう。もうひとつ注目すべきは、「アーサー王の騎士(warrior)をコマンチ族に、怪しげな魔術師を先住民のメディスンマンに喩える」(大島 七六)という事例から論を起こし、サンドベルトの戦いで、ハンクたちが騎士を「数千単位で感電死させ」たり、「敵に銃を乱射する場面や、ハンクが掲げる近代が旧時代に幕引きをするという正当化にも、先住民殺戮のアナロジーが看取できる」（七七）と分析する大島由紀子氏の先鋭な論考である。

3■カーニヴァル的劇場

トウェインは、このように真剣なもくろみを、幾重にも重ね書きをすることにより見えにくくし、しかも、物語の展開をカーニヴァル的な空間にすることにより、いっそう自己の真意をはぐらかすような手法を用いた。生来のユーモリストでエンターテイナーであるトウェインからすれば、カーニヴァル的な物語作りはそれほど違和感も困難もなかったと思われる。事実、一八七六年六月発表の「コネティカットにおける最近の犯罪騒ぎに関する事実」という短編は、コネティカットとかカーニヴァルという語がタイトルに使われているし、ある意味で、『ヤンキー』は、この短編に時間と空間の移動を施したカーニヴァルの拡大版とも言えるからである。亀井俊介氏も、「ここに現れた分身のテーマは、双生児のテーマなどとも重なり、マーク・トウェインを晩年引き付け続ける」と指摘して、この「《良心》殺しの犯罪物語」（亀井　二七三―七四）に注目しているし、有馬容子氏も同じような観点から取り上げている。「身長二フィートほど」で「全身が緑がかったけばのようなカビだらけ」の良心は、一人称の語り手にしか姿が見えず、「私をどことなく戯画化しているようなところがある」（「犯罪騒ぎ」　一三六）存在として、彼の意識にまといつく。「お前の忠実な憎悪者であり、献身的な良心である」（一四六）と名乗るこの小人は、語り手が時にやりかねない恥ずかしい振る舞いや考えを誇張して暴き立て、彼の憎悪をあおり、挙句の果てには、彼を良心殺しにまで追い詰めていく。それ以後は良心の呵責もなくなり、語り手が、大量の殺人や放火、窃盗等のさまざまな犯罪を重ねるというブラック・ユーモアのような結末になっている。

このような物語をカーニヴァルという概念で捉えるトウェインの眼差しは、先ほど触れた「俯瞰的に見る視座」である。これに、ミハイル・バフチンのカーニヴァル文学論の視線を重ねてみると、作家トウェインの分身、あるいは彼の正義感や良心の化身としてのモーガンの活躍ぶりが、いっそう明白になると思われる。『ドストエフスキーの詩学の諸問題』において、バフチンは次のように述べている。

> カーニヴァル的生とは通常の軌道を逸脱した生であり、何らかの意味で《裏返しにされた生》《あべこべの世界》…である。
>
> 通常の、つまりカーニヴァル外の生の仕組みと秩序を規定している法や禁止や制限は、カーニヴァルのときには廃止される。何よりもまず取り払われるのは社会のヒエラルヒー構造と、それにまつわる恐怖・恭順・崇敬・作法などといった形式である（二四八―四九）。

「社会のヒエラルヒー構造と、それにまつわる恐怖・恭順・崇敬・作法などといった形式」こそ、アーサー王を頂点とする貴族と教会が構築していた構造と形式であり、モーガンが我慢ならないものとして打ち破ろうとしたものである。確かに、「カーニヴァルでは全員が主役であり、全員がカーニヴァルという劇の登場人物である」(二四八)というバフチンの定義からすると、花火やダイナマイトや皆既日食等を使って、「劇的な」(二一四)あるいは「絵になる」(二一五)ような派手な効果を演出しようとするモーガンの振る舞いは、彼ひとりが主役であるかのように目立ちすぎて逸脱している。しかし、彼が万人平等というアメリカ流の共和国的理念を実現し、さまざまな産業を興して社会を近代化しようと奮闘する様は、六世紀のイングランドにおいては、「通常の軌道を逸脱した生であり、何らかの意味で《裏返しにされた生》《あべこべの世界》」の創出であることは間違いない。

「《裏返しにされた生》《あべこべの世界》」と言えば、すぐに理性や合理の世界をくつがえすルイス・キャロルのアリス物語のようなノンセンス文学が思い浮かぶが、『ヤンキー』はそうしたジャンルの文学に近接してもいるのだ。しかし、「純粋な空想からなるユーモアは…ロマンスに属している」(三一三)というノースロップ・フライの定義からすれば、伝統的なロマンスというジャンルにも含めることができるようである。「ロマンス作者は《ほんとうの人間》を創造するというより、むしろ様式化された人間、人間心理の原型を表わすまでに拡大した人物像をつくりだすのである。…ロマンス作者は個性を扱う。登場人物は真空の中に存在し、夢想によって理想化される。そしてロマンス作者がいかに保守的な人物であろうとも、彼の筆からはしばしば何か虚無的で野性的なものが迸り出るのである」(四三三)というフライの解釈は、何と『ヤンキー』と作者トウェインの本質を言い当てていることとか。「人間心理の原型」とは、まさに良心のことだと言ってもよい。第四十三章の「サンドベルトの戦い」において、至る所に「《共和国に死を》」(二四七)という国民の叫び声を聞いて、自分の夢の終わりを悟ったモーガンの行動の全航跡を振り返ってみると、そこには、「何か虚無的で野性的なものが迸り出」ているような感じさえする。この作品以後、例えば、一九〇八年までには最終章まで書き終えていたとジョン・タッキーが推定している(ix)『四十四号――不思議なよその人』(一九六九)で、ますますモーガンの影のような存在として声を強めてくるストレンジャーとしてのサタンのことを考えてみると、「何か虚無的で野性的なもの」という意味が、いっそう破壊的な凄味を帯びてくることが分かる。

4 ■ 原風景への回帰

トウェインの生涯を振り返ってみて、自分を最もストレンジャーだと感じる異文化体験は、おそらく彼がオリヴィア・ラングドンに猛烈な求愛をしたニューヨーク州北部、そして夫婦が生活の場としたコネティカット州、いわゆるニューイングランドの堅固な文化的雰囲気に接したときではなかろうか。ヴィクトリア朝的な「上品な伝統」の価値観が日常の生活感覚となっているアメリカ東部の文化に参入するにあたって、おそらく彼はその社会のよそ者としての自己を、ストレンジャーという一つのパーソナリティとして誇張した。そして、その仮面をかぶることによって、ユーモリストという天性の才覚を発揮し、創作を通して、その仮面にいっそう磨きをかけたように思われる。そのように推測できるのは、バッファローの日刊紙『エクスプレス』の共同経営者として、一八六九年八月に読者にひと言挨拶する出だしの文章で、トウェインは「ストレンジャーとして」(Melzer 一二六)と名乗り、自分のよそ者ぶりを強調している。彼は作家としての生涯、このよそ者、はみ出し者の感覚や視線を大切にしていたといっても過言ではない。『ハックルベリー・フィンの冒険』のハック、「ハドレーバーグを堕落させた男」(一八九九)に登場する、町の高潔な人々の偽善ぶりを暴く謎の男、「間抜けウィルソンの悲劇」(一八九三)の指紋収集を趣味とするデイヴィッド・ウィルソン、『四十四号――不思議なよその人』の十六歳の印刷見習工等、作者はいろんな趣向を凝らして、共同体や人間を斜め上から批判的にみる視線を大切にした。その劇的な実験が『ヤンキー』だと言える。

単純に考えれば、六世紀イングランドの貴族社会でのはみ出し者は、当然、異界からの参入者モーガンだが、この作品においてトウェインは、なじみの分身という仕掛けにひねりを利かして用いた。すなわち、アメリカの東部社会の文化に批判的な目を持ちながらも、家庭人、生活者としての経済的基盤を確立するために、その文化に果敢に適合し、大衆からなる読者層を広げようとした解放的で磊落な自己の側面、『ハックルベリー・フィンの冒険』の序論で行ったT・S・エリオットの見事な分析に従えば、「繁栄と伝統的な幸福な家庭生活、万人からの称賛と名声」を求めた「大人になったトム・ソーヤ」(三四九)のような性格をモーガンの人物造形に重ね、その一方、エリオットの至言を使えば、「作家の中の唯一の少年であるハック・フィン」(三四九)に、モーガンから見れば、迷信を信奉し、因習的な生活に閉じ込められている六世紀イングランドの民衆を重ねることにより、作者トウェインは自己のペルソナを振り分けたのである。それは、辻和彦氏も注目しているように、フレデリック・ターナーが啓発的な『場所の精神』で見せた読解に従えば、トウェインが「インディアンの中のハック・フィンとトム・ソーヤ」から「細菌の中で三千年」まで、周期的に戻った「トムとハックの物語」(Turner 九一)の寓意的な形象化である。トウェインと同じくミズーリ州出身であるエリオットは、『四つの四重奏』の「ドライ・サルヴェイジズ」において、ミシシッピ川を「強大な褐色の神」(二〇五)と呼び、先述の序論で、その川の描写を絶賛し、トムとハックというキャラクターは絶えず、トウェインの想像力の中では原風景としてあったとの鋭い示唆をしている。小説の結末が、喧嘩両成敗のような黙示録的な殺戮の光景で終わっているのは、「トムが大人になった」ような、コネティカットのヤンキーとして成功と世俗的な称賛を浴びて生きてきたトウェインが、そうしたものに無頓着であったハックのような自己の魂の故郷のような高潔さをも保持し続けたいという願いから、両側面をあえて自爆的に抹殺するというトウェイン流（トム・ソーヤ流）の劇的な演出をしたように思われるのである。これこそが、「この作品は私の最後の本［白鳥の歌］であり、文学からの永遠の撤退です」という彼の表白の真意ではなかっただろうか。

引用文献

DeVote, Bernard. Introduction. *The Portable Mark Twain*. NewYork: Penguin Books, 1983. 1-34.

Eliot, T. S. *Collected Poems 1909-1962*. London: Faber and Faber, 1963.

———. Introduction to *Adventures of Huckleberry Finn. Mark Twain: Adventures of Huckleberry Finn*. Ed. Thomas Cooley. Norton Critical Edition. 3rd. ed. New York: Norton, 1999. 250-56.

Meltzer, Milton. *Mark Twain Himself*. New York: Bonanza Books, 1957.

Rowe, John Carlos. "How the Boss Played the Game: Twain's Critique of Imperialism in *A Connecticut Yankee in King Arthur's Court*." Ed. Forrest G. Robinson. Cambridge: Cambridge University Press, 1995. 175-92.

Tuckey, John S. Foreword. *Mark Twain: No. 44, The Mysterious Stranger*. Berkeley: University of California Press, 1982. ix-x.

Turner, Frederick. *Spirit of Place: The Making of an American Literary Landscape*. Washington, D.C.: Island Press, 1989.

Twain, Mark. *A Connecticut Yankee in King Arthur's Court*. Norton Critical Edition. Ed. Allison R. Ensor. New York: Norton, 1982.

———. "The Facts Concerning the Recent Carnival of Crime in Connecticut." *Selected Shorter Writings of Mark Twain*. Ed. Walter Blair. Boston. Houghton Mifflin, 1962. 135-50.

———. *Selected Mark Twain-Howells Letters 1872-1910*. Ed. Frederick Anderson, William M. Gibson, and Henry Nash Smith. New York: Atheneum, 1968.

———. "To the Person Sitting in Darkness." *A Pen Warmed-Up in Hell: Mark Twain in Protest*. Ed. Frederick Anderson. New York: Harper and Row, 1972. 74-96.

カート・ヴォネガット『ヴォネガット、大いに語る』飛田茂雄訳、ハヤカワ文庫、二〇〇八年。

ジェラール・ジュネット『パランプセスト――第二次の文学』和泉涼一訳、水声社、一九九五年。

ノースロップ・フライ『批評の解剖』海老根宏・中村健二・出淵博・山内久明訳、法政大学出版局、一九八〇年。

ミハイル・バフチン『ドストエフスキーの詩学』望月哲男・鈴木淳一訳、筑摩書房、一九九五年。

ロラン・バルト『物語の構造分析』花輪光訳、みすず書房、一九七九年。

有馬容子『マーク・トウェイン新研究――夢と晩年の研究』彩流社、二〇〇二年。

大島由紀子「先住民を憧れ憎んで――トウェインのSilent Colossal National Lieとの付き合い方」『トウェイン　研究と批評』《特集＝マーク・トウェインとストレンジャー》　第五号（二〇〇六）：七一―八〇頁。

亀井俊介『マーク・トウェインの世界』南雲堂、一九九五年。

小谷真理「コネティカットの呪われた城――モリス、トウェイン、ウェルズ」『トウェイン　研究と批評』《特集＝マーク・トウェインとファンタジー》　第三号（二〇〇四）：三三―四二頁。

後藤和彦『迷走の果てのトム・ソーヤー――小説家マーク・トウェインの軌跡』松柏社、二〇〇〇年。

辻　和彦『その後のハックルベリー・フィン――マーク・トウェインと十九世紀アメリカ社会』渓水社、二〇〇一年。

三浦雅士「孤独の発明」『群像』二〇一〇年九月号：二五八―二七四頁。

———.「孤独の発明」『群像』二〇一〇年一〇月号：二七二―二八九頁。

向井　毅「マロリーにはじまるアーサー王――創作、出版、受容とその周辺」『ユリイカ』《特集＝アーサー王伝説》一九九一年九月号、一八二―一八九頁。

（福山大学）

シリーズエッセイ▣マーク・トウェインとわたし17

トウェイン時代のアメリカと「外国人」

杉山直人
SUGIYAMA Naoto

トウェインが生きた頃のアメリカを「外国人」はどう見たのだろう――こんなことを数年来考えている。『ハックルベリ・フィンの冒険』が出版された一八八四年に内村鑑三がアメリカに渡った。『余は如何にして基督信徒となりし乎』を読むと、当時のアメリカで日本人がどのような存在だったかが分かる。金ピカ時代の拝金主義にも辟易するが、サムライ鑑三を怒らせたのは人種差別であり、「改宗者」をサーカスの見世物よろしく信者のまえに引き出し、いかに自分たちの働きが成功したかを誇示したがる宣教師たちの御都合主義だった。西部海岸の一部を除き、日本人がアメリカで存在感を持ちえる時代ではなかったのである。

一九世紀イギリス作家アンソニー・トロロープの母フランセスが一八三二年に出版した『内側から見たアメリカ人の習俗』（*Domestic Manners of the Americans*）をトウェインは『ミシシッピー川の暮らし』で激賞する。「正直で悪意なく、かつ憎悪もなく」当時のアメリカ社会と文明の姿を写している、からとか。トウェイン誕生以前の出版だが、旅行記が語るアメリカはトウェインの「青春時代まで」生き続けた。もちろん、半世紀のあいだに都市化が進んでシンシナティのように激変したものもあるが。

トウェインとはすこし角度が違う理由で、わたしはトロロープの旅行記をおもしろいと思う。「偉大な実験」とされた共和制を懐疑的に見る保守派の視線が生きていることがひとつ、それと女性の目で見た一九世紀前半のアメリカ論であることがふたつめ。特に「女性の視点」がおもしろい。ひとつだけ言えば、西部開拓の過程では、数の少ない女性はそれなりに大事にされた、とわたしは思い込んでいた。

『米欧回覧実記』でもサンフランシスコに到着した派遣団の一員が、男性が女性に示す「思いやり」に呆れかえっている。だが、西部の実情はシンシナティにあるごとく、圧倒的男性優位社会だった。フランス人トックビルも同じ時代にアメリカを見聞しているが、女性の立場については余り示唆に富む記述を残すことができなかったようだ。やはり男性の視線だからだろうか。

ちなみに、トロロープの旅行記は翻訳中である。なんとか八割がたは終わった。最上級が頻発してたじろぐ。だが、それもまた「時代」のブンカというものだろう。

（関西学院大学）

シリーズエッセイ▣マーク・トウェインとわたし18

巨きな森の入り口に立つ

伊藤詔子
ITOH Shoko

巨きな森のようなトウェイン文学には、様々な事情から容易に近づけないという思いが強く、入り口での逡巡ばかりが続いている。森の入口で、茂る木々の中ひときわ陽光に映える一叢の野生果実 huckleberry に目を留めてみた。原野を飾った新大陸自生のこの果実は、しかしながら他の作品群の樹木と絡み合い、結局アメリカという国の意味の混沌へと繋がっている。『ハックルベリー・フィンの冒険』のテキスト的・倫理的葛藤から、むしろ連想は "The Facts Concerning the Recent Carnival of Crime in Connecticut"（「最近コネチカットで起こった犯罪のカーニヴァルに関する事実」）に移った。トウェイン自身は過小評価しているポーとの深い繋がりが読み込めて、とりわけバーレスク的手法やドッペルゲンガー性等アメリカ文学ダーク・キャノンの水源と河口に、両作家を位置させる作品だ。この大量殺人が起こる異様な短編とポーの「ウィリアム・ウィルソン」「ホップ・フロッグ」「大鴉」等との関係性は、もし紙幅があれば触れたい。

まず前者 Huckleberry Finn。ジョセフ・クロームが『トウエインと西部』で "enigmatic title character" (115) と呼ぶ名前のいわれは、ハックスレイから来ていると言う説もあるが、やはりアメリカのコモン（共有地）を形成する野生地の象徴としてのハックルベリーに由来し、とりわけエマソンの弔辞により「ハックルベリー摘みの隊長」とそのアドレッセンスぶりを揶揄されたソローとその営為への連想が、トウエインの念頭にあったのではないかと思われる。リチャード・フレックによると、トウェインは『ウォールデン』一八五四年初版本と、ソローの死後一八六六年出版の *A Yankee in Canada,and Anti-Slavery Reform Papers* をハートフォードで蔵書として持っていた。この本は、周知のようにソローが "Resistance to Civil Govern ment"（市民的政府への反抗）と題し一八四九年五月に *Aesthetic Papers* で発表したローカルな文書に、"Civil Disobedience" というその後グローバルに不滅となるタイトルを初めて付した版であった。

ソローは、一八四六年七月二四日、コンコード刑務所から釈放された朝、大通りで人々と行き過ぎ、自分がコミュニティの異分子に生まれ変わったように感じ「かつて起こったことのない大きな変化が自分の State の感覚に起こり」向かった先が "huckleberry hill" であった。「ハックルベリーはボストンの市場では味あえずフェア・ヘイヴンの丘でのみその味がわかる」といった『ウォールデン』の反市場主義の表明もトウェインには印象深く記憶に残り、ジャクソン島でベリーを食べるハック造詣に繋がったに違いない。『ウォールデン』に十一回出てくる huckleberry(ies; ing) の文章の原型は、手稿 *Wild Fruits* に束ねられていたまとまった草稿（拙訳『野生の果実』）にあったもので、自然史によるアメリカ批判のエッセイである。トウェイン同様ハイパーボールを愛したソローは、"As long as Eternal Justice reigns, not one innocent huckleberry can be transported thither from the country's hills."と、丘の自由な野生果実を「永遠の正義」に比肩する。

　ところでトウェインもまた、ハックルベリーの野生に含意されている美質を、この世の罪に対抗するモラリティとして賞賛する、ソローとも近似する文章を新聞 *Alta Calfornia*（一八六八年九月六日）に残している。"I never saw any place before where morality and huckleberries flourished as they do here. I do not know which has the ascendency. Possibly the huckleberries, in their season, but the morality holds out the longest. The huckleberries are in season now. ...... This is my first acquaintance with them and certainly it is a pleasant one. They are excellent. I had always thought a huckleberry was something like a turnip. On the contrary, they are no larger than buckshot. They are better than buckshot, though, and more digestible.（引用は Everett Emerson. *THE AUTHENTIC MARK TWAIN* 55）。この一節は、ロジャー・アスリノーらソローのトウェインへの影響を重視する批評家が、ハックを「隠れ超絶主義者、ロマンティックなアウトカースト」と賞賛する根拠ともなる。

　しかしソローの場合ハックルベリーの丘やブラックベリーの沼地は、ソローが測量をしたコンコード裁判所や学校などからなる、制度としてのコンコード、独立戦争発祥の地にしてアメリカの縮図にも等しい町の外にあって、残る僅かな、所有者の設定されていない貴重な野生領域を意味した。ソローは測量技師として生計を立て、土地買占めの業者に呼ばれては測量し野性地の程ない消滅とアメリカの衰退を日々予感せざるをえなかった。制度の中心的力学が働く国家の中枢である監獄で一夜を明かした後、ソローが野生地の側に立ちハックルベリーの丘に向かったのは、一見、ハックが葛藤の後十六章で地獄へ行く決心をし、また作品の最後でからくもアメリカから脱出して、いまだアメリカならぬテリトリーへ向かったこととも通底するようにも見える。「市民的不服従」の結末は、自然の法が社会の法となるべきだとする「果実の法則」、エコクリティシズム宣言とも呼べるもの "A State which bore this kind of fruit, and suffered it to drop off as fast as it ripened, would prepare the way for a still more perfect and glorious State...." で終わってもいる。個の国家に対する立ち位置の確認を迫り、納税行為を突き詰めて考察したソローに、思想的にも地政学的にも町に背をむけ、二マイル先の野生果実の丘に立つことには、何の迷いもなかった。

　しかしながらハックの「決心」の不履行と作品の顛末、およびこの作品以降のトウェインが抱え込んだ諸問題は、トウェインを深い迷走へと追い込んだといえよう。というのもトウェインのハックルベリーは、共同体の良心・モラリティと一体だったのであり、社会と折り合いをつけて生きる心情《heart》と思想的にも地政学的にも分離不可能な領域にあった。こうした良心の心情《heart》との闘ぎあいが極端なプロットとなったのが「カーニヴァル」であろうか。仔細はまたの機会にしたい。

（松山大学）

◎コラム

「ホーム」への回帰の旅■『王子と乞食』のアドベンチャー

朝日由紀子 ASAHI Yukiko

マーク・トウェインは、「人間とは何か」という謎を解く鍵のひとつを、人類の始祖アダムに求めていたことはたしかであろう。楽園というホームを追われた後のアダムは、根源的には、「ホームレス」となった最初の人間である。マーク・トウェインがアダムのそうした面に共感を抱いていたと思えるのは、いくつかの作品に通底するモチーフが「ホームレス」であるからである。「ホーム」は、人間が根源的に希求している心の拠り所、心の平安が守られる居場所のメタファーである。

この「ホーム」への回帰に伴う「アドベンチャー」は、アドベントが語源であり、光輝なる天の宮殿に住んでおられたキリストが、その「王座も主権も支配も権威も」(コロサイ人への手紙)放棄して、貧しい姿でお生まれになるため地上に来られる時期をさす。地上でのキリストは、苦しみと屈辱だけでなく、父なる神との断絶までも経験された。だが、十字架の死を経て、再び天の宮殿に引き上げられ、父なる神のもと—キリストにとってのホームに帰還したのである。キリストの語った「放蕩息子」(ルカ福音書)の喩えは、人間が人生の旅を経て、本来帰るべき真のホームへの帰還を果たすことを教えている。

トウェインが『王子と乞食』のなかで、ヘンドンについて「放蕩息子」の言葉を三回用いていることは注目に価する。と同時に、ほかの登場人物に関する形容として、「ホームレス」が再三使われている事実にも留意してみると、『放浪者外遊記』も『ハックルベリー・フィンの冒険』も、「ホームレス」がモチーフであるという意味で、『王子と乞食』と共通することに気づく。

『王子と乞食』の「エドワードのアドベンチャー」は、ぼろ着のため宮殿から追い払われた場面から始まる。四章の最後は、強い風雨の夜、トム・キャンティの居所を目指すエドワードを、「宿なしの王子、ホームレスのイギリス王室の後継者」と形容を重ね、貧困と悲惨の巣窟へと入り込んでいく悲劇性を増幅し、待ち受ける過酷な運命を予告する効果をもつ。極貧に加えて残忍なトムの父ジョン・キャンティに拉致され、エドワードは情け容赦ない虐待を受ける。ここから、逃亡の旅が始まる。

つぎに一二章でエドワードは、偽りの父の魔手から逃れたと同時に、真の父ヘンリー八世崩御の報に接する。「無慈悲な専制君主として人々の恐怖の的であった父は、いつも自分に対しては優しかった」ことを思い、「寄る辺のない、追放され、見捨てられた者」になったことを実感する。ホームレスの心情にひたるエドワードであるが、人々の「エドワード六世万歳」という歓呼の声に、「自分が国王」であることを自覚する。エドワードの逃亡の旅は、戴冠のための宮殿への帰還を目指すが、そのアドベンチャーは、ホームを奪われた人々の境涯を身をもって知っていくものとなった。

野次馬の揶揄に晒されていたエドワードの助けに入ったマイルズ・ヘンドンは、ロンドン橋の宿屋にエドワードを連れて行き、親身な世話をする。そこでヘンドンの口から、来歴が語られる。父は財力を有する貴族であること、そして弟ヒューの姦計により、父から「三年間のホームとイギリスからの追放」を言い渡され、大陸に渡って戦争に加わり、七年の間外国の土牢で捕虜となり、そこから生還し、父の住むヘンドン・ホールへの思いが募っていることなどである。その話に義憤を抱いたエドワードは、不義を正すことを国王として約束し、ヘンドンにナイト爵位を授ける。それは空想上の爵位に等しいが、ヘンドンは、「ホームレスの浮浪児」であるエドワードの「優しく寛大な精神」を見て取っている。

エドワードが騙されてヘンドンから引き離された後の一七章は、ジョン・キャンティらに囚われ、夜中、森の中の小屋で乞食たちの身の上話を耳にする場面構成となっている。乞食同士が語る話は、苛酷をきわめる。新顔のなかに、地主が羊を飼うという理由により畑を取り上げられた上、放り出され乞食になる他はなく、刑罰として顔に焼印を押され奴隷に売られ、逃げ出し縛り首になった者がいる。似たような仕打ちをうけた三人が、ぼろを脱ぎ、背中の鞭の傷、耳が切断された痕、肩の焼印を仲間に見せる。そのひとりヨーケルと名乗る者が語り始める。もとは妻子と豊かな暮らしをしていたのに、病人の看護人であった母親が、ある病人の不審死により魔女と疑われ火あぶりに処せられてから、物乞いをして歩くようになったという。この章は、重点が乞食たちにおかれ、自堕落で乞食に転落したのではなく、暴虐的な「時代」により、あらゆる生きる条件を奪われた者に対して、エドワードが真の救世主となるかどうか、重大な関心を抱かせる起点となっている。

エドワードに生命の危険が差し迫るサスペンスに満ちた二〇章で、森の奥深くに入ったエドワードは、暗闇のなかに明かりをみつけ、近づいていく。荒れ果てた小屋をのぞくと、一本のろうそくを灯した祭壇の前で跪いている老人がおり、「敬虔な隠遁者」だと安心する。なかに招じ入れられ、親切にもてなされるが、突如つぶやき声になり、「わしは大天使だ」と打ち明ける。「こんどは狂人の囚われの身」になったとぎょっとなるエドワードの不安に拍車をかける告白が続く。「わしはたんなる大天使だが、…二〇年前夢で法王となることを天から告げられた…しかし、国王がわしの修道院をなくしてしまったのだ、貧しく無名の寄る辺ない修道士のわしは、ホームレスで世間に放り出されたのだ」と、悲憤を吐き出すと再び穏やかになり、エドワードをやさしく寝床に入れた後、急に何かを思い出したように、「イギリス国王」か、と念を押した老僧は、「わしらを宿なしのホームレスとして世間に追い出したのはヘンリーであることを知っているか」と問いただす。すでに寝入っているエドワードからは応答なく、それを見た老僧は、ヘンリー八世に対する遺恨をエドワードに向け、錆びた肉切り包丁を研ぎ始める。ヘンリー八世による修道院解散命令により、拠り所を失った修道士が「ホームレス」となったことは歴史的事実である。

次の二一章では、老僧にがんじがらめに縛られたエドワードは、再びジョン・キャンティに見つかる。他の乞食に盗みの罪を着せられ、入獄することになったが、運よくヘンドンに救出される。エドワードを伴ってヘンドンは、二五章で、父のもとに向かう。父の領地に近づくにつれ、自分の帰還がどんなに驚きと感謝と喜びをもたらすかを想い、期待は高まってくる。「放蕩息子」は、はやる気持ちで小高い丘を見れば登り、「自分のホームを一目見よう」とするのである。館に到着するとすぐに弟のヒューの姿を見つけ、まっさきに「父を呼んでくれ、…父の手に触れ、お顔を見て、お声を聞かないうちは、ホームはホームではない。」と声をかける。この言葉に対し、ヒューは、まったく動ぜず、死んだ者が生き返ってくるはずはないと言い切る。ヒューがヘンドンかどうかを確かめるため、あらゆる角度から眺め回している間、「放蕩息子は、うれしさに顔を紅潮させ、微笑み、笑い声を上げ」、自分の生還を喜び迎える言葉を期待する。だが、ヒューの口から出たのは、ヘンドンがまったく予想しなかった言葉であった。六、七年前に兄の戦死の知らせを受け取ったが、それに間違いなかった、とヘンドンを否定する。

この情景を見て、エドワードは、国王が「いなくなっている」のに「探そう」としていないことが不思議でならない、とヘンドンにいう。「放蕩息子」のたとえの、「死んでいたのに生き返り、いなくなっていたのに、見つかった」という父の喜びの言葉に照らしてみると、このときのヘンドンとエドワードは、リチャード・ヘンドンの息子として、またヘンリー八世の息子として、認められていないという同じ境遇にあったといえよう。ふたりは、二八章で牢につながれ、ヘンドンは、「皆が大喜びすることを期待して、歓喜に満ちた放蕩息子としてホームに帰った」にもかかわらず、「相手にされず、獄中」にいることに「悲劇とも喜劇とも」つかない気持ちを味わう。

真の後継者エドワードは、乞食の姿のゆえに嘲られ、虐待され、盗人や人殺しといっしょに牢につながれ、やがて出獄し、ようやく国王戴冠式をひかえた前夜、ロンドン橋まで辿り着く。一方、宮殿の生活に慣れてきたトム・キャンティは、自分の目の前にぼろを纏った母や姉たちが現れ、「貧窮と降格」に引き戻されるのを恐れるようになっていた。戴冠式当日、トムは古式に則ってロンドン塔にむかう。新国王に対する敬慕の念を精一杯表して歓迎する人々を見て、得意の絶頂にあったトムは、突然、自分をじっとみつめる眼に気づく。母であるとわかったとたん、トムは、いつもの癖で手のひらを外にして目の前に上げたのである。母は、遮二無二に群衆を押し分け、護衛兵の前を通ってトムの足元にやってきた。いなくなっていた息子が見つかった喜びを全身で表わす母を、近衛兵の将校がトムから乱暴に引き離した。まさにこのとき、トムの口から「女よ、お前のことは知らない」という言葉が漏れた。トムを最後に一目見ようと振り向いた母の、傷つき、悲嘆にくれた様子を見たトムは、それまでの栄光を誇る気持ちは消失し、母を拒絶した言葉だけが心を占めるようになる。そして、その様子を心配して言葉をかけるサマーセット公に、「あれはわたしの母だ」と告白したのである。このことは、三三章のエドワード即位後、トムが母のもとに飛んで帰ることができたことにつながる。

エドワードを見失ったヘンドンは、エドワードの行く先を、「ホームレスで見捨てられた者が行くとしたら、もと居た場所に戻るのが本能だ」と推理する。そして、ついにエドワードをもと居た場所、まったく予想しえなかった宮殿で見つけることになるのである。

エドワードは、国璽のありかを思い出すことによって、国王として宮殿に戻り、国王の裁可によって、ヘンドンもヘンドン・ホールに帰還することができた。エドワード、ヘンドン、トムそれぞれが、「ホーム」への回帰を目指すアドベンチャーを経て、本来の「ホーム」に帰ることになったのである。

（白百合女子大学）

○研究ノート

トウェインとフィッツジェラルドを結ぶもの ▣ノスタルジアと女性をめぐって

関戸冬彦 SEKIDO Fuyuhiko

■はじめに

二〇〇九年二月に公開された映画『ベンジャミン・バトン　数奇な人生』（The Curious Case of Benjamin Button）の原作はフィッツジェラルドが一九二二年に書いた短篇であるが、彼はこの短篇を執筆した際、トウェインの言葉に触発されたと明言している。本稿ではこのようにフィッツジェラルドに与えたトウェインの影響について考察する。まずはフィッツジェラルドが実際どのようなトウェインの作品を読んだのか、それによる作品への影響、共通していると思しき主題などを比較検討し、先行研究と共に検証する。そして、二人を創作活動へと駆り立てた「ノスタルジアと女性」に関して、それらが結果的に二人を結ぶものとして機能していたという点からの考察を加えていく。

1■フィッツジェラルドが読んだトウェイン作品、その影響

フィッツジェラルドは一九二三年、"10 Best Books I Have Read" において『ミステリアス・ストレンジャー』（*The Mysterious Stranger*）を挙げ、"Mark Twain in his most sincere mood. A book and a startling revelation." と述べている。彼は他にも『王子と乞食』（*The Prince and the Pauper*）や『人間とは何か?』（*What is Man?*）などを愛読した、とされている。

こうしたフィッツジェラルドへのトウェインの関係、影響に注目した先行研究はそんなに多くはない。最初にこの関係を詳しく論じたのはロバート・スクラーで、一九六七年に出版された *F. Scott Fitzgerald The Last Laocoön* でのことである。これは作家・作品全体像への研究書だが、トウェインからの影響に関して具体的作品をあげつつ検証した点において大きな意味を持つ。スクラー後は、エドワード・ジリンが一九八七年にブラウン大学に提出した博士論文、Re-sounding the River: Mark Twain Currents in F. Scott Fitzgerald があり、これは先行研究スクラーにも触れながら、その影響を非常に細かく研究したもので、両者の関係性にこだわった研究としては他に類をみない。なお、彼らは共にトウェインの影響だけでなく、ヴァン・ワイク・ブルックスが書いた『マーク・トウェインの試練』（*The Ordeal of Mark Twain*）を精読していたことを重要視し、さらにジリンはアルバート・ビゲロー・ペインの『伝記』（*Mark Twain: A Biography, The Personal and Literary Life of Samuel Langhorne Clemens*）の影響も考察している。

ではまずスクラーの指摘を検証する。スクラーによると、フィッツジェラルドの作品にトウェイン的な要素が色濃く見られるのは一九二一年から二三年にかけて書かれた作品群であるという。例えば、この頃書かれた短篇に "Two for a Cent" という作品があるが、これはひとつのコインをめぐって全く違った運命をたどった二人の男の物語で、ささいなことがきっかけでその後全く違った運命、一方は夢をあきらめ、もう一方は大成功するという人生をおくる二人、

どこか物悲しさや若干皮肉が入った感じの主題、がトウェイン的だと彼は指摘する。

次にスクラーは「ベンジャミン・バトン」を挙げ、時間に対する挑戦、あるいはオブセッションのようなものがトウェインからの影響として強く見られるとしている。そして最も詳しく論じるのは、「ベンジャミン」同様『ジャズ・エイジの物語』（*The Tales of the Jazz Age*）に収録されている、「リッツ・ホテル程もある超特大のダイヤモンド」（"The Diamond as Big as the Ritz"）である。この作品に関しては、フィッツジェラルドがこの作品を "the best thing I've ever done" と呼んでいることに着目し、例えばトウェインが『ハック・フィン』よりも『王子と乞食』のほうが楽しみながら書けたであろうように、フィッツジェラルドも同様に自分でも楽しみながらこの作品を書いた点を指摘する。さらにこの作品に作家自身のその後の運命を予兆するかのような皮肉が込められていたと考え、しかもその影響をブルックスから受けていたと論じる。つまり、トウェインの実際の作品だけでなく、トウェインの人生からも影響を受けた一端がこの作品に見える、というのである。このようにスクラーはトウェインと、そしてブルックスからの影響をフィッツジェラルドに見出し、様々な点から両者を結びつけている。

さて、ジリンはスクラーの研究の上に論を展開しているが、トウェインの影響が主に二十年代前半の短篇三作品にしか顕著に見られないところを疑問視している。彼によれば、例えば『不思議な少年』ロマンス版が『グレート・ギャツビー』（*The Great Gatsby*）に影響を与えたとしている。主題が illusion の喪失というのはリチャード・リーハンらも指摘しているが、これをトウェインと結びつけたのはジリンだけである。構造的な類似性については『ギャツビー』の序章的作品、一九二四年に発表した短篇「罪の赦し」（"Absolution"）を挙げている。この作品は少年と神父が登場し少年が告解を行うのだが、その人物配置と名前の類似点を彼は指摘する。確かに『不思議な少年』ロマンス版にも語り手少年セオドアと神父（アドルフ、ピーター）が登場する。また、両作品内でのストレンジャー、サタンとギャツビーの類似性を挙げ、さらに『ギャツビー』へのブルックスの影響についても言及し、ペインの『伝記』からの影響をも指摘している。彼によれば、『伝記』はセオドアの語り口に似ており、それがニックの語りにも引き継がれているという。そして結論として、フィッジェラルドはギャツビーをトウェインとして描いたと論じている。確かに、文壇という階段をまるで夢を追いかけるかのようにがむしゃらに駆け上がっていったトウェインの人生はギャツビー的と言えなくもないが、その場合デイジーをどう解釈するのか、という点についてはは大いに疑問を感じる。これに関してジリンは、クレメンズがオリヴィアを追いかけたようにフィッツジェラルドもゼルダを追いかけたとパラレルに考え、ギャツビーのデイジーへの憧れにトウェインのオリビアへの憧れを見ている。そのように考えればわからなくもないが、この考えは無理がある。なぜなら、デイジーのモデルはゼルダ一人ではないからである。加えて、ゼルダもオリヴィアもえがたい存在であった時期も確かにあったが最終的には作家と結婚しているわけで、結果的にデイジーのように掴めそうで掴めずじまいで終わったような存在ではないからである。この点への考察が、本稿の題目にも掲げた、「ノスタルジアと女性」という点とつながってくる。

2■トウェインとフィッツジェラルドを結ぶノスタルジアと女性

ノスタルジアや女性像をアメリカ文学という文脈の中で考えた場合、例えばトウェインの描く少年時代のノスタルジックな風景や、あるいはレスリー・フィードラーの「アメリカ小説における感傷主義の流行は、アメリカ作家にとって性的欲望を描くのを極度に困難にしただけでなく、生きた女性像の創造をも妨げたのである。」といった指摘が考察点として思い出される。本稿ではそうした文学史的な流れを理解しつつも、ノスタルジアをあえて「過去に得られなかったものへの、ある意味後悔にも似たような感覚を含む自分自身と過去へのこだわり」と定義し、それを女性と関連づけて考えたい。なぜならこうした感覚はフィッツジェラルドにとっては重要な要因で、例えばロジェ・グルニエは「未来に向かう新たな世代を象徴するこの若い作家は、じつはノスタルジーの信者だった。」と評し、リチャード・リーハンはノスタルジアという言葉すら使ってはいないものの、ギャツビーのデイジーに対するこだわりを「フィッツジェラルドは『偉大なギャツビー』の中に、このような失われた若さと美の感情を持ち込む。」と指摘しているからである。

このような「ノスタルジアと女性」を考察の視座に据えてトウェインとフィッツジェラルドを見た場合、スクラーもジリンも指摘していなかった、両者の叶わなかった恋という点がある。これに関するトウェインの作品として、生前は未発表であった短篇、「わが夢の恋人」("My Platonic Sweetheart")がある。ただし、ジリンが『不思議な少年』ロマンス版を論じた際のようにフィッツジェラルドがこの作品を読んだ証拠がないのでその点は判別できない。しかし、この忘れがたき恋へのこだわりはフィッツジェラルドにおいても顕著に見られる主題であり、言うまでもなくそれは『ギャツビー』にも通じる。そうすると逆説的であるが「わが夢の恋人」はフィッツジェラルド的なトウェイン作品とも呼びうる要素を持つ、と言えるかもしれない。

例えば、「わが夢の恋人」には次のような記述がある。

> …私は我が夢の恋人を知ってからの四十四年間、平均二年に一度の割合で彼女に会ってきた。…彼女はいつも十五だった。…また私は私でいつも十七だった。…私にとって、彼女は実在の女性で、作り物ではない。また、彼女との純粋で、甘美なつきあいは私の人生でもっとも美しく、また楽しい経験であった。(*Science Fiction* 125)

このように夢の中で恋をした人物がまるでリアルに感じられるというのは、ギャツビーのデイジーへの思いと重なる部分である。『ギャツビー』では、デイジーと再会した後のギャツビーの様子を客観的に語るニックの言葉からそれがわかる。

> デイジーが彼の夢に追いつけないという事態は、その午後にだって幾度も生じたに違いない。しかしそのことでデイジーを責めるというのは酷というものだ。結局のところ、彼の幻想の持つ活力があまりにも並外れたものだったのだ。それはデイジーを既に凌駕していたし、あらゆるものを凌駕してしまっていた。(*Gatsby* 101)

ギャツビーの場合、心に描くデイジーは五年前に出会った時のデイジーであり、そのほうが目前にいる彼女よりリアルに感じられている。つまり、「わが夢の恋人」も『ギャツビー』も、夢や幻想が現実を勝ってしまっている点で共通している。また、トウェインの作品で十七歳の少年が恋をするという設定は『不思議な少年四四号』(*No. 44, The Mysterious Stranger*) にも見られる。『四四号』ではアウグストがマルゲットという少女に恋をするがうまくいくのは彼女の「夢の自己」リーズベトとだけであり、彼は夢と現実の狭間で苦しむ。

> リーズベトはぼくのものだったし、全世界を敵にまわしても彼女を守ることができた。…ぼくは彼女の半分だけをものにすることはできたが、あと半分は、「分身」のものでなければならなかった。こちらもぼくにとっては大事な人であったが。(*No. 44* 126)

先のジリン的な分析を踏襲するならば、このような夢や幻想の中の女性と現実との女性との齟齬に苦しむというのも、ある意味トウェインからフィッツジェラルドへの系譜のように思えてくる。フィッツジェラルドは『ギャツビー』以外にも恋と達成、恋と所有というテーマを作品内でかねてから追っていた。例えば、短篇「失われた三時間」("Three Hours Between Planes") にもこうした要素が見られる。ドナルドは思いのほか再会からすぐにかつての憧れの女性、ナンシーといい雰囲気になれると次のような気持ちを抱く。

> 俺が今キスした相手はいったい誰なんだ?ナンシー?本当にそうなんだろうか?それともただの思い出?それとも身を震わせあわてて目をそらせるようにアルバムのページをめくっている会ったばかりのこの美しい女?(*Short Stories* 576)

彼もまた、長年自分の心に抱いてきた夢の彼女と目の前の現実の彼女とに戸惑いを感じている。つまり、フィッツジェラルドにとってのノスタルジアとはかつての記憶の中の恋人の存在がその源になり、時に現実とぶつかることで心を大きく揺さぶられるような、そんなはかない感覚であるといえよう。トウェインに関しても、数は少ないが恋を主題にした作品や箇所においては、遥かなる恋人に憧れを抱くという点において、同様の感覚を有しているように思える。例えば、『アーサー王宮廷のヤンキー』(*A Connecticut Yankee in King Arthur's Court*) の十五章には、「わが夢の恋人」と同じ、十五歳の少女への憧れを語る場面がある。

> 十五歳!張り裂けよ—わが胸!おお、わが行方の知れぬ恋人!かくも優しく、愛らしく、わたしにとっての全世界、しかも二度とふたたび会えないであろうあの女と、まったくの同一年齢だとは!いかに彼女にたいする想いが、大きく広がった記憶の海を越えて、ボーッとかすんだある時代へ、いまから何世紀も何世紀も後のある幸せな時代へとわたしを連れ戻してくれることか。(*Yankee* 134)

また、恋人を失ってしまうという喪失感、状況においても両者は共通した要素を持つ。『ギャツビー』の先駆けともなったフィッツジェラルドの短篇「冬の夢」("Winter Dreams") では、主人公のデクスターがひょんなことからかつての恋人、ジュディー・ジョーンズの近況を聞かされ、彼女が年老いてかつての美貌を失ってしまったと聞くと絶望的な気持ちに襲われる。

> 夢は去った。何かが彼から奪い取られてしまったのだ。…キスにこたえる濡れた彼

女の口、憂鬱そうな、もの悲しげなあのひとみ、真新しいリネンのような朝の彼女のさわやかさを思い描こうとした。なんということだ、もはやこの世にはないのだ！かつては存在したのに、今はもう存在しないのだ。（*All the Sad Young Men* 65）

トウェインの「細菌ハックの冒険」（"3,000 Years Among the Microbes"）では、翻訳にすでにモデルはローラ・ライトであると注がついている、マギーという少女についての日記を語り手であるハックがせつない気持ちで回想する場面がある。

昨夜私は別のマギー、つまり人間のマギーの夢を見た。彼女のやさしい顔はここでの生活ではもう二度と見ることはない。その魅惑的な幻影の中で、私は最後に見たままの彼女を見た―ああ、夢のように素晴らしい愛らしさ。ああ、輝くばかりに美しい人。…（*Devil's race-track* 192）

フィッツジェラルドの場合は若き日の恋人の美貌が歳月の果てに失せてしまったことを、トウェインの場合は恋人ともう二度と会えないであろうことを哀しんでいるのだが、いずれにせよ主人公の胸には憧れの女性を失ってしまったということへの絶望と、かつての日々が輝くようにフラッシュバックしている地点に到達している点においては同じ境地であるといえよう。よって、トウェインとフィッツジェラルドにとっての「ノスタルジアと女性」とは、忘れがたき恋、忘れがたき女性との関係を切り離しては考えられないのではないだろうか。そのノスタルジアを引き起こす原因を作ったモデルに関して述べておくと、トウェインの「わが夢の恋人」がローラ・ライトであったように、フィッツジェラルドの『ギャツビー』のデイジーにも、ジネブラ・キングというモデルが存在する。彼女はフィッツジェラルドのプリンストン時代の憧れで夢中になるが、違う金持ちの男と婚約し、結婚している。この体験が"Poor boys shouldn't think of marrying rich girls"という若き日のギャツビーのイメージを作ったとも言える。かつての恋人に崇高なイメージを抱くのはトウェインも一緒で、『伝記』十六章には六二歳になったローラ・ライトがトウェインに手紙を書き、借金など現在の困窮を説明した上で援助を求めた時のことが、「あの娘と別れたのは四八年二か月と一日前」、と非常に詳細にかつユーモラスに表現されている。こうしてみると、トウェインとフィッツジェラルドは二人とも奇遇にもはかなき恋物語の作品モデルとなった女性と若い頃に出会い、短期間のうちに別れるが、その記憶はずっと彼らの心に留まり続け、作品創作という形で彼女たちを甦らせている。つまり、彼らはノスタルジアを感じ、その気持ちを駆り立てた女性の記憶を頼りに作品に書いたという点においては一致しているのである。

さらにもう一点、両者にとっての妻、しかも創作活動への影響を含めた存在としての妻、に関して両者は共通性を持つ。それはジリンが指摘したような憧れの存在ではなく、障害としての妻という点においてである。ブルックスやそれ以降の研究者たちによってトウェインへのオリヴィアの影響はすでに議論されてきたが、皮肉にもフィッツジェラルドはオリビアからのトウェインへの介入以上の介入、むしろ妨害と言ってもいいほどの干渉、例えば執筆を始めようとすると部屋に入ってきて叫ぶ、などを後に受けることになってしまう。

こうしたことを含めつつ両者の女性関係をまとめると、彼らにとってのひとつの存在としての女性は、ノスタルジックな想いをかきたてられる遠く叶わぬ恋の相手であり、それは後に作品創作の原動力となった。もうひとつの存在としての女性は現実に共に暮らす妻であり、ある意味作品創作に逆に制限をかける役目をしていた、という二つのフレームを持っていたと言える。もちろん、オリヴィアもゼルダも妻となる前は憧れの対象だったわけだが、彼女たちは妻になったがゆえにもはやその憧れではなくなってしまった。それはつまり、両者とも作品創作においては「憧れの女性」という存在、イメージが不可欠であったという意味に集約できるだろう。そしてその「憧れの女性」は常にノスタルジックなのである。スクラーやジリンはこの共通性には触れなかったが、作家というスタンスにおいてはこれらもまたパラレルな関係を二人は描き、つながっているのではないだろうか。

＊本論は第十三回日本マーク・トウェイン協会（二〇〇九年一〇月九日、大学コンソーシアムあきたカレッジプラザ）にて発表した内容に加筆・修正したものである。

参考文献

Fiedler, Leslie A. *Love and Death in the American Novel.* Illinois: Dalkey Archive Press, 1997. 佐伯彰一・井上謙治・行方昭夫・入江隆則訳、『アメリカ小説における愛と死 ―アメリカ文学の原型I―』、新潮社、一九八九年。

Fitzgerald, F. Scott. *All the Sad Young Men*, ed by James L. W. West III, Cambridge UP, 2007. 飯島淳秀訳『雨の朝パリに死す』、角川文庫、一九九一年。

——. *The collected short stories of F. Scott Fitzgerald*, Harmondsworth : Penguin, 1986. 村上春樹訳『マイ・ロスト・シティー』、中公文庫、一九八六年。

——. *Flappers and Philosophers*, ed by James L. W. West III, Cambridge UP, 2000.

——. *The Great Gatsby*, New York : Scribner Paperback Fiction, 1995. 村上春樹訳『グレート・ギャツビー』、中央公論社、二〇〇六年。

——. *The Tales of the Jazz Age*, ed by James L. W. West III, Cambridge UP, 2002.

——. "10 Best Books I Have Read." *Fitzgerald/Hemingway* Annual 1972: 67-68.

Gillin, Edward. Re-sounding the river : Mark Twain currents in F. Scott Fitzgerald / Edward Gerard Gillin, Ann Arbor : University Microfilms International, 1987.

Lehan, Richard D. "The Great Gatsby": *The Limits of Wonder*. Boston: G. K. Hall, 1990. 『偉大なギャツビー』を読む：夢の限界 伊豆大和訳　東京:旺史社、一九九五年。

Neider, Charles. Ed., *The Autobiography of Mark Twain*, Harper & Brothers, New York, 1959. 『マーク・トウェイン自伝』勝浦吉雄訳 東京筑摩書房、一九八四年。

Sklar, Robert. *F. Scott Fitzgerald, the Last Laocoön.* New York: Oxford University Press, 1967.

Twain, Mark. *A Connecticut Yankee in King Arthur's Court.* Berkley: U of California P, 1983.『アーサー王宮廷のヤンキー』龍口直太郎訳　東京創元推理文庫、一九九七年。

——. "My Platonic Sweetheart." *The Science Fiction of Mark Twain*, Edited with an Introduction and Notes by David Ketterer, Conneticut: Archon Books, 1984. 117-126. 「我が夢の恋人」『細菌ハックの冒険』有馬容子訳　東京彩流社、一九九六年。

——. *No.44, The Mysterious Stranger.* Berkley: U of California P, 1982.『ミステリアス・ストレンジャー四四号』山本長一、佐藤豊訳　東京：彩流社、一九九五年。

——. "Three Thousand Years among the Microbes" *The Devil's race-track : Mark Twain's great dark writings : the best from Which was the Dream? and Fables of man* / edited by John S. Tuckey. Berkley: U of California P, 1980.『細菌ハックの冒険』有馬容子訳　東京彩流社、一九九六年。

ロジェ・グルニエ　『フィッツジェラルドの午前三時』中条省平訳　東京:白水社、一九九九年。

（立教大学・兼任）

ハースト先生講演旅行後記

ロバート・ハースト先生には本誌に掲載されているマーク・トウェイン協会大会での講演やシンポジウムに加え、早稲田大学、同志社大学、京都光華女子大学、神戸市外国語大学での講演を行っていただきました。このような長い日程の講演旅行を無事に終えることができましたのも、それぞれの分担をきっちりと遂行してくださった各地の会員諸氏のチームワークがあってのこと。心からお礼を申し上げます。以下にハースト先生から最近届いた「地球からの便り」ならぬ「バークレイからの便り」をご紹介させていただきます。

辻本庸子

バークレイからの便り

二〇一一・三・三一

まず『マーク・トウェインの自伝第一巻』のその後についてご報告しましょう。私と妻のマーガレットが講演旅行で日本に到着した頃、『自伝』はちょうど初版五万部の印刷にかかっていました。出版と同時に雑誌、新聞の書評で取り上げられ、年末までにその数は一〇を超えました。ニューヨークタイムズのノンフィクション部門ベストセラーのリストには一一月初旬から加わり、それが二〇週、三月中旬まで続いたのです。おかげで二〇一〇年度末までになんと五〇万部を印刷！これはわれわれにとって本当に嬉しい誤算で、マーク・トウェイン・プロジェクト、あるいは出版社の誰一人としてこのような事態を予想したものはおりませんでした。なにしろこれは『自伝』三巻本の一冊目にすぎないのですから。でも私が思いますに、マーク・トウェイン本人は出版を一〇〇年ずらすことでこのようなブームが巻き起こると読んでいたのではないでしょうか。またトウェインは常々「隠れ読者」に信頼をおいておりました。会ったこともしゃべったこともないけれど、いつも決まって自分の本を読んでくれるというありがたい読者。二一世紀になってもこのように忠実な「隠れ読者」が生き続けていることが証明されたわけです。

今回の講演旅行ではマーク・トウェイン協会のみなさんに本当にお世話になりました。滞在期間中、各地で暖かいお心遣い、おもてなしを受け、おかげで私もマーガレットも実に楽しい、有意義な時間を過ごすことができました。どうかお世話くださった皆さんによろしくお伝えください。さて今度は日本のみなさんがアメリカのバークレイに来てくださる番です。新装なったカリフォルニア大学バンクロフト図書館で、マーク・トウェイン・ペイパーズは十分なスペースを確保しており、いつでも受け入れ態勢は万全です。みなさんのお越しを心からお待ちしております。ただし一時に来ていただいても困りますが。先日来より、激しい地震、津波、原発事故のニュースがアメリカにも届いております。みなさまのご無事を願うとともに、一日も早く安全で美しい日本へと復興しますよう、心から祈っております。

ロバート・ハースト

◎書評

Shelley Fisher Fishkin, ed. *Mark Twain's Book of Animals.*

Berkeley: U of California P, 2009.

巽 孝之
TATSUMI Takayuki

シェリー・フィッシャー・フィシュキン教授ほどの学者については、いっさいの紹介を省いてかかるのが礼儀かもしれない。何より彼女は一九九九年に立命館大学で行われたアメリカ研究夏期セミナーの講師として来日してからというもの、我が国のマーク・トウェイン研究者とは長く親交を結んできたし、単著だけに限っても第一作『事実から虚構へ』（一九八五年）から話題作となった『ハックは黒人か?』（一九九三年）、その続編『テリトリーへの逃走』（一九九六年）を経て、最新刊の『フェミニスト的誓約』（二〇〇九年）まで広く読まれている。だが、彼女をして米国トウェイン協会のみならず北米のアメリカ学会全体の会長まで務めた経歴をもつ比類なき学界人にしているのは、オックスフォード版トウェイン全集全二九巻やトウェイン戯曲『やつは死んじまった?』の発掘編纂、および『アリゾナ・クォータリー』トウェイン特集号（二〇〇五年）やわれわれの英文号『マーク・トウェイン・スタディーズ』第二号「戦争の祈り」特集号（二〇〇六年）の共同編集、ひいてはアメリカ学会会長を退いた二〇〇八年よりスタートした電子雑誌『ジャーナル・オヴ・トランスナショナル・アメリカン・スタディーズ』の実質的な編集主幹など、アメリカ文学研究をめぐる国際的言説空間を充実させるために発揮している、その圧倒的な編集能力にある。

わたし自身がフィシュキン教授と直接言葉を交わすようになったのは遅く二〇〇四年、アトランタで開かれたアメリカ学会年次大会のときなので決して古いつきあいではないものの、ともに仕事をする折々に彼女から感じるのは、さまざまなプロジェクトを通して、あくまで厳密にして公正、誰もが納得しうる学術的規範を樹立しようとする真摯な姿勢である。世にはびこる共同研究書には編者が収録論文に何の紹介も評価も施さず右から左へ並べ詰め込んでいるだけの無責任な仕事が散見されるが、フィシュキン教授の場合は企画立案から原稿査読、判定討議に至るまで責任を果たすからこそ、優れた学界人なのである。

そうした横顔をふまえておけば、彼女が二〇〇九年に編纂した『マーク・トウェインの動物文学傑作選』の真価もぐっと了解しやすくなるはずだ。本書にはトウェインが動物を扱ったテクスト全六四編が、短編から長編小説の抜粋、限りなく随想やスケッチに近いものにまでおよぶかたちで網羅され、きちんと初期・中期・後期の時代別に分類されている。まず初期にあたる第一部「一八五〇年代から一八六〇年代まで」には出世作となった法螺話の傑作「ジム・スマイリーと彼の跳び蛙」を含む十編が、中期にあたる第二部「一八七〇年代から一八八〇年代まで」には「ニューオーリンズの闘鶏」を含む十六編が、後期にあたる第三部「一八九〇年代から一九一〇年まで」には「ハック鳥を殺す」など三八編がずらりと並ぶ。だが、そこはフィシュキン本のこと、『やつは死んじまった？』のときと同じく、詳細な序文と後記が付され、しかも各テクストへの注釈も充実し、バリー・モーザーの木版画三〇点を挿絵として盛り込むという懇切丁寧な編集の手腕が、みごとに発揮されている。

編集方針は明確だ。まず彼女はカリフォルニア大学バークレー校にてロバート・ハースト教授が編集主幹を務めるマーク・トウェイン文書館にこもり膨大な文献を渉猟し、原稿や蔵書の書き込みまでをも仔細に分析して、そこから作家の半世紀以上にわたる既発表・未発表を問わぬテクストを選び出した。そして、幼少期における作家の母をはじめ晩年に至る娘たちに至るまで、いかにクレメンズ家が動物愛護の精神に満ちていたかに留意しつつ、作家が傾倒した十六世紀フランスの思想家モンテーニュや、愛読し交流もあった同時代イギリスの生物学者チャールズ・ダーウィンの『人間の由来』（一八七一年）の影響も考慮しながら、「文学がいかに動物を描いたか」のみならず、「人間とはいかなる動物か？」というトウェインらしい問題意識が浮かび上がるよう、作品群を配列してみせた。もともと最初の「跳び蛙」の本質は蛙自体というより、西部人ホイーラーが東部からの訪問者にスマイリーなるギャンブラーとその蛙をめぐる法螺話をするという物語内物語において、東部人のほうがまんまとかつがれるというユーモアに求められるのだが、本作品が強烈だったせいか、以後のトウェインは作家が蛙に乗っているイメージで宣伝されることが多くなり、彼の造型したジャックウサギはワーナーブラザースのアニメ監督チャック・ジョーンズによるバッグス・バニーにまで影を落とす。動物作家トウェインは現代の大衆文化で愛されるキャラクター群にまで影響絶大なのだ。

じっさい本書を通読すると、そうした評価こそが王道であるかのように実感される。トウェインはウマやブタやイヌがいかに虐待されているかを書くとともに、『赤道に沿って』（一八九七年）などの旅行記のなかで、インドカラスがいかに他人をあげつらうかのようにおしゃべりをやめないか、オーストラリアのカササギがいかに呼ばれても応えず、呼ばれてもいないときに限って顔を出すという不服従の原理で動いているか、ネコがいかに奴隷根性とは遠く人間を改良してくれる存在であるかを、生き生きと描く。昨今評価の高いトウェインの旅行記とはじつは動物記の別名なのだと、編者は再評価する。また、作家の動物への好みもはっきりしていて、必ずしも動物ならぜんぶがぜんぶ愛すべき存在と考えていたわけではないことも明確化される。たとえば、トウェインの母ジェインの場合は異常と言えるほどの動物好きでハエ一匹殺さなかったが、作家自身はハエのなかでもイエバエや吸血性のツェツェバエが大嫌いで、本書第二部収録の「ハエに地団駄踏ませる方法」（一八七五年）や第三部収録の「イエバエ優越論」（一九〇六年）なるテクストをものしているほどである。

これが興味深いのは、まさに当時が、アジアでは日清・日露戦争、アメリカでは米西戦争と米比戦争華やかなりしころで、ジャポニズムとともに黄禍論《イエローペリル》も浸透していたことだ。トウェインはこのころ「戦争の祈り」（一九〇四年—一九〇五年）を執筆していたほどだから、むやみな人種差別については警戒していたはずだが、しかしこの「イエバエ優越論」の原題が"The Supremacy of the House Fly"とあっては、自身の属する人種および異人種への揶揄を孕む「人種的優越論」のニュアンスが溶かし込まれているのではないかと推察するのは、あながち間違いではないだろう。というのも、まったく同じころ、トウェインは「蝿とロシア人」（"Flies and Russians,"一九〇四年）や「黄色い恐怖に関するたとえばなし」（"The Fable of the Yellow Terror,"一九〇五年）を執筆し、巨大存在をアメリカ人に、微小存在をロシア人や日本人にたとえるという露骨な方向へ踏み切っているからだ。「蝿とロシア人」では「ウサギと軟体動物と白痴と蜂を足せばロシア人ができあがる」というとんでもない方程式が披露されるし、「黄色い恐怖に関するたとえばなし」では「かつては蝶が蜂にいろいろ教えたものだが、そのあとはむしろ蜂によって蝶が脅かされる」ことの恐怖を、黄禍論にもはっきりと言及しながら語っているのである。編者フィシュキンは後者は第三部に収録しても前者を削除した理由のひとつを「ややぎこちなく冗長で、とりわけ完成度が高いわけでもない」ことに求めるが、作家のあまりにストレートな人種差別的言説をめぐる編集者的自己規制がなかったとは言えまい。

してみると、第三部に収められている「ベッシーちゃん神様を助ける」（一九〇八年）において、スズメバチ（wasp）が蜘蛛をいたぶり、蜘蛛がハエをいたぶって敬虔なキリスト教徒に仕立て上げていくという構図が、アメリカ合衆国多数派としてのWASP（白人《ホワイト》アングロサクソン・プロテスタント）への痛烈な風刺であることは、火を見るよりも明らかだ。もともと人間は倫理やら宗教やらを抱いているからこそ残虐になりうるのであり、動物にはもともとそんな心配はないということは、トウェインが代表的長編小説を含む少なからぬ作品で主張していることだが、とりわけこの小品においては、彼のメッセージがいつになくはっきりと前景化している。かくして編者フィシュキンは、こうした人種意識を隠し味にしながら、最終的には晩年のトウェインが深く加担することになる動物生体解剖への反対運動を強調する。とりわけ、アイルランドのフェミニストにして生体解剖反対運動家フランセス・パワー・コッブの自伝（一九〇四年）を一九〇七年に購入したトウェインは、そこでカトリック総本山であるローマ教皇庁がローマにおける動物生体解剖協会の設立を拒絶した事実を知るとともに、かねてからのキリスト教的な神への懐疑心を同書余白に書き込んでいる。

かくして、本書を通じて編者フィシュキンが訴えようとしたのは、おそらくは「戦争の祈り」へのこだわりと重なるだろう。九・一一同時多発テロ以後もなお戦争のやむことのない世界で、人間の同胞とも動物たちとも、われわれがこの惑星を共有しているのだという意識を深めること、これである。折しも『PMLA』二〇〇九年三月号の巻頭寄稿、マリアンヌ・デコーヴェンによる「いまなぜ動物か？」は、ポストヒューマニズムをめぐる研究が、今日では人間＝機械共生系のみならず人間＝動物共生系をも含むかたちで変容しつつあることを説く。そうした理論的文脈を視野に入れる限り、フィシュキンの本書もまた、アンソロジーという形式による新たな批評方法論の模索と見ることができる。

（慶応義塾大学）

◎書評

Robert E. Hirst ed. *Who Is Mark Twain?*

和栗　了
WAGURI Ryo

マーク・トウェインは自らの書いたものに対して強い意志を働かせた。それは自分が書いたものを遺したいとする執念とも言える強さを持つ意志であった。それゆえ彼の書いた手紙も、原稿も、未出版作品も、こんにち日の目を見ている。強烈な意志あるいは遺志と言ってよい。紙に何かを書くということが今日とは違う意味を持った時代だったのだろうと推測される。

ロバート・ハースト氏編集の作品集 *Who Is Mark Twain?* はマーク・トウェイン・プロジェクトに残るトウェインの原稿から二十四編を選び出して一冊にしたものである。ハースト氏がトウェインの強烈な執念を感じ取りながら編纂した作品集と言える。

この作品集に収められた二十四の作品の中には、一八六八年執筆のものから一九〇八年に書かれたものまで入っている。新聞記事もあれば講演原稿や文学批評に近いものもあり、そしてフィクションもある。つまり、この作品集は、執筆時期の点においても、その内容においても、多様なものを含んでいる。

さらにこの作品集の面白いところは、収録された二十四の作品が執筆年代順に配列されているわけでもなければ、内容別に作品がまとめられているのでもない。冒頭に「私が本を出版する時にはいつも」（“[Whenever I Am about to Publish a Book],” 一八八一年～八五年執筆、[　] は編集者が付けた題名を意味する）を配置し、最後に「アメリカの出版界」（“The American Press,” 一八八八年執筆）を置いた意図はある程度理解できる。一八八〇年代の出版事情と出版業界に関するトウェインの関心が *Who Is Mark Twain?* を貫くものだ、とハースト氏は言いたいに違いない。

だが、そこまでは理解できても、この作品集の中で「ジェイン・オースティン」（“Jane Austen,” 一九〇五年執筆）が「サタンとの会話」（“Conversation with Satan,” 一八九七年～九八年執筆）の直後にある理由は何か、筆者には不明である。何よりも選んだのが二十四作品という、その数にも合点がいかない。ハースト氏ならもっとたくさんの作品を選び入れることもできただろうし、もっと残っているはずだと勘繰りたくなる。

トウェインの未出版物そのものが、読者にこのような疑問を抱かせる。ハースト氏も序文に書いている通り、なぜトウェインはこれらの作品を出版しなかったのか、そしてトウェインはなぜ書いた物を遺したのか、大きな疑問である。出版しなかった、あるいは出来なかった作品をトウェインが遺した理由はある程度推測できる。ほぼ完成した作品に関しては、将来出版するかもしれないので手元にのこしたとも考えられる。だがトウェインが遺したものには草稿の草稿に近いものもたくさん含まれている。たいていの作家なら、ひとつの作品が出版された時点でその作品の草稿やメモの類は破棄するだろう。ところがトウェインは作品の草稿や手紙類も含め、書いたあらゆるものを意図的に遺そうとした。

この作品集に限れば、「葬儀屋の物語」(“The Undertaker's Tale,” 一八七七年執筆)や「雪掻き人達」(“The Snow-Shovelers,” 一八八六執筆)、「金庫内の喧嘩」(“The Quarrel in the Strong-Box,” 一八九七年執筆)などは、作品としても完成しているし、それぞれの年代で出版することで何か差し障りがあるとも考えにくい。それぞれの年代にそれぞれの作品をトウェインが出版すれば売れたと推測される。たとえ物議を醸したとしても、一八七六年に『トム・ソーヤの冒険』を出版した作家が書いたものであれば、物議も話題の一部になったであろう。そのような売れたであろう作品も意図的に未出版のまま遺された。謎である。

一方で、この作品集のいくつかの作品について、生前未出版にした理由を推測することができる。これもハースト氏の推測だが、一八六八年執筆の「私は免除特権の問題に立ち上がる」(“I Rise to a Question of Privilege”)は具体的に何人かの人物に遠慮したのだろうし、当時の自らの文名をもトウェインは考慮した上で、出版しなかったのだろう。また、「墓の特別免責」(“The Privilege of the Grave”)一九〇五年執筆)は、墓の中からトウェインが暴露するという体裁なのだから、生前出版は難しい。このように、二十四作品のいくつかについて、個別的に未出版の理由を推定することは可能だ。

では、この作品集の全二十四作品に共通する、生前未出版の理由は推定できるだろうか。トウェインがこれらを出版しなかった統一的な文化的検閲基準は存在したのだろうか。アメリカン・ヴィクトリアニズムや合衆国東部の伝統といわれるものが検閲基準として想定されるかも知れない。あるいは出版させなかった特定の個人名が挙がるのかも知れない。

だが、この作品集に一八六八年執筆のものも一九〇七年執筆の作品をも含めた時、編者ハースト氏にはひとつの信念があったに違いない。それは、文学者マーク・トウェインを創り上げたのはマーク・トウェイン本人であって、ウィリアム・ディーン・ハウエルズ(William Dean Howells, 一八三七年～一九二〇年)でもなければ、オリヴィア・クレメンズ(Olivia Clemens, 一八四五年～一九〇四年)でもない、という信念のはずだ。というのは、ハウエルズとトウェインとの親交が深まるのは一八七〇年代後半だし、一八六八年ではオリヴィアの「検閲」もほとんどなかったと考えられる。トウェインに影響や霊感を与えたものは多いし、妻オリヴィアは夫の書いた物を事前に読んでいたのも事実だ。それでも、トウェインはトウェイン独自の考えで作品を出版しないと判断したのである。言い換えれば、文学者マーク・トウェインの検閲・編集者はマーク・トウェイン自身だ、というのがハースト氏の信念だと解釈する。

ハースト氏の解釈するトウェインの検閲・編集基準とは何か、それは多様で豊かであるがゆえに判りにくい。この作品集を何度読んでもトウェインの一貫した理念や考えが浮かびあがらない。筆者の読み方が足りない所為もあるが、トウェインの未出版作品もとらえにくい。例えば、「アメリカの出版界」は、全体としては英国の文人マシュー・アーノルド(Matthew Arnold, 一八二二年～八八年)に対する感情的反発である。この作品の語り手は「人間にとって唯一本物で有益な政体は―専制国家だ」と書き、神の恩寵によって人間に与えられ神が監督する政体だと主張する。当然、専制国家や王制を批判することは神を冒涜することになる。語り手はそのような主張を作品の最初で展開しながら、後半では民主主義を肯定する。もともとアーノルドは、報道には礼節が必要だと言ったまでなのだが、それにしてもこの作品は支離滅裂なアーノルド批判だ。それでも多くのトウェイン読者は、この支離滅裂で感情的なアーノルド批判をトウェインらしいユーモアとして笑いながら読むだろう。アメリカ合衆国を嫌いながらも、それを批判する英国人には猛反発をする、どうしようもならないアメリカ人の矛盾した姿をトウェインは見事に描く。なお、この作品執筆の一年後の一八八九年に傑作『アーサー王宮のコネチカット・ヤンキー』が出版された。これら二つの作品が同じテーマであることは言うまでもない。

一方、「葬儀屋の物語」は透徹した作品である。トウェインはこの短編小説で善良な葬儀屋が犯してしまう不可知の悪意を描く。小村ハイズバーグ（Hydesburg）にやって来た家のない少年の「私」が葬儀屋一家に救われる話である。この貧しい葬儀屋の名前はカダバー（Cadaver）で、娘グレイスの婚約者ジョゼフ・パーカーの仕事が墓守、そしてカダバー氏が家産を抵当に入れて大量の墓地を購入、とくれば多くのトウェイン読者はほくそ笑む。何かを「隠す」（Hydes は hide）村の「（主に解剖用の人間の）死骸」（cadaver）一家が葬儀屋である。アレゴリカルな名前が作品の意図を明示している。死人が出ずに金を返せなかった葬儀屋一家が、町にコレラが蔓延することで一転して繁盛し、墓地も売れることになる。金を貸したマーロウ氏が納まった棺桶がグレイスとジョゼフの結婚式の行列を先導したところでこの話は終わる。購入した土地がテネシー州の土地でないところがいい。どんなに善良な人々でもその生活の背後に誰かを犠牲にしている可能性がある、という冷徹な真実が見事に作品化されている。やはりこの作品がなぜ生前に出版されなかったのか疑問だ。

書くということ、あるいは芸術活動というものがひとつの強い情念の発露だとすれば、トウェインは自らの情念を生前に公開しない場合があった。いま我々はやっとトウェインと同じくらいの執念をもって彼の意図的に隠された情念を読み解くことができる。隠した張本人はマーク・トウェイン自身だったのだ。ロバート・ハースト博士の労作である。この作品集によって従来のトウェイン評価が劇的に変わることはないとしても、少なくとも真面目にトウェインの作品を読んできた読者にとって、トウェインの豊かさを再認識させられる。編者ロバート・ハースト博士の四十年にわたるマーク・トウェイン・プロジェクトでの仕事は、トウェインの情念を感じ取ることだったのだ。我々のような英語のネイティヴでない者には感じ取れない部分をハースト氏が活字化してくれている。「活字化」などという簡単な言葉では表現できない時間と労力と霊感の積み重ねからしかできない仕事である。これまで姿を隠してきた検閲・編集者マーク・トウェインを読み解く作業は、ロバート・ハースト氏編集の *Who Is Mark Twain?* から始まるのだろう。

（京都光華女子大学）

◎書評

Loving, Jerome, *Mark Twain: The Adventures of Samuel L. Clemens.*

Berkeley: University of California Press, 2010.

武藤　脩二
MUTO Shuji

トウェイン没後百年を記念する二一世紀の伝記である。本文だけで四三二頁に及ぶ、まさに浩瀚な伝記である。過去の伝記、研究、新しい資料を網羅博策している。彼の人生の始まりから死に至るまであらゆる局面の微に入り細にわたっている。トウェインは人生も長く、行動範囲も広く、人間関係も多彩で、書いた作品も多いので、伝記も自ずと膨大なものになる。しかしこの大著はそれ自体大きな連峰の一つの峰なのである。ラヴィングによるその連峰を眺めてみれば、

Emily Dickinson: The Poet on the Second Story. Cambridge: Cambridge UP, 1986.

Lost in the Customhouse: Authorship in the American Renaissance. Iowa City: U of Iowa P, 1993.

Walt Whitman: The Song of Himself. Berkeley: U of California P, 1999.

The Last Titan: A Life of Theodore Dreiser. Berkeley: U of California P, 2005.

そして本書が続くのである。この連峰の基盤をなすのは *Lost in the Customhouse* で、副題が示すとおり、マシーセンの『アメリカン・ルネサンス』の継承である。ラヴィングの構想では一九世紀アメリカ文学全体がアメリカン・ルネサンスの範囲に収まる。アーヴィングに始まり、ドライサーの『シスター・キャリー』（まさしく一九〇〇年）までである。その前半はマシーセンのいうアメリカン・ルネサンスの作家たちで、後半はトウェイン、ドライサーのヴァーナキュラーないわばネイティヴな作家たちである。つまりラヴィングの立場はマシーセンの「ルネサンス」を一九世紀全般に拡大延長し、マシーセンを批判的に継承するものである。この構想のもとに、取り分けマシーセンでは省かれたディキンソンやドライサーを個別に取り上げ、そしてトウェインに至ったのである。

ラヴィングの姿勢はドライサー伝の序文と *Lost in the Customhouse* の序文によって理解できる。それは彼がポスト・ポストモダンの立場を自覚しているということである。それが二一世紀への転換期に、一九世紀文学を研究する立場なのであろう。ドライサー伝の序文でラヴィングは、これまでのドライサーの伝記は文学と無縁なゆがんだ事実主義、印象主義的な回想であり、さらに最近のものは社会的・政治的活動に力点を置いており、ドライサーを文学的というよりも文化的人物として見ている、と批判している。そしてラヴィングはドライサーの人生をその偉大な文学的達成というコンテクストに戻して、優れたストーリーテラーとしての伝記を書く、とその意図を述べている。

また *Lost in the Customhouse* の序文では、「二〇世紀の末期に、すべての文学的行為は〈政治的〉（あるいは〈イデオロギー的〉）であると強調するのは、すべての重要な文

学的行為は——エマソンの時代と一九世紀のほとんどの時代において含意されていたように——「宗教的」であるというのと同じく、説得力はなく立証不可能である」と自分の姿勢を明示している。作家を文学的コンテクストで語り直す時が来た、との「ポスト・ニューヒストリシズム」の立場である。文化的、政治的、イデオロギー的に偏したここ数十年の《文学》研究への文学的反動である。

その興味深いところをいくつか紹介すれば、たとえばトウェインのクーパー批判は、当時の東部の文壇がクーパーを高く評価していたこと、また作家の人気投票がしきりに行われていて、トウェインは低い評価しか与えられていなかったという背景から考えられる、という指摘である。どうやらトウェインのクーパー批判は、ユーモア作家としてしか評価されない不満から、リアリズム作家の立場からの批判であった。二〇世紀の初期まで、アメリカではイギリスの古典的作品に似ている作品が尊ばれるという状態が続いていた。クーパーはスコットに似ているが故に評価されていた。こうしたアメリカ・アカデミズムへの挑戦をトウェインは敢行したのであった。ヘミングウェイが「すべての現代アメリカ文学は『ハックルベリー・フィン』に由来する」と断じたのは、トウェインを新時代アメリカ文学の始まりとして認知したという意味で重要なのである。つまりヘミングウェイの言葉はクーパー、トウェイン、ヘミングウェイと繋がる、アメリカにおける文学趣味の変遷を確認して初めて理解可能なのである、ということを本書は暗示的に教えてくれる。

ラヴィングがホイットマンの伝記（これも本文四八一頁に及ぶ）を書いたことの成果といえるものがトウェインの伝記に生かされている。トウェインがイギリスで講演旅行をしたときの同伴者チャールズ・ウォレン・ストッダードはホモであった。一八六〇年代、ハワイでネイティヴとの解放的性体験からという。そのストッダードはホイットマンの「カラマス」にその種の臭いを嗅ぎつけて、詩人にそのことをしつっこく問い質した。トウェイン自身もストッダードがホモであることを感づいていたが、とくに咎めることはしなかった。「トウェインもまたネヴァダとハワイで逸脱した性行為——ホモのではなかったとしても——の個人的な過去があったからであろう」と推測している。極西部とハワイがアメリカ人の性的解放区となっていたことを明かしている。実はラヴィングのホイットマン伝ではこのストッダードは登場しないのだが、彼のホイットマン研究の興味深い余滴であろう。

ラヴィングは結論でおよそ次のように書いている。「彼の一世紀後の名声は、アメリカのどの作家よりも大きいだろう。また世界の舞台においても同じように卓越しているだろう。…彼はアメリカン・ユーモアの長きにわたる歴史のクライマックスである。…このようなアメリカの後背地の小さな町では〈ストレンジャー〉はつねに、少なくとも最初はミステリアスであり、時にトリックスターである。…しかし人間はつねにストレンジャーの餌食になる。貪欲が人間の組織に深く染み込んでいるからである。…トウェインのすべてのフィクションで、われわれにアピールするものは恐ろしくもあり可笑しくもある——それは偽装を剥がれた人間性であり、偽装ゆえに嘲笑される人間性だからである。…悲劇として始まるものは十分時間がたてば滑稽になる。距離を置いてみれば滑稽なものも近くによれば悲劇的になる。それが人間の条件の運命だからである。」これは一世紀という十分な時間がたったときに見たトウェインの本質であることは間違いなく、納得のいく結論である。

しかし没後一世紀の間にトウェインは続く作家たちの間で如何に生きたのか、死んだのか。その点ではこの伝記は物足りない。トウェイン以後の作家で取り上げられているのは、フォークナー、ヘミングウェイ、フィツジェラルド、サリンジャー、テネシー・ウィリアムズ、ジョン・バースぐらいである。フォークナー、ヘミングウェイ、フィツジェラルドがらみでは、酒との関わりにおいてであり、バース関連では、『ミステリアス・ストレンジャー』の最期の版のある部分は見事に怪奇的であり、「たとえばジョン・バースの小説でみられるようなポストモダンのファンタジーを先取りしている」と卓見を述べている。しかしそこまでで、何故、如何に、は問いつめない。ここからポストモダンのファンタジー論を始め、トウェインの先駆性を再評価してもよかったのに。二〇世紀の文学におけるトウェインの運命について（「結論」ででも）もっと書いてほしかった。

テネシー・ウィリアムズに関連して、「トウェインの世界にあっては、他のさまざまなストレンジャー——みな河の流域の出であるが——が存在し、彼が出会うあらゆる種類の人間の原型を提供しているのである」と述べる。しかしラヴィングは河の流域以外の「他のさまざまなストレンジャー」には触れない。ストレンジャーを悪魔に仕立てることはポーの「鐘楼の悪魔」に前例が見られた。清教徒の村のグッドマン・ブラウンは悪魔の企みによってストレンジャーとなっていた。ストレンジャーが少年になり、悪魔の所業にイノセンスが合体したとき、悪魔としてのストレンジャーのテーマは消滅する。トウェイン以降、ストレンジャーは疎外のエトランジェへと変貌する。『荒地』には互いにストレンジャーである夫婦や「恋人」たちが満ちている。そしてカミュの『異邦人《エトランジェ》』へと至る。トウェインはまさしくポーとエリオットの中間に位置する。このような点も文学的伝記の一部ではないだろうか。

それにしても分厚すぎるという印象を残すのがアメリカ人によるアメリカ作家の伝記の常である。ほとんどが網羅主義で、情報を検索探索するうえでは有益であるが、伝記「文学」としては薄味である。それは人間分析の鋭さ、人生観の深さが足らないからであろうか。ポストモダンの麻薬に中毒している人々はこの伝記を読んで禁断症状に陥るかもしれない。

（中央大学名誉教授）

◎書評

Trombley, Laura Skandera. *Mark Twain's Other Woman: The Hidden Story of His Final Years.*

New York: Knopf, 2010.

本合 陽
HONGO Akira

まずは本書のタイトル、『マーク・トウェインの別の女性—晩年の隠された物語—』にある「別の女性」という言葉に注目しよう。トロンブリーは *Mark Twain in the Company of Women* (1994) の著者である。一九九四年の本ではトウェインと交友のあった女性作家、妻のオリヴィアとオリヴィアの知り合いのフェミニストたち、それから三人の娘などを扱い、作家トウェインの人生に果たした女性の存在の大きさを論じている。一方、『マーク・トウェインの別の女性』では、前の本では扱うことのなかった「別の女性」を中心にすえている。タイトルはそのことを意味している。その女性とは誰か。

「前の本を出版した後、トウェインの晩年にはまだ発見されないままになっているものがたくさんあるという気持ちがずっと消えずに残っていました」(xiv) とトロンブリーは書く。というのも、浮かび上がってくる疑問があるというのだ。晩年のトウェインの気分が「辛辣」なのはなぜか、娘と疎遠になったのはなぜか、なぜあのように「奇妙きてれつな」「アッシュクロフト・ライアン原稿」なるものが書かれたのか (xiv)。鍵を握るのがアルバート・ビゲロー・ペインの「膨大な三巻本の著作」(xv) がほんの一言しか言及していない女性、「別の女性」であるイザベル・ヴァン・クリーク・ライアンなのである。トロンブリーは「イザベルの書きなぐったものには何か尋常ではないものがある」と思い (xvi)、アメリカの各地に点在するイザベルが書き残したものを、イザベル自身による編集過程を含め精査する。結果として見えてきたのは、自分の内面を守るために本当に思っていたことをぼかそうとしているイザベルの態度だった (xvi)。というのも、「イザベルはあまりにクレメンズ家の秘密とかかわっていたために、彼女の口を永遠に封じておく必要があるとトウェインと娘クララが考えたからだ」(xvi)。トウェインの人生において「謎の女」(xv) と思えた女性は、実はクレメンズ家の秘密を知る女性だったのであり、イザベルの実像に迫ることから晩年のクレメンズ家の秘密、そして晩年のトウェインの書いたテクストの秘密が見えてくるというのが、本書の趣向である。

この本の書評に際し気になる本があった。トウェインの「晩年」という文言を、副題に共通にもつ Karen Lystra の *Dangerous Intimacy: The Untold Story of Mark Twain's Final Years* (2004) だ。トウェインの晩年を描き出す伝記的な研究は Hamlin Hill の *Mark Twain: God's Fool* (1973) に遡るだろうか。ヒルの研究が「イザベル・V・ライアンの日記」や「アッシュクロフト・ライアン原稿」などに基づき晩年のトウェイン像を再考するものであり、リストラの評伝はトウェインの末娘、ジーンの日記を加え晩年のトウェイン像を考察するが、二人は全く異なる結論を導いているらしい。実はトロンブリー自身がリストラの著書を *American Literary Realism* (Winter 2007) で書評している。ヒルなどトウェインの晩年に「悲観主義と絶望」を見る先行研究とは異なり、晩年になってもトウェインは「楽観主義」を保っていたとリストラは結論づけると、トロンブリーは指摘している。Barbara Schmidt の書評によれば、リストラの著作は「ハムリン・ヒルが『神の道化』を書いて以来、トウェインの人生のこの時期を扱う最も重要な研究」という位置づけとなるそうだが、それならば『マーク・トウェインの他の女』は、まさにその路線上に位置づけられるべき著書である。しかしトロンブリーは正面からの激突を避けたのだと思われる。著書において先行研究との関係を位置づけようとはしないのだ。

『マーク・トウェインの他の女』には長いエピローグがついていて、トウェインの死後の様々な問題を紹介する。その過程でペインの伝記の問題点が指摘され、ペイン後の "the Twain Corporation" や "the Twain Papers" との関連で、ヴァン・ワイク・ブルックスやバーナード・デヴォート、ヘンリー・ナッシュ・スミスなどの伝記が紹介されるが、晩年のトウェインを扱う最近の伝記的研究には本文中、全く触れることがない。参考文献一覧をつけず、インデックスにも研究書執筆者を含めないスタイルを取っているため、伝記スタイルによく使う形式で書かれた注を見て、初めて二人の研究にも言及していることがかろうじて発見できるのだ。トロンブリーのとった体裁には意図があるだろう。

本書の書き出しはこうだ。「マーク・トウェインの人生において永遠の謎は彼の人生の最後の時期、一九〇〇年から一九一〇年の出来事に関わっている」(xiii)。その後に続く一文に、「無数の伝記が出版されたが、トウェインの晩年に何が起こったのか、個人的にも作家としての職業の上でも、彼の経験したことがどのような影響を彼に与えたのか、その点を正確に確認できた者はいない」(xiii) と書いている。トウェインの晩年の「謎」を解くのは本書であり、リストラの伝記を、いわば出版された「無数の伝記」の一冊として片付けているわけだ。正面切って批判するスタイルをトロンブリーは取らなかったが、読み終わると、なぜそういったスタイルを取ったのか、わかる気もしてくる。本書を支える自信の源は、歴史認識の方法に対するトロンブリーの問題提起でもあるのだろう。

「アッシュクロフト・ライアン原稿」のみを根拠に、リストラはイザベルを「巧みな策士」とみなしているとトロンブリーは書評で指摘し、トウェインが書いたものだけで判断する態度に大きな疑問符をつけている。その上で、「関係のある人びとによって書かれたいくつかの競合する記述が現存しており、そのために、自分は『謎を追跡している』と思っている物書きにとって、自分が扱う事実を集め提示することに関し、徹底的に用意周到であることがきわめて重要なのだ。私の場合は探偵がとる演繹的な過程でもってその謎を解決しようと仕事を始めている」と書いている。そのような批判をする以上、トロンブリーはイザベルの残したあらゆる記録を検討しようとする。ウェブスター夫妻によって整理された原稿はもとより、イザベル自身の手書き原稿にあたる。編集作業の過程でイザベルが鉛筆で線を引き消した箇所の、元の文字を読み取り、修正によって生じる違いに注目する。「現存」している「競合する記述」を扱う以上、「事実を集め提示することに関し、徹底的に用意周到」であろうとする姿勢が鮮明だ。「一六年」かかったとあとがきに記しているが、それも仕方がないと思える労作である。

　本書は、イザベルの人物像形成にかかわるトウェインのテクストや娘たちの手紙、それに手記などをあわせ、書かれた文脈に再配置し、イザベルの人物像を構築していく。イザベルと出会うまでのトウェインの人生を大急ぎでおさらいした後、二十八才年上のトウェインと出会うまでのイザベルの人生の紹介から始め、出会った当時のイザベルを「今日、『新しい女』として記憶されている新たな労働者階級」(10)を代表すると述べる。イザベルは後にラルフ・W・アッシュクロフトと結婚し、この結婚がトウェインとイザベルとの関係を難しいものにする大きな要因となったのだが、後に離婚。晩年はニューヨークに戻り、一緒に住もうと言ってくれる親族の願いを拒み、グリニッジ・ヴィレッジで一人暮らしをしている。その姿をトロンブリーは「断固として自立している」(256)と描写する。*Mark Twain Tonight*という一人芝居の上演を一九五七年に開始したHal Holbrookは、上演に向け準備をする過程でイザベルに取材を申し込み、トウェインのイントネーションや言動上の特徴を教わるが、彼もイザベルは「わくわくさせるような意味で、自立している」(260)女性であったと証言していることをトロンブリーは紹介する。多くのトウェインを知る人物と話したホルブルックは、「イザベルほどトウェインをわかっている人はいないし、彼女ほど深く理解している人はいない」(261)と証言している。トロンブリーはそういった人物としてイザベルの姿を描き出す。

　トロンブリーは序論の最後に、本書の内容はトウェインの、「アメリカ文学の偶像の一人として地位を確立した、上品で愛想の良いイメージとは真っ向から対立する」(xvii)と予告している。「アッシュクロフト・ライアン原稿」が書かれなければならなかった理由を詳細な裏付けに基づいて説明していくが、それを読めば、父の失敗をいわばトラウマとして内面化してしまったトウェインが、娘たちともども失敗者としての烙印を押されることをいかに怯えていたのかが見えてくる。その意味で本書が偶像破壊的であるのは確かだ。しかし晩年のトウェインが、人生においても創作においても「悲観主義と絶望」へ向かわざるを得なかったと考える根拠となる事情を、本書を読むものは深く理解するに違いない。

　決して長い著書ではない。しかし、実証的であろうとするあまりだろうか、リズムに乗れないときがある。また、多少、強引な印象を受けるところもあった。イザベルがトウェインと同居するのを気にする娘のクララに対し、イザベルは「使い古した室内履き」(43)なので気にすることはないとトウェインは言ったそうだが、そういった態度をとるトウェインに対するイザベルの愛情に、性的なものを含めた欲望があったと見ようとするところで気になる記述もあった。しかし、読み終わって見ると、イザベルが晩年のトウェインに、「個人的にも作家としての職業の上でも」大きな影響を与えることになったことが、一読者として深く納得できたと言っておきたい。

（東京女子大学）

◎書評

飯塚英一『若き日のアメリカの肖像―トウェイン、カーネギー、エジソンの生きた時代』（彩流社、二〇一〇年）

秋元孝文
AKIMOTO Takafumi

歴史を語るのは難しい、と想像する。広範な知識、綿密なリサーチが必要なのはもちろんだが、それ以上に大変だと思うのはやはり、過ぎ去った時間に堆積する膨大な事実の中から何を語るべき事柄として取捨選択するのかという判断の困難さ、そしてその選択した事実をただ並べるのではなく流れのあるストーリーとして紡ぎあげる語りの力量が問われるからであろう。事実を羅列するだけでは歴史にならない。

ヘイドン・ホワイトがかつて言ったように「現実の出来事が語る、自ら語るなどということは起きえようはずがない」のであり、だからこそそこには語る誰かが含意され、そして歴史は物語（ナラティヴ）とならざるをえない。「客観的な歴史」というのはありえず、不可避的に語る者のフィルターを通した言説として紡がれることとなる。それでもやはり歴史記述は客観性を装うことを要求されており、だから事実同士のつながりに因果関係を見出して語って見せる必要がある一方で、その因果関係に拘泥しすぎるとその記述は客観性を失ってしまうため、歴史を語るというのはおそろしくデリケートな作業ではないかと思われるのである。

「金メッキ時代」というアメリカ史の中でも特に波乱と起伏に富んだ時代を扱った本書を一読してまっさきに想像したのはそういう歴史を語ることの困難さであり、と同時に著者の飯塚氏がそういった困難をやすやすと飛び越えているかのような印象に大いに感銘を受けた。なにしろ読みやすくわかりやすい。物語としての歴史への読者の欲求を満足させる語りを展開しつつ、話の流れが偏ることがない。

南北戦争の終結から一八九〇年ころまでの約三〇年間、アメリカ社会は未曽有の変動を経験する。経済が発展し、鉄道などの輸送手段の発達に伴い社会が変容した時代。投機熱が高まり、現在まで名を知られるような桁外れの富豪が誕生し、その一方で貧困が広まり、企業の腐敗や労働争議が頻発した時代。その「金メッキ時代」を語るにあたって本書が読み手の関心をうまく引きつけている要因を具体的に挙げるなら、その一つは、事件や出来事よりも人物を中心に据えて語っている点であろう。

金メッキ時代に到る前史はリンカーン、ストウ夫人、グラント将軍を軸に紹介され、第二章は投資家ジェイ・グールドと彼によって引き起こされた金相場の暴落に端を発する一八六九年の「暗黒の金曜日」を背景に、名声と破産という似通った生涯を送った友人同士であるトウェインとグラント将軍について書かれる。第三章では『ぼろ着のディック』で知られる児童小説作家ホレイショ・アルジャーと、アルジャー流の「ぼろ着から金持ちへ」を地でいった「鉄鋼王」アンドルー・カーネギーについて紹介される。

いずれの人物も誰もが一度は名前を耳にしたことがある著名人ではあるが、彼らがこのように同じ時代を背景に活躍している様子が綴られ、そしてその人生が交錯していくさまが描かれる時、「金メッキ時代」は我々読者の前に生き生きと立体的に浮かび上がってくる。

こうして並べてみてもよくわかるが、金メッキ時代は興味深い登場人物に満ちている。桁外れな時代だけに、桁外れな人生を送った人が目につくのは当然と言えば当然ではあるが、そのスケールにはやはり圧倒される。そもそも本誌読者諸兄の共通の関心であるトウェインじたい、作品もさることながらその波乱に満ちた投機と破産と復活の実人生が大いに人々の興味をひきつけてやまないのであるが、本書に登場する人物たちの中ではそのトウェインでさえ比類なき人生を送った人物とは言い難く思えてくる。

たとえば本書の中でも、第四章「泥棒貴族列伝」で描かれるのは「鉄道王」コーネリアス・ヴァンダービルト、U・S・スティールのJ・P・モルガン、「石油王」ジョン・D・ロックフェラーであり、この三人がそれぞれ生涯に稼いだ資産だけでも桁外れであるが、その三人が同じ時代に生き、しのぎを削っていたという事実からもこの時代のスケール感は読みとれよう。まさに現在のグローバリゼーションまで続く資本主義的独占の象徴ともいえる企業家たちが誕生したのが金メッキ時代であり、その意味でこの時代は現在のアメリカのみならず現在の世界の資本主義社会のあり方を形成した時代と言えよう。

その一方で金メッキ時代は現在の世界の土台となるテクノロジーが開花した時代でもある。

発明と特許の争いについて書かれた第五章では直流・交流戦争で対立したトマス・エジソンとニコラ・テスラ、および電話の発明者として知られるグラハム・ベルについて書かれている。エジソンが単なる発明家ではなく、メディアを利用して巧みに宣伝をし、ライバルのテスラが唱導する交流電気を電気椅子処刑と結び付けたように、ときとして卑劣な手段を用いてでも商売敵を蹴落とす冷徹な企業家の一面も持っていたことは最近よく知られることであるが、本書でも神話化されたエジソンの偉人伝にとどまらない側面が描かれる。またそれと同時に、エジソンに匹敵する天才でありながら現在の歴史的評価においてはエジソンほどの名声を勝ち得ていないニコラ・テスラとその奇人ぶりにも紙幅が割かれている。テスラに関しては、たとえばポール・オースターの『ムーン・パレス』でも晩年自分で作った紙幣を使おうとしたという奇行のエピソードが書かれており、多くの偉人伝によっていわば神話化されたエジソンと、奇行の天才テスラとの対比は興味深い。

このように本書は金メッキ時代を語るにあたってこの時代を象徴するような人物たちの生涯を追うことで立体的にこの時代を再現することに成功しているのであるが、こういった「人物」に密着する手法が成功しているのは単に彼らが興味深い人物であるからだけではあるまい。むしろその人物たちを見つめる書き手のまなざしが読者の共感を誘っている。それは冒頭に述べたような歴史記述が装わざるを得ない「客観性」から語り手の意識が横溢する個所ではあるのだが、しかしわれわれが物語に求めるのはまさにこういう個所であろう。

たとえば前述の第四章、大企業家たちを取り上げた章で、著者は彼らの企業家としての足跡を追うだけではなく、その生い立ち、そして晩年、死後に到るまでを見つめている。いわば金儲けを極めた三人の生涯の帰結がどうなったのか、稼いだ金をどのように処分したのか。

　カーネギーのカーネギー・ホールや、E・L・ドクトロウの『ラグタイム』で爆破の標的になったJ・P・モルガンのモルガン・ライブラリーなど、この時代の大企業家たちはあたかも贖罪のように稼いだ金を文化事業や慈善に寄付した。飯塚氏はそういった彼らの没後の資産の行方までを丹念に追う。そのなかでも、資産を子孫に残さず社会に還元したいという言葉の通りに寄付や慈善行為に使い自分一代限りで終わらせたカーネギーや、財団を作ってシカゴ大学をはじめとする教育機関の設立に貢献し、寄付した後その機関の運営に口出しをしなかったロックフェラーについてはその功績を正当に評価している。氏のこういった姿勢に読者は共感することだろう。

　そして、このときどき見られる客観性からの横溢こそが本書の最大の特徴であり、文学と歴史の交わる豊かな場所なのではないだろうか。

　また、ところどころで日本の事情との比較がなされるのも興味深い。たとえばアルジャーについて書かれた章で、太平洋戦争前に同じように立身出世の物語がわが国でも一時的に流行したとして佐藤紅緑のことが紹介され、さらに同じ立身出世物語でありながら学歴信仰の有無といった違いも指摘されている。本書はあくまで金メッキ時代のアメリカについての本ゆえ、このあたりの突っ込んだ議論がなされないのはいたしかたないのだが、本書のような歴史書ではない場所で、こういった発想をより深化させた比較文化論として読んでみたいと願う読者は私だけではあるまい。今後そういった方面での活躍も期待できるアイディアが散見されるのも収穫である。だから次は歴史記述が強要する客観性に拘束されない場所での氏の議論を楽しみにしたい。

　金メッキ時代について概観するにあたってさしあたり読むべき本として本書は最適である。個々の事象や人物ではなく、この途方もない時代について大きな流れを一冊でつかめる本というのは日本語ではこれまでなかった。金メッキ時代の歴史的・文化的コンテクストを学びたい学生にはまず本書を読むようすすめればよいし、私のようなこの時代に新しく興味を持ち始めた研究者にとっても、その入り口として非常に有益な一冊である。このようなすぐれた概説書が生まれたことに感謝したい。

（甲南大学）

◎書評

チャールズ・H・ゴールド著　柿沼孝子訳
『マーク・トウェインの投機と文学』
（彩流社　二〇〇九年）

三石庸子
MITSUISHI Yoko

本書は二〇〇三年に出版された *"Hatching Ruin," or Mark Twain's Bankruptcy* の翻訳である。原著については、翻訳者の柿沼孝子氏が本協会の会誌第四号（二〇〇五年）に書評を書かれている。「訳者あとがき」を読むと、本書の出版はこの書評がきっかけとなって実現したらしい。日本マーク・トウェイン協会の活動が一つの推進力となって、日本のトウェイン研究を発展させていることが実感できる、嬉しいエピソードである。実際、本書の出版は日本のマーク・トウェイン研究の発展を示す、画期的な出来事であるといえる。少なくとも私の知るかぎりでは、本書は海外のトウェイン単独の研究書の初めての翻訳であるからである。

トウェインの代表作は早くから日本で翻訳されており、現在ではほとんどの作品を日本語で読むことができる。書簡集としても、一部であるが、ディクスン・ウェクタ編著の『マーク・トウェインのラヴレター』が中川慶子・宮本光子両氏の訳で一九九九年に出版されている。これらの翻訳によって読者層が広がったことは確実であり、さらに、研究書の翻訳出版によって、トウェインへの関心が広がるだけではなく、一段と深まるきっかけとなることが期待される。

学生にとって研究書の翻訳が有用なことは間違いないが、数多いトウェイン論の中から訳者がこのゴールドの著書を選んだのは、ただ単に、本書の出版以前には「特にトウェインの破産を取り上げ、それをテーマとして深く掘り下げた研究は出版されていない」というだけの理由ではない。「訳者あとがき」を読むと、作家トウェインに関する「投機と文学」のテーマを考察した本書が、現代の日本人一般にとって有益な洞察を含んでいると判断したためであるとされている。訳者は、「今日、アメリカを中心として発生した世界的金融危機、経済危機の中において私たちが、この翻訳を通じて、複雑な社会状況の変化による精神的葛藤からの克服、および自由市場経済再考への糸口を掴むことができればよいと願っている」と述べている。

経済不況の中で、真面目に苦闘しながらも金銭的な成果をあげることができず、他人への信頼感を失い、人としてのモラルを失いかねない状況が、現在の日本社会には確かにあるように思われる。こうした状況下の人びとにとって、「経済恐慌の下での金銭による人間関係の破綻、さらには家族間の精神的緊張に直面し、その結果、身動き出来ない自己にきづいたのである」（「訳者あとがき」）と解説されるような、トウェインの身の上は、共感をさそう啓発的な分析として、読むことができる。トウェインは起業家としての成功の夢を打ち砕いたペイジとウェブスターに、非難と怒りをぶつけた。そしてとくに義理の甥という身近な親族関係にあったウェブスターは、軽蔑や憎悪が複雑にまとわりついたために、生涯トウェインの憎しみに満ちた批判の対象となった。

「訳者あとがき」からさらに引用すると、トウェインの破産は「主として一八九三年の恐慌に起因している」のであり、「多くの企業が潰れ幾つもの銀行が破綻し、その余波で、トウェインの出版社は倒産し植字機への投資を停止せざるを得なかった。こういう事実を、今日、多数の企業が倒産している世界的不況と関連づけて考えると、何かしら問題点が浮かび上がってくるであろう」と解説されている。私の場合本書を通して、とくに出版社の置かれた状況について、現代との共通点を考えさせられた。トウェインが関わった印刷と出版業は、今でも経営がむずかしい業種である。印刷は活版、オフセット、コンピュータなど急速に変化を遂げており、また最近は紙媒体の本に代わり電子書籍が現れてきた。時代の変化に適応していかなければ、生き残れない厳しい状況である。本書は、柿沼氏も書評で述べているように、ウェブスター出版社が予約購読出版制という販売制度が時代遅れになってきていたにもかかわらず、その方式を取り続けたことを破綻の一つの要因として、取り上げている。「鉄道のような輸送網が発達するにつれ、行商の注文取りの必要性は徐々になくなっていった。多くの人が書店に行くようになり、一八八〇年代末には予約購読出版業は衰退の一途をたどった。だが、ウェブスター出版社は一八九四年に倒産するまで、頑としてこの方法に執着した」（本書四五–四六）。

トウェインのように、自分は執筆業という仕事に取り組みながら、出版社を経営し、それも自分の意思に従って運営するというのであれば、急速な時代の変化に対応していけないことは、ほとんど自明であろう。使用人による不正な持ち出しとか、経営の不手際とか、他人に会社を任せることによって生じる問題点もあるだろうが、それ以前に、兼業的にビジネスに手を出しても成功することは望めないのではないかと、本書を読みながら考えさせられた。出版社の経営不振に対してウェブスターにどれほどの責任があったのか、トウェインの批判はどれほど妥当なのかという問題に関しては、本書に詳述された数字や仕事に関する事実関係や手紙の内容などからも、まだはっきりとしないという印象が残った。だが、本書を読んでトウェインが破産に追い込まれた過程が、決してウェブスターのせいだけではなかったということは納得できた。出版社の経営を任せられながら、ほかに私用といえる個人的な依頼とか、ペイジの植字機その他の発明に関するビジネスなども押し付けられたウェブスターに、同情を感じた。トウェインが成果のあがらないペイジの植字機への投資を早々に打ち切れなかったのは、投資対象としての可能性だけでなく、魔法のような印刷技術への憧れが重ねられていたからであったと思う。その夢に賭けてすべてを失っても、それはトウェインらしい敗北といえないだろうか。救貧院で亡くなったペイジも悔いは残らなかったと思うが、トウェインの夢にかかわって三九歳で汚名を着て亡くなったウェブスターは、三人の中でもっとも苦難を蒙ったように思う。

すでに柿沼氏の書評があるので本書の内容については詳しく述べないが、トウェイン研究の批評史における本書の役割について、著者の述べていることを最後にまとめておきたい。本書は『アーサー王宮廷のコネティカット・ヤンキー』の作品論ということもでき、一八八四年から八九年まで断続的に執筆されたこの作品を、書かれた当時の伝記的な事実から解明しようという試みでもある。先に述べたように、伝記的事実としては、未発表の書簡とノートブックを新たな証拠としながら、おもに義理の甥であるチャールズ・L・ウェブスターとトウェインの関係に焦点を当てている。こうしたビジネス上の関係に注目した先行研究として、著者はハムリン・ヒルによる『トウェインとブリス』（一九六四）および『マーク・トウェインの出版社への書簡集』（一九六七）、ジャスティン・カプランの『クレメンズ氏とマーク・トウェイン』（一九六六）を挙げて、それらの研究を評価している。そして最後に、ウェブスターを「広範囲にわたって扱って」いる最初の試みであるとして、アンドルー・ホフマンの『インベンティング・マーク・トウェイン』（一九九七）を挙げている。このホフマンの著書について、著者は「ホフマンは結論において完全に誤っている」と述べて、ウェブスターを泥棒と捉えるホフマンに対して、反対にウェブスターを弁護する自分の立場を強調している。こうしたウェブスター擁護派の系列としては、トウェインのウェブスター非難をそのまま取り上げたペイン編集による最初の自叙伝に対して、デ・ヴォウトウが新たに資料を追加して出した自叙伝、『爆発の中のマーク・トウェイン』（一九四〇）と、ウェブスターの息子サミュエル・ウェブスターが父への評価に反駁した著作である『ビジネスマン、マーク・トウェイン』（一九四六）を挙げており、自分の著作をそれらに継ぐものと位置づけている。

翻訳では、訳注のほかに、「本書に登場するトウェインと関わりのあった主な人物（一八八〇年代頃）の一覧と、「マーク・トウェインの事業略年譜」が付け加えられていて、さらに有効な資料となるように工夫がなされている。作風に大きな変化が見いだせる時期のトウェインを詳しく知る上で、本翻訳書は心強い助けである。

出版業界の不振の現状にあっても本書が多くの読者を獲得し、今後のトウェイン研究書の翻訳出版へとさらに進んでいくことを望みたい。

（東洋大学）

那須頼雅先生を偲んで

和栗　了

二〇一〇年九月、那須頼雅先生がこの世を去られた。今は天国でトウェインと談笑しておられる。

トウェイン「ナスさん、あんたは私をだしにしてよくまあ飲みましたなぁ」

那須頼雅「トウェインさん、そうなんですわ、有難いことで。人の分まで飲みました。わっはっは」

ト「それで私の文学の神髄は解ってもらえましたか」

那「いやぁ、それが解ったら一生飲み続けられませんわ」

ト「そうでしたなぁ、わっはっは」

いつも先頭を走っておられた那須先生がまた先に行かれた。心よりご冥福をお祈りする。

二〇一〇年度第十四回大会報告

ありがとうございました

二〇一〇年はトウェイン没後百周年に当たり、私たち日本マーク・トウェイン協会では、その年の第一四回年次大会（十月七日、慶應義塾大学日吉キャンパス）に、The Mark Twain Project and Papersよりロバート・ハースト先生をお迎えして、記念講演および先生を囲む四人の発題者と一人のコメンテーターから成るフォーラムを開催しました。講演とフォーラムの詳細は本誌第一〇号に特集してあるとおりですが、多数の参加者と熱気につつまれた大会でした。

この成功を裏で支えた財政的支援につき、以下にお名前を挙げて感謝の意を表したいと思います。まず会員の皆様には平素の協会費とは別に特別な支援をお願いしたところ、二九名の方から二一万六九〇〇円のご寄付をいただきました。また、大会会場である慶應義塾大学からは「小泉信三記念慶應義塾学事振興基金による平成二二年度外国人学者招聘補助金」九万二五〇〇円をいただきました。そして、財団法人アメリカ研究振興会からは「第一四回年次大会ロバート・H・ハースト博士招聘費用」二〇万円をいただきました。この紙面を借りて、あらためて厚くお礼申しあげます。

日本マーク・トウェイン協会
会長　市川　博彬

二〇一一年度第十五回大会予告

日時　二〇一一年一〇月七日（金）
一三時三〇分（予定）
場所　近畿大学本部キャンパス
（Eキャンパス）
BLOSSOM CAFFE 3階
他目的ホール

❶ワーク・ショップ

マーク・トウェインの『自伝』第一巻

司会　三石庸子
パネリスト　水野敦子（三陽女子短期大学）
金谷良夫（神奈川大学）
野川浩美（明治大学〈非〉）
鈴木孝（日本大学）
浜本隆三（徳島文理大学）

❷シンポジウム

アメリカ文学と自伝

司会・講師　巽孝之（慶応義塾大学）
講師　渡辺利雄（東京大学名誉教授）
講師　若島正（京都大学）
講師　松永京子（神戸市外国語大学）

◎読者の声『マーク・トウェイン　研究と批評』第8号　合評

トウェイン研究と成果の実況中継

須藤彩子

『研究と批評』第九号は、トウェイン研究のさまざまな現場を生き生きと描き、その成果を惜しげもなく披露している。

「ミシシッピ川が、東西に『渡る』川から、北から南へ『下る』川へ変容し…その『南下』は一種の禁忌と化し、逆説的に…繰り返さなくてはおられない衝動的な欲望の対象ともなる」。

中央部、後藤先生の論文である。ハックも『行け、モーセ』のアイクも「南」に回帰するベクトルを持つが、その意味するところは両義的である、と詳論する。

その前を見て、また、驚く。クレメンズ没後百周年記念の国際会議に「日本からは一二名［も］の参加者が有り、九名［も］のかたが発表された」という。トウェインが死体解剖にトラウマ的にこだわっていたことや、彼の作品が同時代の教室でどう取りあげられてきたかなど、刺激的なテーマが並んでいる。

シンポジウムの紀要もある。四人の先生の講演録を贅沢にもまとめて読める。基底をなすのは「示すもの」と「示されるもの」の記号論的関係を前提にした問題提起である。資本主義のもと、「名前」や「サイン」や「不換紙幣」などの記号の物理的かたちとそれが示すもの・示すはずのものが、果てしなく、ずれてしまうことについて。「広告」は金のために意識的にこのずらしを行い、「トウェイン文学には広告と通底する要素がそこかしこに散見される」（宇沢先生）。本質や実体は関係なくなり、虚像が増殖し、高騰し、人間を疎外していく。

一方で折島先生は、あえて、トウェインは二元論だと論じる。物の世界と心の世界とを明確に区別する二元論に支えられてこそ、「想像されたにすぎないモノなのに、四四号は想像する者でもあって」、創造的な心の世界へ「飛び移る」ことができるのだと。「話が収拾されない感じ」は残るにしても。

ほかにも自由論文、特別講演記録、書評、エッセイ等々が豊かに盛り込まれ、あふれ出さんばかりだ。まさにトウェイン研究の実況中継である。

（中央大学・非常勤講師）

トウェインのキ・マジメな洪笑

小池美佐子

この辺りの者にあらず、第九号「マーク・トウェインと資本主義」特集に釣られて迷い込みし流れ者でござる。某、今はアメリカ演劇研究の軒を借りる身なれども、半世紀ほどの昔、米大学院演習にて『イノセンツ・アブロード』初出版時の受容のさまを新聞・雑誌記事から探れ」との課題を得て、ググれる時代以前のこと、図書館を駆け巡り候。聖地に繰り出したるご一行様に大笑いし、クラス唯一の黄色人たる我が身への歯軋りもあり、毒を仕込みしトウェインのホラ話に身悶えし。旧世界に向かいしアメリカの、めでたきコンプレックスと自負に、覚束なき英語で体当たり致した次第。突然に第九号のページから立ち昇ったのでござる（エッヘンと咳払い一つ）。

周到に企画／掲載されている、多彩で趣向を凝らした各論文・書評・エッセイに言及できないのは残念だが、一つだけ例を挙げるなら、日・中・英の言語／文化を跨いでの、中国からの学徒、梁艶による緻密な研究に目を洗われる思いがした。そもそも「読者の声」なる数ページが、トウェイン専門家に限らず広く門戸開放されているという、この伸びやかさ。前年（号）との橋渡しになり、書き手と読み手との／から・への、コミュニケーションも広がっていく。

トウェイン没後一〇〇周年を期に華々しく国際大会が催され、アメリカ文学会全国大会では気鋭の研究者によるシンポジウムで「トウェインは死んでいない！」と確認され、米国では『自伝その一』が出版され、二〇〇三年初出版の傑作喜劇『やつは死んじまった？』がみごとに邦訳され、二〇一〇年は賑やかに祝典ムードに明け暮れた。願わくは、摩訶不思議なるトウェインの「スクラップ・ブック」広告文、あるいは世紀末に深い喪失感と負債から立ち直って書いたという、この偽死・偽名・偽性装はじめ山ほどの偽りで固めた爆笑喜劇にも顕著である、トウェイン流の笑いへの関心が、あらためて高まるよう期待したい。自伝が『その三』まで出揃ったら、これまで出ている複数ヴァージョンと伝記と突き合わせて、トウェイン作品への別の読みもまた拓かれるだろう。

「読者の声」と目次を手引きとして、貴誌バックナンバーの幾つかを芋づる式にアマゾンで取り寄せた。かくなる上はあと半世紀を生き延びて、トウェインの時に苦く重いホラ、ウソ、オトボケ、洪笑に浸らんと、不如意・不真面目・不勉強の身引き締まる思いで御座候。

（元お茶の水女子大）

故郷への思い——トウェインとフォークナー

早瀬博範

今年の夏、やっとハートフォードのマーク・トウェイン・ハウスを訪れる機会が得られた。アメリカ作家の家の中で、最も訪れたい家だったので、直に目にした時は、やや興奮ぎみだった。しかし同時に、想像以上の「豪邸」に、やはり戸惑いを覚えてしまった。彼の家を見たかった理由は、西部で生まれ、西部と切っても切れない多くの作品を書いた作家が、なぜ東部に移り住むことを選択したのか、その点がどうもしっくりこない。しかも、傑作『ハック・フィン』は、その東部の豪邸で執筆されたのだが、その時の作家は故郷に対してどのような思いを持っていたのか。以上のような疑念が長い間私の中でくすぶっていて、実際に家を見れば、少しは解決が得られるのではないかという期待があった。

故郷への思いといえば、フォークナーを出さざるを得ない。トウェインと違い、フォークナーは故郷オックスフォードにじっくりと腰を据え、南部を舞台にした作品を書き続けた。両作家とも、故郷の素晴らしさも、恥ずべき部分も知り尽くし、故郷に対して強いアンビバレントな気持ちを抱いているが、その程度に差異があるような気がしている。それは、作品からの印象であるので、それを直接作家の心情として当てはめるのは慎重になるべきであるが、両作家に関しては、それほど違わなかったのではないかと思える。具体的には、ハックの「地獄へ堕ちてもいい」という決意は、重くかつ感動的な台詞であるが、『アブロサム』で「僕は故郷を嫌ってはいない」と叫ぶクウェンティンの心情と比べると、後者の方がその葛藤は深く重く感じられる。それは、ハックは「テリトリー」で新たな冒険を始めるのに対し、クウェンティンは自殺という結末の違いも、大きく影響しているかもしれない。そのためか、『ハック・フィン』には、故郷へのアンビバレントな気持ちは確かに感じられるが、むしろノスタルジックな気持ちを強く感じる。作品の時代背景や両者の性格を無視して、このように単純に比較すること自体がそもそも問題であることは承知しているが、とても気になるテーマである。

類似したテーマが、第九号掲載の後藤和彦氏の論文「交差する〈南〉、マーク・トウェイン、ポー、そしてフォークナー」で論じられていた。後藤氏は、南部の両義性という問題に対し、トウェインとフォークナーは、「ほぼ真逆の道筋をとって到達し、ふたたびほぼ真逆の方向へとさらに進んでいった」と結論づけているが、高い視野から得られた鋭い指摘である。新たな視点と考えの方向性が与えられ、とても刺激的かつ示唆的であった。

実際にトウェイン・ハウスを目にしたことと、後藤氏の論文を読んだことで、大いに刺激を受け、むしろ、私の疑念は大きくなってしまった。

（佐賀大学）

「資本主義は欲望させる」

林　以知郎

まずは、先号より待ち望んでいたギルモア教授の「言葉をめぐる戦争」（上、下）、うってつけの訳者の手で完結をみたことを喜びたい。恩師にあたる教授の下で学んだ三十数年前、おりしも『アメリカロマン派文学と市場社会』執筆に取り掛かっておられた。市場経済というシステムを呪詛しつつ魅惑される、というロマン派群像の複雑な身置きをマクロの視点から捉えた名著であるが、今回の抄訳を含む新著、文学マーケットという場で発せられる言葉が流通していくためには自己への規制を引き受けざるをえない、という文学言説の経済学を言葉が発せられるミクロな場において捉える名著になりそうな予感を抱く。

編集後記に誘われて特集に眼を転じれば、本号の特集企画、まことに資本主義市場的な「予定調和」を見せてくれる。モノに商品という価値負荷を帯びさせて流通させる資本主義、その本質が「見立て」であることを宇沢氏の「見立ての修辞学」なる概念は見事に探り当てている。折島氏の報告題名、まさしく論理的ダブルバインドとして読み手にメビウスの輪のごとき眩惑をもたらすとともに、分身の物質性なる着想に興奮を覚える。分身と見立ての概念は辻本氏の報告にも引き継がれていくのだが、トウェインが焦がれながら果たせなかった戯曲のジャンルを取り上げてみせることで、本特集に立体的な趣きを与えている。加えて、「負債」と男性性の交差という昨今の研究動向にうかがえる主題を巧妙に織り込んでいる。負債、裏書、紙幣と連鎖する経済概念を見立てと分身の主題と交差させて「どちらが夢か?」と問うてみせる秋元氏の報告、資本主義システムそのものが悪い夢ではなかったか、と問わざるを得ない今日、さらには電子署名なるものまで流通する今日、本特集の末尾に置かれるにふさわしい。豊かな本特集であったからこそ、さらに紙幅を割いてくれても、という欲も出てくる。資本主義は欲望させるのである。

（同志社大学）

「トウェインと現代社会の問題」

竹野富美子

二〇一〇年は、マーク・トウェイン生誕一七五年、『ハックルベリー・フィンの冒険』が出版されて一二五年、没後一〇〇年という区切りの年であるとのこと。この年に発刊された第九号を拝読できたのは、幸運でした。

折しも今年の年明け早々、差別的表現を削除した『ハック・フィン』が出版されるというニュースが報道され、マーク・トウェインには今年も目が離せないようです。江頭理江氏「誰が『ハック・フィン』をバッシングしたか」は、まるでこの騒動を先取りしたかのような考察。CNNが問題にしていた、作品への「検閲」行為の背景を知るのに大変参考になりました。NBCなどの報道は、差別的表現の多い『ハック・フィン』を教育現場で教えることの難しさを取り上げていました。江頭氏の言う「物語世界の中の真の意味を判断できる読者」となること、文学に携わる者として「文学的コンテクストはもちろんのこと、それに関わる社会的コンテクストを正しく教えられる力を見につけること」が、これからもっと必要になるであろうと感じます。併せて、エルマイラ大学で発表されたという石原剛氏の「アメリカ学校教科書におけるマーク・トウェイン一八七五ー一九一〇」も抜粋だけではなく、論文としてぜひ通読したいと思いました。

「マーク・トウェインと資本主義」シンポジウムの報告は、トウェイン研究の意義を再確認させてくれるものでした。写真や印刷など複製技術の発達を背景として、一九世紀後半から二〇世紀初頭のアメリカ文化は、「模造品」から「本物」への志向を強めていったとマイルズ・オーヴェルなどは指摘しています。印刷技術革新と関係の深かったトウェインの文学にも「本物」と「にせもの」、「作り物」と「現実のもの」といった対立項が見られるわけですが、それを資本主義社会に共通する内的理論として抽出してみせるシンポジウムの参加者の手際は見事で、刺激的な考察でした。これからの、経済のグローバル化の進展を考えるとき、欠かせない視座となるのではないかと感じました。

（名古屋大学・非常勤講師）

日本マーク・トウェイン協会会則

第1条（名称及び事務局）本会は日本マーク・トウェイン協会と称する。
2 本会の事務局は、幹事の所属機関に置く。
第2条（目的）本会の目的は Mark Twain (Samuel Langhorne Clemens) とその周辺の文学を研究し、より広範囲で深い理解をはかり、同時に会員相互の親睦をはかることとする。

第3条（事業）本会は前条の目的を達成するために下記の事業を行う。
(1) 研究会、講演会等の開催。
(2) 機関誌その他の刊行物の発行。
(3) 内外の研究資料の紹介、ならびに情報交換。
(4) 内外の各種研究団体との交流。
(5) 第5条の役員会において適当と認められた事業。
第4条（組織）本会は、第2条の目的に賛同する者をもって構成する。
2 会員には、一般会員、学生（大学院在籍者を含む）会員、賛助会員の三種類をおく。
3 会員の年会費は下記の通りとする。
(1) 一般会員　四千円
(2) 学生会員　二千円
(3) 賛助会員　壱万円以上
第5条（役員及び役員会）本会は下記の役員をおき、役員会を構成する。
(1) 会長一名
(2) 副会長一名
(3) 幹事若干名
(4) 評議員十名以上十五名以下
(5) 監事二名
(6) 顧問若干名
2 会長は会務を総括し、本会を代表する。
3 副会長は会長を補佐し、会長に事故があった場合に会務を代行する。この場合任期は会長の残任期間とする。
4 幹事は本会の会務を執行する。
5 監事は本会の財務及び会務執行状況を監査する。
6 評議員は会員の互選によってこれを選出する。
7 会長、副会長、幹事及び顧問は、役員会の推薦を受けて総会の承認によって、これを決定する。
8 日本におけるマーク・トウェイン研究に関する資料を収集する目的で本会に資料室を置く。
9 編集委員長は役員会の承認を得て会長が委嘱する。委員長は若干名の会員に編集委員を委嘱し、編集委員会を構成し、『マーク・トウェイン—研究と批評』を編集する。
第6条（役員の任期）役員の任期はすべて三年とする。ただし、再任を妨げない。

第7条（総会）総会は、少なくとも年一回会長がこれを招集し、本会の重要事項を協議、決定する。
2 総会は、一般会員の三分の一以上の出席（委任状を含む）をもって成立し、その決議には出席者の過半数以上の賛成を要する。
3 本会則の改定には、総会出席者の三分の二以上の賛成を要する。
第8条（会計年度）本会の会計年度は四月一日に始まり、翌年三月三十一日に終わる。
2 予算案及び会計報告は総会の承認を必要とする。
3 本会の設立に要した費用は一九九七年度の会計に組み込むこととする。
第9条（英語名称）本会の英語名は、The Japan Mark Twain Society と称する。

（一九九七年三月十五日発効）

（二〇〇〇年十月十三日改正）（二〇〇一年十月十二日改正）

（二〇〇三年十月十日改正）

（二〇〇四年十月十五日改正）

（二〇〇九年十月九日改正）

〈役員名簿〉第五期（二〇〇九・四—二〇一二・三）役員（五十音順、所属は就任時のもの）
〈会長〉市川博彬（島根大名誉教授）
〈副会長〉杉山直人（関西学院大学）
〈幹事〉辻和彦（近畿大学）、山本祐子（神戸女子大学・非）、和栗了（京都光華女子大学）
〈監事〉里内克己（大阪大学）、武藤脩二（中央大学名誉教授）
〈評議員〉井川眞砂（東北大学）、石堂哲也（弘前大学）、石原剛（早稲田大学）、岩山太次郎（同志社大学名誉教授）、江頭理恵（福岡教育大学）、亀井俊介（岐阜女子大学）、後藤和彦（立教大学）、武田貴子（名古屋短期大学）、巽孝之（慶應義塾大学）、中垣恒太郎（大東文化大学）、永原誠（立命館大学名誉教授）、三石庸子（東洋大学）、渡辺利雄（東京大学名誉教授）、渡邊眞理子（神戸女子大学・非）

投稿・執筆規定

1　**内容**　マーク・トウェインとその周辺の文学研究に関する未発表の論文。ただし口頭発表したものは、その旨を明記のこと。

2　**長さ**　日本語の場合はA４版４００字×35枚以内（厳守）に相当するワード・プロセッサー原稿が望ましい（後注、引用文献一覧を含む）。英語の場合は、65ストローク×25行（ダブルスペース）×25枚以内（厳守）。

3　**書式**　注は後注（End Notes）とし、本文の終わりにまとめる。引用文献一覧（Works Cited）を付す。引用、後注、引用文献一覧については、日本語、英語いずれの場合も、*MLA Handbook for Writers of Research Papers*, 6th ed.（New York: MLA, 2003）に準ずる。日本語原稿は縦書き。テキストからの引用を含め、できる限り日本語に訳す。注の中での引用文献は原語のままでよい。本文と注の字数をそれぞれ付す。

4　**シノプシス**　日本語、英語いずれの場合も英語のシノプシスを添付する。A４版65ストロークス×15行（ダブルスペース）程度。

5　**提出するもの**
①論文・書評原稿の印刷コピー6部。
②論文の採用決定の後にメイルに原稿を添付して編集長に送付する。
③原稿は、本文と氏名とを別にする。氏名は表紙にのみ記し、本文には記さない。
④略歴1部。氏名にはふりがなを付け、連絡先を記す（〒住所、電話、ファックス、電子メール・アドレスなど）。

6　**締め切り**　二〇一一年八月末日必着

7　**宛先**　〒651-2187
神戸市西区学園東町9丁目1
神戸市外国語大学　英米学科
辻本庸子研究室気付
日本マーク・トウェイン協会編集室（封筒に応募原稿在中と明記する）
TEL　078-794-8121　FAX　078-792-9020
E-mail：yokotsuji@inst.kobe-cufs.ac.jp

英語論文・宛先　〒108-8345
東京都港区三田2—15—45　慶應義塾大学文学部
英米文学専攻　巽孝之研究室気付　日本マーク・トウェイン協会　*Jounal of Mark Twain Studies* 編集室（封筒に応募原稿在中と明記する）

8　その他
a.　審査は匿名で行なう。
b.　原稿の採否は編集委員が協議して行ない、その結果をできるだけ早く本人に連絡する。
c.　提出された応募原稿は返却しない。
d.　執筆者校正は初校のみとし、訂正加筆は植字上の誤りに関するもののみとする。

編集後記

二〇一〇年はマーク・トウェイン没後一〇〇周年に当たる記念すべき年でした。私たちマーク・トウェイン協会もこの記念すべき年に備えて、三年前から準備委員会を立ち上げ、マーク・トウェイン・ペイパーズの編集主幹であるロバート・ハースト先生招聘に動き出しました。招聘計画は何度か暗礁に乗り上げながらも多くの先生方のご尽力に支えられ、記念大会でのハースト先生の講演に実を結ぶことができました。また、講演会に続いて、最初の国際フォーラムも成功裡に終えることができました。アメリカ文学会でも、諸先生のご尽力のおかげで、マーク・トウェインの文学的遺産を精査するシンポジウムを開催することができました。第一〇号は、この記念すべき年の活動の記録ともなる、読み応えのある特集となりました。

　ロバート・ハースト先生の講演においては、トウェインの遺稿の編集の様子をうかがい知ることができただけでなく、これまでの編集の歴史からもハースト先生の三〇年にわたる編集の営為のなかで、遺稿が誰にでも入手可能なものとなったことの「有り難さ」を再認識することになりました。若手研究者を中心とした国際フォーラムも宇沢美子氏によるすばらしい司会のおかげで活気あふれるものになりました。その興奮を紙面でお届けします。アメリカ文学会での没後一〇〇周年記念シンポジウムはトウェイン以外の作家を専門とする新進気鋭の若手研究者に「マーク・トウェインは死んだか?」という問いかけに答えていただきました。フォークナー、ヘミングウェイ、ヴォネガット、また環境文学、それぞれの接点から語られるトウェインはいずれも刺激的です。

　トウェイン没後一〇〇周年記念号の巻頭に、トウェイン研究の第一人者でもある亀井俊介氏の記念エッセイを寄せていただけたこともことのほかうれしいことでした。渡辺利雄氏、田中久男氏のようなベテラン陣からも特別寄稿をいただき、内容にさらに深みが加わり、お二人にも深謝いたします。このような記念すべき号を編集するという光栄に浴し、振り返りますと皆様のご協力、ご尽力なくてはこのようなすばらしい布陣でお届けすることはできなかったことでしょう。

　最後になりましたが、三月一一日未曾有の大地震が東日本を襲いました。東北地方の会員の無事がわかったときは安堵しましたが、尊い命を失った方々に追悼の意を表するとともに、被災された方々に心よりお見舞い申し上げます。このようなときこそ、文学や美術や音楽が心のよりどころになると確信いたします。

　次期編集委員長の辻本庸子氏にバトンを手渡し致します。これまで力不足の委員長武田を支えて下さった協会員の皆様、南雲堂の原信雄氏に改めて深謝の意を表し、私同様次期委員長へのサポートをお願いいたします。

（貴）

マーク・トウェイン
研究と批評
第10号

二〇一一年五月二十五日発行〈年一回〉
編集人　日本マーク・トウェイン協会
発行人　南雲一範
表紙・本文デザイン　岡孝治
発行所　株式会社南雲堂
〒162-0801 東京都新宿区山吹町三六一
電話　〇三（三二六八）二三八七（編集部）
〇三（三二六八）二三八四（営業部）
FAX　〇三（三二六〇）五四二五（営業部）
印刷所　日本ハイコム株式会社
定価（本体一八〇〇円+税）ISSN 1346-9622